Anna Johannsen
Vor der Stille

Das Buch

Im Emsland wird eine junge Frau tot aus einem Kanal geborgen. Die Obduktion ergibt Ertrinken als Todesursache, allerdings wird Leitungswasser in der Lunge gefunden. Die SoKo tritt auf der Stelle und zieht Hanna Will und den Kriminalpsychologen Jan de Bruyn hinzu. Die Ermittler durchleuchten Lisa Kramers Leben minutiös und stoßen bei ihrem Konto auf ungewöhnliche Bargeldeinzahlungen. Doch sie finden weder Tatverdächtige noch Anhaltspunkte für die Herkunft des Geldes. Als Hanna noch einmal ins Haus des Opfers zurückkehrt, sieht sie auf den ersten Blick das zerrissene Polizeisiegel. Eine Person flüchtet durchs Fenster und Hanna nimmt blitzschnell die Verfolgung auf …

Die Autorin

Anna Johannsen, aufgewachsen im hohen Norden, liebt die Landschaft und die Menschen der Region. Besonders verbunden ist sie den Nordfriesischen Inseln, auf denen die Fälle der Krimireihe »Die Inselkommissarin« spielen. Zwei weitere Kriminalbuchreihen der SPIEGEL-Bestseller-Autorin haben ihre Schauplätze in ganz Niedersachsen: »Enna Andersen« sowie »Hanna Will & Jan de Bruyn«.

ANNA JOHANNSEN

VOR DER STILLE

KRIMINALROMAN

EDITION M

Deutsche Erstveröffentlichung bei
Edition M, Amazon Media EU S.à r.l.
38, avenue John F. Kennedy, L-1855 Luxembourg
October 2024

Umschlaggestaltung: semper smile, München, www.sempersmile.de
Umschlagmotiv: © Cako / Shutterstock; © Olha Rohulya / Shutterstock;
© Green Men / Shutterstock;
1. Lektorat: Lektorat Kanut Kirches
2. Lektorat und Korrektorat: Rotkel Textwerkstatt
Gedruckt durch:
Amazon Distribution GmbH, Amazonstraße 1, 04347 Leipzig /
CPI Druckdienstleistungen GmbH, Ferdinand-Jühlke-Straße 7, 99095
Erfurt /
CPI books GmbH, Birkstraße 10, 25917 Leck /
Libri Plureos GmbH, Friedensallee 273, 22763 Hamburg

ISBN: 978-2-49671-221-6
e-ISBN: 978-2-49671-222-3

www.edition-m-verlag.de

Eins

Hanna

Hanna Will schreckte aus dem Bett hoch. *Wo bin ich? Was ist das für ein Zimmer?* Sie schüttelte sich und atmete tief durch. Ihre Träume wurden in den letzten Wochen immer verworrener. Selbst wenn sie in der Nacht aufwachte und auf die Toilette ging, setzte sich die Geschichte anschließend wieder durch. Als Sechsjährige lief sie durch einen Wald, zumeist mit nackten Füßen und in einem weißen, wehenden Nachthemd. Der Verfolger hatte sich bisher nie zu erkennen gegeben, ließ sich zurückfallen, sobald die Nacht dem Tag wich. Nie endete der Traum an dieser Stelle, sie lief weiter, begegnete Menschen, Frauen wie Männern, die auf sie hinuntersahen und ihren Erzählungen nicht glaubten.

Hanna sprang aus dem Bett und öffnete das Fenster. Der Blick über den parkähnlichen Garten auf das Bad Zwischenahner Meer war atemberaubend. Leichter Morgennebel stieg über dem Wasser hoch und ließ die Konturen der Landschaft sanft ineinander übergehen.

Sie atmete tief die frische Morgenluft ein und schloss die Augen. Vor zwei Tagen, am Samstag, war sie in Jan de Bruyns Villa am Meer angekommen. Er hatte sie eingeladen, sie hatte lange gezögert und erst spät zugesagt. *Was mache ich hier?*, fragte sie sich nicht zum ersten Mal. *Was ist Jan für mich? Ein Kollege, ein Freund oder mehr?*

Sie wandte sich vom Fenster ab, zog ihre Laufkleidung an und schlüpfte in die Schuhe, bevor sie einen Blick auf ihr Handy warf. Sechs Uhr. Sie hatte mindestens eine Stunde Zeit, bevor Jan aufstehen würde. Die zwölf Kilometer um den See herum würde sie locker schaffen.

»Guten Morgen«, begrüßte Jan sie in der Eingangstür. »Duschen und dann Frühstück?«

Hanna blieb vor ihm stehen. Die letzten zwei Kilometer war sie ruhiger angegangen, um nicht vollkommen außer Atem bei der Villa anzukommen. »Ich beeile mich«, sagte sie und blieb einen Augenblick zu lange an seinen Augen hängen. »Gib mir zehn Minuten.«

»Lass dir Zeit«, rief Jan ihr hinterher.

Das abwechselnd warme und kalte Wasser beamte sie endgültig zurück in die Gegenwart. Nach wenigen Kilometern auf der Strecke rund um das Zwischenahner Meer hatten sich ihre Gedanken selbstständig gemacht. Szenen aus den letzten Monaten liefen vor ihrem geistigen Auge ab. Jan de Bruyn stand immer im Mittelpunkt, der Kriminalpsychologe, der lange Jahre in Großbritannien gelebt und beim Metropolitan Police Service gearbeitet hatte. Ihre erste Begegnung – ein Banküberfall mit Geiselnahme – war stürmisch und mit wenig gegenseitiger Zuneigung verlaufen. Sie war froh gewesen, ihn nicht wiedersehen zu müssen, bis Kriminaldirektor Hagemann die Idee gehabt hatte, eine Art schnelles Einsatzteam für schwierige Fälle zu gründen. Seitdem hatten sie mehrfach zusammen ermittelt. Als Letztes arbeiteten sie in der Lüneburger Heide mit einer Sonderkommission aus Kollegen vor Ort zusammen. Während dieser Zeit verbrachten sie die Nächte gemeinsam in Hannas

Wohnmobil, sie in ihrem Doppelbett, Jan auf der ausklappbaren Liege. Bis auf eine Ausnahme, als sie ihm einen Platz neben sich angeboten hatte. Mehr war nicht passiert.

Hanna stieg aus der Dusche und trocknete sich ab. Im großen Spiegel betrachtete sie ihren Körper. Schlank und durchtrainiert. Oder zeigten sich an der Hüfte die ersten Nachlässigkeiten? Außer dem Lauftraining stand kaum noch etwas auf ihrem Fitnessprogramm. Auch ihre Wohnung am Steinhuder Meer nutzte sie immer seltener. Das ständige Vagabundenleben zeigte seine ersten Spuren. Sie wandte sich ab und zog sich an.

Jan reichte ihr den Brötchenkorb. »Frisch vom Bäcker.«

Hanna griff nach einem Croissant und schnitt es auf. »Holst du jeden Morgen Brötchen vom Bäcker?« Sie schmierte sich Erdbeermarmelade auf eine Croissanthälfte und biss hinein.

»Wenn ich hier bin, leiste ich mir den Luxus.«

Hanna grinste. »Ich hatte fast vergessen, dass du knapp bei Kasse bist.« Jan hatte von seinem leiblichen Vater nicht nur die Villa am Wasser, in der Platz für vier Familien war, sondern auch ein Bar- und Aktienvermögen von über fünf Millionen Euro geerbt.

»Ich habe ihn nicht darum gebeten«, sagte Jan mit leicht verschnupfter Stimme. »Der Kasten hier ist quasi unverkäuflich, das Geld ist mir mehr als egal.«

»Weiß ich doch«, sagte Hanna. »Ich konnte mir die kleine Spitze einfach nicht verkneifen.«

»Möchtest du etwas Rührei?« Er reichte ihr die Pfanne.

»Warum gleich eingeschnappt, Herr de Bruyn? Ich schwöre, mindestens zwei Wochen das Thema nicht mehr anzuschneiden.« Sie nahm ihm die Pfanne ab und hievte sich das restliche Rührei auf den Teller. »Ist das Buße genug?«

Jan schien ein Lächeln zu unterdrücken. »Wenn du noch mein Rührei lobst, sind wir quitt.«

Bevor Hanna antworten konnte, klingelte ihr Handy. Sie sah aufs Display und murmelte: »Hagemann. Soll ich da wirklich rangehen?« Ohne auf Jans Antwort zu warten, nahm sie das Gespräch an. »Herr Kriminaldirektor. So früh am Morgen?«

»Frau Will, ich hatte schon fast ihren herben Charme vergessen. Sie haben noch einen Tag Urlaub, wurde mir gesagt?«

»Wo brennt's?«, fragte Hanna, die keine Lust auf Small Talk hatte.

»Die Kollegen aus Lingen im Emsland haben in Osnabrück um Unterstützung gebeten. Von dort wurde die Bitte an mich weitergeleitet. Ihr Ruf scheint Ihnen vorauszueilen. Und natürlich der von Herrn de Bruyn.«

»Haben Sie ein paar Informationen für mich?«

»Eine junge Frau wurde tot im Dortmund-Ems-Kanal gefunden. Ertrunken, aber, wie sich bei der Obduktion herausstellte, nicht im Kanal. Das Wasser in ihrer Lunge stammt aus einem normalen Hausanschluss. Auch andere Hinweise deuten darauf hin, dass die Leiche transportiert wurde.«

»Wann werden wir erwartet?«, fragte Hanna.

»Wann können Sie und Herr de Bruyn, den ich leider noch nicht erreicht habe, in Lingen sein?«, stellte der Kriminaldirektor eine Gegenfrage.

»In zwei bis drei Stunden. Ich rufe de Bruyn an. Schicken Sie mir die Akte per Mail? Und die Kontaktdaten der Kollegen vor Ort.«

»Wie immer kurz angebunden«, sagte Hagemann. »In fünf Minuten haben Sie die Informationen. Grüßen Sie Herrn de Bruyn von mir. Und halten Sie mich auf dem Laufenden.«

»Sie hören von mir.« Hanna beendete das Gespräch und legte das Handy auf den Tisch.

Jan stand auf und griff nach der Pfanne. »Dein Rührei ist kalt. Ich mache dir neues.«

»Wer fährt?«, fragte Hanna, als sie auf ihr Wohnmobil zugingen.

»Ich. Du gehst die Mail von Hagemann durch.«

Hanna warf ihre Reisetasche in den hinteren Bereich des Wohnmobils, wo bereits Jans Koffer stand. »Über die A 28 nach Leer und dann über die Emslandautobahn nach Lingen ist der schnellste Weg. Zwar fünfzig Kilometer länger, aber wir müssen nicht durch tausend Dörfer fahren.«

Hanna setzte sich auf den Beifahrersitz und wartete, bis Jan die Autobahnauffahrt erreicht hatte, bevor sie ihr Tablet aus der Tasche zog und die Mail von Kriminaldirektor Hagemann öffnete. In der nächsten Viertelstunde las sie die Zusammenfassung der bisherigen Ermittlungen durch, legte das Tablet zur Seite und seufzte leise.

»Lisa Kramer, vierundzwanzig, Bäckereifachverkäuferin, hat nach der Ausbildung zwei Jahre bei einer Bäckerei in Lingen gearbeitet und ist anschließend nach Geeste zurückgezogen. Das ist ein kleiner Ort in der Gemeinde mit gleichem Namen. Er liegt nur wenige Kilometer nördlich von Lingen.«

»Alleine?«, fragte Jan.

»Zumindest ist nur Lisa Kramer dort gemeldet. Ihre Eltern sind bei einem Autounfall ums Leben gekommen. Da war Lisa zwölf Jahre. Sie ist dann zu ihrer Großmutter mütterlicherseits gezogen. Die Großmutter ist vor vier Jahren verstorben.«

»Der Großvater?«

»Lebt schon länger nicht mehr«, sagte Hanna. »Keine Geschwister, keine weiteren Großeltern oder Tanten oder Onkel. Das Haus ihrer Großmutter hat sie geerbt beziehungsweise es wurde schon früh auf ihren Namen überschrieben.«

Jan sah kurz zu Hanna. »Sie hat also nicht mehr gearbeitet? Habe ich das richtig verstanden?«

»Nicht mehr abhängig beschäftigt. Ob sie freiberuflich unterwegs war, ist nicht ganz klar. Seit drei Jahren hat sie keine Steuererklärung mehr eingereicht. Staatliche Unterstützung, bis auf das inzwischen ausgelaufene Arbeitslosengeld, hat sie auch nicht bekommen. Es liegt auch kein Antrag für Bürgergeld oder Wohngeld vor.«

»Hat sie als Sexarbeiterin oder Escort gearbeitet?«

»Sie ist weder registriert noch hat die SoKo dafür Anhaltspunkte gefunden. Eine solche Tätigkeit wäre in einem so kleinen Ort und dem katholischen Emsland wohl nicht unerkannt geblieben.«

Sie waren inzwischen an Leer vorbei und fuhren auf den Emstunnel zu. Flaches Land, grüne Wiesen, weitläufige Getreidefelder, unzählige Windräder.

»Oder gerade«, warf Jan ein.

»Irgendwer redet doch immer. Solche Gerüchte lassen sich nicht unter den Teppich kehren. Aber wir werden sehen.«

»Warum sind wir angefragt worden?«, fragte Jan.

»Zwischen den Zeilen kommt zum Ausdruck, dass die Kollegen mit ihrem Latein am Ende sind. Lisa wurde vor fast einer Woche im Dortmund-Ems-Kanal gefunden und bisher scheinen sie noch keine relevante Spur gefunden zu haben.« Hanna warf Jan einen Blick zu. Sie ahnte, was er gerade dachte. »Schon klar, jetzt sollen wir den oder die Täter hervorzaubern.«

Sie wurden immer nur gerufen, wenn das Kind schon in den Brunnen gefallen war, die wichtigsten Stunden für die Ermittlungsarbeit vergangen waren und der Täter oder die Täterin Zeit genug hatte, Beweise zu vernichten, sich ein schlüssiges Alibi zu verschaffen oder bereits über alle Berge war. Aber damit mussten sie leben.

»Wer ist alles befragt worden?«, wollte Jan wissen.

»So detailliert ist die Zusammenfassung nicht. Das werden wir wohl gleich vor Ort erfahren. Die Leiterin der SoKo ist übrigens eine Frau. Maria Ahlers.«

»Nie gehört«, sagte Jan. »Bleiben wir in den nächsten Tagen vor Ort?«

»Wenn dir mein luxuriöses Wohnmobil für ein paar Nächte ausreicht?« Sie zögerte kurz, fügte aber schließlich hinzu. »Du darfst auch gerne neben mir in meinem bequemen Bett schlafen.«

Jan zog die Augenbrauen hoch, schien etwas antworten zu wollen, schwieg aber.

»Schon gut, ich wollte zwei Wochen Ruhe geben. Sorry.«

Sie schwiegen eine Weile, Jan richtete seinen Blick auf die Straße, Hanna schaute aus dem Seitenfenster.

»Steht etwas zwischen uns beiden?«, fragte Jan unvermittelt.

»Was sollte das sein?«

»Etwas Unausgesprochenes?«

»Wir reden doch ständig«, wich Hanna aus. »Und du bist der Psychologe von uns beiden.«

Jan lächelte matt. »Bei sich selbst versagen die Psychologen und Therapeuten reihenweise. Mir geht es da nicht anders.«

»Und jetzt soll ich mit meiner Küchenpsychologie aushelfen? Nicht dein Ernst.« Hanna wandte den Blick ab. Warum hatte sie Angst vor einer Aussprache. Oder gab es nichts zu besprechen, weil nichts zwischen ihnen passiert war? Wie konnte gerade ihr das passieren? Ihr, die immer darauf geachtet hatte, in Beziehungsangelegenheiten das Ruder in der Hand zu haben. Sie bestimmte, wann sie Lust auf einen Mann hatte. Sie war diejenige, die sagte, wie weit sie zu gehen bereit war und wo sich die rote Linie befand. Sie machte, wenn es an der Zeit war, Schluss – und nicht der Mann.

»War es ein Fehler, dich zu mir nach Bad Zwischenahn einzuladen?«, fragte Jan mit zurückhaltender Stimme.

»Nein, warum? Ich habe mich gefreut, dass du mich gefragt hast.« *Im Ausweichen bin ich eine Meisterin. War das immer schon so?*

»Unsere Freundschaft ist mir sehr wichtig«, sagte Jan, ohne den Blick von der Straße zu wenden. »Du bist mir sehr wichtig.«

Hanna schwieg. Ihr ging es genauso, aber sie hatte keine Ahnung, wie sie damit umgehen sollte. Und sie hatte zum ersten Mal Angst, falsch zu reagieren.

»Schaffen wir das?«, fragte Jan. »Freundschaft und Arbeit und …« Er stockte.

Hanna wandte sich ihm zu. War er tatsächlich verlegen, Jan, der bisher nie Schwierigkeiten gehabt hatte, die richtigen Worte zu finden?

»Klar schaffen wir das«, sagte sie mit so viel Zuversicht in der Stimme, wie ihr möglich war. »Erst mal konzentrieren wir uns auf den Fall. Alles andere hat Zeit.«

Jan nickte und atmete tief durch.

Zwei

Jan

Jan parkte vor dem dreigeschossigen Klinkerbau der Polizeiinspektion Lingen, einem großen viereckigen Gebäude, und stellte den Motor ab.

»Auf die Minute pünktlich«, sagte er. Hanna Will hatte sie vor einer halben Stunde bei den Kollegen in Lingen telefonisch angemeldet.

Sie stiegen aus und gingen nebeneinander auf den Haupteingang zu, wo eine etwa fünfzigjährige Frau mit halblangen roten Haaren und unzähligen Sommersprossen im Gesicht auf sie wartete. Sie stellte sich als Maria Ahlers vor und führte sie in einen Besprechungsraum im ersten Stock, in dem ein Mann Anfang vierzig vor dem Besprechungstisch stand.

»Das ist der Kollege Ralf Plagge, mein Stellvertreter in der SoKo Lisa.«

Jan und Hanna begrüßten ihn und tauschten Visitenkarten aus, bevor sie sich an den Tisch setzten.

»Sie hatten Zeit, die kurze Zusammenfassung der Ermittlungen zu lesen?«, fragte die SoKo-Leiterin.

Hanna nickte.

»Dann überspringe ich die Einleitung und komme gleich zu den Fakten«, fuhr Maria Ahlers fort. »Wir haben in den letzten Tagen das komplette Umfeld von Lisa Kramer befragt. Nach unserer bisherigen Auswertung hat das zu keinen für den Fall relevanten Erkenntnissen geführt. Handydaten des Providers liegen uns noch nicht vor. Die Bankdaten haben wir bereits vor vier Tagen bekommen.« Sie holte kurz Luft und schaute in die Runde. »Lisa Kramer hatte in den letzten Jahren keine regelmäßigen Einkünfte. Wir haben diverse Bareinzahlungen in Höhe von dreihundert bis fünfhundert Euro gefunden, die üblichen Abbuchungen für monatliche Ausgaben, wie Strom, Gas, Wasser oder die Rechnungen für Handy und Ähnliches. Es gibt keine Barabhebungen über Bankautomaten oder nicht nachvollziehbare Überweisungen. Wir gehen davon aus, dass es sich bei den Einzahlungen um Schwarzgeld handelt, wissen aber bisher nicht, aus welcher Quelle es stammt.«

»Über welche Beträge reden wir monatlich?«, fragte Jan.

»Wenn wir alle festen Ausgaben zusammenrechnen, liegen wir bei etwa vierhundert Euro. Hinzu kommen wenige Zahlungen für einmalige Reparaturen oder Anschaffungen.«

Maria Ahlers schob einen Aktenordner über den Tisch. »Hier haben wir Ihnen alle Protokolle und Berichte kopiert. Auf der ersten Seite finden Sie ein Foto von Lisa.«

Jan griff nach dem Ordner und schlug ihn auf. Die Aufnahme zeigte eine junge Frau, die im Freien stand. Die kurzen blonden Haare standen ihr gut, sie schien nicht geschminkt zu sein, machte aber auf Jan einen attraktiven Eindruck. »Wie alt war Lisa Kramer zu dem Zeitpunkt?«

»Das ist eine private Aufnahme, die wir im Haus gefunden haben«, antwortete die SoKo-Leiterin. »Sie entspricht wohl dem aktuellen Aussehen von Lisa. Auf der Rückseite war ein Datum aufgedruckt. Danach ist das Foto etwa ein halbes Jahr vor ihrem Tod aufgenommen worden.«

Hanna zog den geöffneten Ordner zu sich her. »Ich hätte sie allenfalls auf achtzehn geschätzt. Vielleicht sogar jünger.«

Ralf Plagge räusperte sich. »Das ist uns auch aufgefallen. Mit der richtigen Aufmachung würde sie auch als Sechzehnjährige durchgehen.«

Jan warf ihm einen interessierten Blick zu. »Sie haben einen bestimmten Verdacht?«

Der Oberkommissar nickte. »Zumindest ist es eine Theorie, die wir verfolgen. Bisher konnten wir allerdings im Rotlichtmilieu nicht punkten. Niemand scheint sie dort zu kennen oder will sie kennen.«

»Und im Netz?«

»Da sind wir dabei, haben aber bisher keinen Treffer.«

»Im Moment weist nichts darauf hin, dass Frau Kramer als Prostituierte – in welcher Form auch immer – gearbeitet hat.«

Jan bemerkte, wie die SoKo-Leiterin ihrem Stellvertreter einen kurzen Blick zuwarf. Gab es zwischen den beiden oder innerhalb der SoKo unterschiedliche Einschätzungen zum Fall?

»Was ist die nächstgrößere Stadt?«, fragte Hanna. »Osnabrück? Wie weit ist das entfernt?«

»Je nachdem, wie man fährt«, sagte Ralf Plagge. »Aber eine gute Stunde Fahrzeit müssen sie mindestens rechnen, bei hohem Verkehrsaufkommen auch mehr. Rheine liegt näher, etwa vierzig Minuten, hat aber nur zwanzigtausend Einwohner mehr als Lingen. Eine große Rotlichtszene ist dort auch nicht zu finden. Wir haben allerdings in beiden Städten unsere Fühler ausgestreckt und sind in Kontakt mit den dortigen Kollegen. Bisher aber ohne Erfolg.«

Jan hatte Maria Ahlers im Auge behalten, während ihr Stellvertreter auf Hannas Frage geantwortet hatte. Sie schien kurz davor gewesen zu sein, Ralf Plagge zurechtzuweisen. »Nun gut, wir werden sehen, ob aus der Richtung noch etwas kommt«, zog sie das Gespräch wieder an sich. »Vielleicht noch ein paar

Worte zur SoKo Lisa. Im Moment besteht sie aus neun Kollegen und Kolleginnen, uns beide eingeschlossen. Nach dem näheren Umfeld des Opfers werden gerade die weiter zurückliegenden Kontakte von Lisa ermittelt und Zeugen befragt. Morgen früh um neun Uhr ist das nächste Meeting angesetzt. Ich gehe davon aus, dass Sie daran teilnehmen?«

»Auf jeden Fall«, sagte Hanna, die sich nicht anmerken ließ, dass ihr Ahlers indirekte Aufforderung, am nächsten Tag zum Meeting zu erscheinen, nicht besonders gefiel. Aber Jan kannte seine Kollegin inzwischen gut genug, um das kaum merkliche Funkeln in ihren Augen zu bemerken.

»Haben Sie weitere Fragen, bevor Sie zum Haus von Lisa Kramer fahren?«, fuhr die SoKo-Chefin fort.

»Im Moment nicht«, sagte Jan, bevor Hanna, die sich leicht vorgebeugt hatte, eine Bemerkung machen konnte. »Wir beschäftigen uns zunächst mit den Akten …« Er legte die Hand auf den Ordner. »… und sehen dann weiter. Haben Sie für uns ein kleines Büro, in dem wir uns häuslich niederlassen können?«

»Kollege Plagge hat sich darum gekümmert. Er wird auch mit Ihnen nach Geeste fahren.« Maria Ahlers stand auf. »Wenn Sie mich jetzt entschuldigen würden. Der Staatsanwalt wartet auf meinen Rückruf.«

Hanna startete den Motor und fuhr hinter dem VW Golf von Ralf Plagge her. Er hatte ihnen zuvor ihr Büro gezeigt, das mit zwei Schreibtischen und Bürostühlen ausgestattet war, und ihnen die Schlüssel überreicht.

»Du sagst nichts?«, fragte Hanna mit Blick auf Jan.

Der zeigte nach vorne. »Hier ist viel Verkehr.«

Sie rollte mit den Augen und meinte: »Zuhören kann ich aber schon noch.«

»Nun gut, der Empfang war doch einigermaßen herzlich. Da haben wir schon ganz andere Sachen erlebt.«

»Und sonst? So ganz hat sie ihre SoKo nicht im Griff, oder?«

»Das werden wir morgen sehen«, sagte Jan und schaute aus dem Seitenfenster auf die Häuserfronten. Sie fuhren durch ein Wohngebiet mit zwei- bis dreistöckigen Gebäuden und vereinzelten Einfamilienhäusern. Wenige Neubauten unterbrachen die roten Backsteingebäude, deren Alter Jan auf vierzig bis sechzig Jahre schätzte. Der Fahrradweg an beiden Seiten war mit durchgängig roter Farbe gekennzeichnet.

»Der Ort scheint dich ja gewaltig zu interessieren«, murmelte Hanna.

»Wie viele Menschen leben hier?«, fragte Jan.

»Knapp sechzigtausend. Die größte Stadt im Emsland – das wirtschaftliche und kulturelle Zentrum der Region.« Hannas Stimme ließ keinen Zweifel daran, dass sie sich nicht vorstellen konnte, hier zu wohnen.

»Eine ganz normale Stadt im Norden«, sagte Jan. »Vordergründig nicht so schön wie Stade oder Lüneburg.« Jan hatte sein Smartphone in der Hand und las. »Es soll aber eine Altstadt geben mit einem historischen Rathaus.«

»Können wir uns vielleicht auf den Fall konzentrieren?«

»Ja, natürlich, aber bitte erst, nachdem ich das Haus des Opfers gesehen habe.«

»Okay, dann muss ich wohl warten auf deine …« Hanna schluckte die letzten Worte herunter.

Sie fuhren jetzt auf der B 70. An beiden Seiten standen Bäume. Jan warf einen Blick aufs Navi-Display. Auf der linken Seite lag ein See. Jan zeigte darauf und wollte gerade fragen, als Hanna ihm schon antwortete.

»Das ist ein Speicherbecken. Das hat irgendetwas mit dem Atomkraftwerk bei Lingen zu tun.«

»Dem gerade stillgelegten AKW?«

Hanna nickte. »Der See wird als Naherholungsgebiet genutzt. Mit Strand und allem Drum und Dran.«

Der Golf vor ihnen setzte den Blinker und fuhr auf die Abbiegespur. Hanna folgte ihm. Nach einem guten Kilometer erreichten sie die ersten Häuser von der Ortschaft Geeste und fuhren erneut nach links in eine Seitenstraße, an der sie nach weiteren hundert Metern am Straßenrand parkten.

Sie stiegen aus und gingen durch einen verwilderten Vorgarten auf ein Siedlungshaus zu. Dem verputzten Gebäude sah man das Alter deutlich an. Die ehemals roten Dachziegel waren von einer Moosschicht überzogen, der Putz bröckelte, die Farbe der Holzfenster war so brüchig, dass man die Schichten der alten Farbreste sah. Die ursprüngliche Eingangstür aus Holz musste irgendwann in den letzten Jahrzehnten gegen eine Metalltür ausgewechselt worden sein. Sie war an mehreren Stellen verbeult.

»Sieht etwas verwahrlost aus«, sagte Ralf Plagge. »Aber innen ist es ganz manierlich.« Er zog einen Schlüssel aus der Tasche und schloss auf. »Die Tür war nur zugezogen, den Schlüssel haben wir im Haus gefunden.« Plagge öffnete die Tür und trat zur Seite. »Bitte!«

Jan trat in den kleinen Flurbereich ein, der nach knapp zwei Metern auf eine weitere Tür stieß. Jan öffnete sie und betrat einen Vorraum, von dem vier Türen abgingen und die Treppe in den ersten Stock.

»Geradeaus ist links das Wohnzimmer und rechts die Küche«, erklärte Ralf Plagge hinter ihnen. »Vorne rechts ist ein Hauswirtschaftsraum, hier …« Er zeigte auf die Tür neben sich. »… ist das Badezimmer. Oben ist ein großes Schlafzimmer, was wohl ursprünglich für die Eltern vorgesehen war, und zwei kleine Zimmer. Wo wollen Sie anfangen?«

»Die Spurensicherung ist durch?«, fragte Hanna.

»Alles paletti. Sie können überall rein.«

Jan ging auf die Wohnzimmertür zu, öffnete sie und trat ein. Der Raum mit zwei Fenstern maß etwa sechzehn

Quadratmeter. Die alten Holzdielen waren vor nicht allzu langer Zeit abgeschliffen und geölt worden, an der fensterlosen Wand stand eine moderne Wohnlandschaft, darüber hing ein hochwertig gerahmter Druck eines abstrakten Gemäldes. An der gegenüberliegenden Seite war ein einfacher Flachbildschirm befestigt.

»Hier haben wir überhaupt nichts gefunden«, sagte Ralf Plagge. »Also nicht mehr, als jetzt zu sehen ist. Keine persönlichen Sachen, meine ich.«

Jan drehte sich einmal langsam um sich selbst, nickte und verließ den Raum. Die Küche war im Gegensatz zum Wohnzimmer einfach eingerichtet, die Schränke und Geräte schätzte Jan auf mindestens zwanzig Jahre. Der Holztisch mit drei Stühlen war zwar neu, aber von minderwertiger Qualität.

Ralf Plagge zeigte auf einen alten Küchenschrank. »Dort hat Lisa Kramer ihre persönlichen Unterlagen aufbewahrt. Zeugnisse, alte Fotos, Rechnungen und Ähnliches.«

Jan verließ die Küche und wandte sich dem Badezimmer zu. Hellblaue Fliesen, Waschbecken und Badewanne schienen in den Siebzigerjahren des letzten Jahrhunderts eingebaut worden zu sein. Nur der Duschvorhang, der die Badewanne vom Rest des kleinen Raumes abtrennte, schien neueren Datums zu sein.

»Hier haben wir nur das Übliche gefunden«, sagte Ralf Plagge. »Wir konnten alles Lisa Kramer zuordnen. Sie scheint also alleine hier gewohnt zu haben.«

Nach einem Blick in die kleine Toilette und den Hauswirtschaftsraum gingen sie die Treppe hinauf. Jan betrat wieder als Erster den nächsten Raum, das Schlafzimmer. Vor einer dunkelgrünen Wand stand ein Boxspringdoppelbett, die untere Hälfte anthrazit, die obere in einem hellen Beige. Die Kombination von Wand und Bett wirkte auf Jan wie aus einer Illustrierten.

»Chic, oder?«, warf Ralf Plagge ein. »Ein Zimmer für ein Bett oder umgekehrt. Die Dame hatte viel Platz.«

In einem der zwei letzten Räume befand sich ein alter Kleiderschrank, der andere Raum schien das Mädchenzimmer von Lisa Kramer gewesen zu sein. Dort standen ein Einzelbett, ein Schreibtisch und ein kleiner Schrank. An der Wand hingen Poster, die nach den Motiven sechs bis acht Jahre alt sein mussten. Sie waren mit Stecknadeln an die Tapete geheftet.

Jan nickte Hanna zu, die schien gleich zu verstehen und bat Ralf Plagge, mit ihr nach unten zu gehen. Als es ruhig wurde im ersten Stock, setzte sich Jan auf das Bett im Mädchenzimmer, griff nach dem Kissen und roch daran.

Hast du hier geschlafen? In deinem alten Bett und der Dekoration aus einer anderen Welt? Warum? Hast du dich nach deiner Großmutter gesehnt? Oder war das hier dein Zufluchtsort, wenn dir alles zu viel wurde?

Jan stand auf, ging langsam mit halb geschlossenen Augen durch das Zimmer, blieb hier und da stehen und fühlte dem sechzehnjährigen Mädchen nach.

Hast du hier von deinem ersten Freund geträumt, dir ausgemalt, was die Zukunft für dich bereithält? Oder sind dir hier die Dämonen deiner Vergangenheit begegnet, das Trauma, das sich tief in dich gebohrt hat? Konntest du sie besiegen oder haben sie dich besiegt?

Jan trat an den Schrank und öffnete ihn. Er enthielt einige Kleidungsstücke, die nach ihrem Schnitt und den Farben viele Jahre alt sein mussten. Jan legte sie sorgfältig zurück in den Schrank und schloss die Tür. Er setzte sich auf den einfachen Schreibtischstuhl aus Holz und schaute aus dem Fenster. Sein Blick glitt über den verwilderten Garten auf eine Weide, die vor einem Wäldchen lag. Langsam drehte er sich um und sah sich noch einmal im Zimmer um. Was war dieser Raum für Lisa gewesen? Warum hatte sie ihn nicht verändert?

Hast du zwischen den beiden Welten gelebt? Was war das luxuriöse, aber anonyme Schlafzimmer für dich? Die Welt, die du dir erträumt hast? Und dein altes Jugendzimmer? Warum hast du seit vielen Jahren nichts verändert? Hast du dich zurückgesehnt in eine andere Zeit, in der du nicht alleine warst?

Er trat an das Regal, auf dem ein Dutzend Bücher standen. Gedankenverloren zog er eins heraus und wunderte sich, dass Lisa psychologische Sachbücher las. Er stellte das Buch wieder ins Regal und ging weiter.

Zurück im Schlafzimmer stand er eine Weile vor dem Doppelbett, bevor er sich die Schuhe auszog und sich auf die bequeme Matratze legte. Als er nach oben an die Decke schaute, bemerkte er, dass sie leicht vergilbt war. Warum hatte Lisa sie nicht gestrichen? Gerade im Schlafzimmer fiel der Blick häufig nach oben. Jan schloss die Augen und blieb ruhig liegen.

Was hast du in diesem Zimmer gemacht? Männer empfangen? War es dein Schlafzimmer oder ein Raum, in dem du gearbeitet hast? Hast du dich hier wohlgefühlt? Ist es dein Zuhause oder dein Arbeitsplatz?

Er fühlte den Schwingungen im Raum nach, empfing aber nur Kälte. Das Bett roch, als wäre es erst gestern geliefert worden.

Er stand auf, drehte sich einmal langsam um sich selbst und schloss erneut die Augen.

Drei

Hanna

»Mein Kollege braucht noch eine Weile«, sagte Hanna, die zusammen mit Ralf Plagge vor dem Haus stand. »Geben Sie mir einfach den Schlüssel. Ich bringe ihn morgen mit zur Besprechung.«

Der Oberkommissar warf Hanna einen irritierten Blick zu. »Was bitte macht er so lange in dem Haus? Geister beschwören?«

»Ja, wenn Sie es so nennen wollen. So ganz genau weiß ich das allerdings auch nicht und ich will es auch gar nicht wissen. Was ich aber weiß: Bisher hat uns das in den Ermittlungen immer weitergebracht.«

»Wollen Sie mich veräppeln, werte Kollegin?«

»Keinesfalls.« Sie hielt ihm die offene Hand entgegen und lächelte bemüht freundlich. »Sie können mir vertrauen. Wenn Sie allerdings lieber vorher Ihre Chefin um Erlaubnis fragen wollen, verstehe ich das natürlich.«

Er funkelte sie an und schien kurz davor zu sein, ausfällig zu werden. Schließlich knallte er ihr den Schlüssel in die Hand, wandte sich ohne Abschiedsgruß um und ging kopfschüttelnd zu seinem Golf.

Jan hätte die Situation sicher eleganter gelöst, dachte sie und ging zum Wohnmobil, um die Unterlagen zum Fall durchzuschauen.

Eine halbe Stunde später verließ Jan das Haus, schaute sich um und entdeckte Hanna, die auf einem Klappstuhl neben dem Wohnmobil saß. Er holte sich den zweiten Stuhl und setzte sich neben sie.

»Und?«, fragte Hanna.

»Lisa hat nicht in dem neuen Schlafzimmer übernachtet.«

Hanna zog die Augenbrauen hoch. »Sicher?« Im nächsten Augenblick hob sie die Hand. »Schon klar. Intuition. Aber bitte, warum sollte sie sich ein solches Bett kaufen und dann … ja, wo schlafen?«

»In ihrem ehemaligen Kinderzimmer. Zumindest, wenn sie alleine im Haus war.«

»Und was hat das zu bedeuten? Sehnsucht nach Geborgenheit? Zurück in eine Zeit, in der noch alles in Ordnung war?«

Jan nickte. »Sicher auch.«

»Jetzt mach's nicht so geheimnisvoll. Was hast du noch?«

»Ist dir etwas am Schlafzimmer und dem Wohnbereich unten aufgefallen?«

»Teuer und schick im Verhältnis zu der Küche und dem Bad und dem mehr oder weniger verwahrlosten Haus.«

»Ja. Und was noch?«

Hanna stöhnte theatralisch. »Jan, spielen wir jetzt Lehrer und Schülerin?«

»Nein, natürlich nicht«, sagte er lächelnd. »Beides, Bett wie Wohnlandschaft, sind Fremdkörper, die überhaupt nicht ins Haus, nicht zu einer vierundzwanzigjährigen Bäckereifachangestellten passen, die arbeitslos ist.«

»Ein Sponsor?«, warf Hanna ein. »Sugardaddy, nennt man nicht so die älteren Herren, die sich eine junge Frau halten?«

»Mag sein«, sagte Jan und schaute aufs Haus. »Aber dieser ältere Herr mit Geld, würde der ein solches Badezimmer akzeptieren?«

Hanna zuckte mit den Schultern. »Nostalgie? Die sahen vor einigen Jahrzehnten überall so aus.«

Jan zog eine Augenbraue hoch. »Etwas ernsthafter, Frau Hauptkommissarin.« Er warf einen Blick auf den Ordner mit den Ermittlungsergebnissen. »Ist im Haus männliche DNA gefunden worden?«

Hanna nickte. »An mehreren Stellen, die nahelegen, dass die Person häufiger im Haus war.«

»Schlafzimmer?«

»Ja, hier und auch im Wohnzimmer und im Bad. In der Küche nicht, aber dort gibt es fremde Fingerabdrücke, die auch in den genannten Räumen gefunden wurden. Es ist also ziemlich eindeutig. Es gibt einen Freund oder Liebhaber oder was auch immer.«

»Nur eine männliche DNA?«

»Nein, zwei. Allerdings von der zweiten Person nur im Wohnzimmer und nur an zwei Stellen. Das kann auch der Postbote gewesen sein, der ihr ein Paket ins Haus getragen hat, oder es ist passiert, als das Sofa aufgebaut wurde. Das wird sie ja wohl kaum alleine gemacht haben.«

Jan hatte die Augen geschlossen und schien nachzudenken. »Wie ein Filmstudio«, sagte er unvermittelt. »So ist es mir da vorgekommen. Kennst du nicht die Fotos aus diesen Studios? Auf der einen Seite des Raumes ist zum Beispiel eine vollwertige Küche eingerichtet, auf der anderen Seite ist nichts, weil von hier und von oben gefilmt wird. Eine Illusion, sozusagen. Sind eine Kamera, Stativ, Lampen und solche Sachen gefunden worden?«

»Nein, das hätte Kollege Plagge uns gesagt. Das ganze Zeug braucht man heute allerdings nicht mehr. Das läuft inzwischen alles übers Handy. Und bevor du fragst, ihr Handy ist nicht gefunden worden. Laut Maria Ahlers sind die Providerdaten angefordert, aber noch nicht da. Sie hatte also ein Handy.« Hanna hielt inne. »Du denkst also an Aufnahmen, die sie im Internet angeboten hat. Pornografische Filme oder Liveaufnahmen.«

Jan nickte. »Lisa sah viel jünger aus, als sie tatsächlich war. Vielleicht geht es darum. Mit der richtigen Aufmachung und etwas Schauspieltalent wäre sie auch als Fünfzehnjährige durchgegangen. Und es wäre nicht einmal strafbar gewesen.«

»Es ist kein Laptop im Haus gefunden worden«, warf Hanna ein. »Filme müssen geschnitten werden. Auf dem Handy stelle ich mir das schwierig vor, aber ich habe keine Ahnung von diesen Dingen, weder in Bezug auf die Herstellung noch hinsichtlich der Verbreitung. Ich kenne allerdings einen Kollegen beim LKA, der darauf spezialisiert ist.« Sie griff nach dem Handy, suchte in ihren Kontakten nach Jonas Winter und schrieb ihm eine Nachricht. »Er antwortet sicher bald.«

»Du kennst ihn gut?«, fragte Jan. Es klang wie eine belanglose Frage, aber Hanna meinte, noch etwas mehr herausgehört zu haben. War da ein Funken Eifersucht mit im Spiel?

»Eigentlich nicht«, sagte sie ausweichend. »Das Übliche halt, aber ich hatte kein Interesse.« Hanna wunderte sich über ihre Antwort. Etwas intensiver war ihr Kontakt zu Jonas schon gewesen. Zumindest stimmte die letzte Aussage. Sie hatte kein Interesse an einer Beziehung gehabt. »Lisa Kramer hatte zu Schulzeiten eine Freundin. Wir sollten mit ihr sprechen.«

»Ist sie befragt worden?«

Hanna stand auf und klappte den Stuhl zusammen. »Ja, aber nachdem klar war, dass sie seit Jahren keinen Kontakt mehr zu Lisa hatte, war das Interesse von Kollege Plagge wohl nicht mehr so brennend.«

Jan hatte inzwischen seinen Campingstuhl ins Wohnmobil gelegt und öffnete jetzt die Beifahrertür. »Du fährst?«

»Sophie Harms«, sagte Hanna. »Sie war mit Lisa auf der Oberschule in Dalum. Das ist der Hauptort der Gemeinde Geeste. Lisa hat ein Jahr nach dem Tod ihrer Eltern vom Lingener Gymnasium auf die Oberschule gewechselt.«

»Aufgrund der Noten?«

Hanna zuckte mit den Schultern. »Sophie Harms hat nach der Schule eine Ausbildung als Einzelhandelskauffrau absolviert und arbeitet jetzt im Hofladen ihrer Eltern, die einen großen Bauernhof in der Nähe von Dalum haben.«

Jan blätterte die Seite im Befragungsprotokoll um. »Hier steht wirklich nicht viel, außer dass sie keinen intensiven Kontakt mit Lisa hatte. Was immer das auch heißen mag.«

Kurz vor Dalum bog Hanna nach rechts ab und fuhr einen knappen Kilometer Richtung Dalumer Rull. Sie durchquerten die Ansammlung von wenigen Höfen und Einfamilienhäusern und bogen hinter dem Ortsteil auf einen breiten Feldweg ein, der direkt zu einer großen Hofanlage führte. Hanna parkte, sie stiegen aus und betraten den Hofladen.

Eine junge Frau, die gerade ein Regal mit Kartoffeln auffüllte, sah hoch und fragte, ob Hanna und Jan alleine zurechtkommen würden.

»Sind Sie Frau Sophie Harms?«, fragte Hanna. Als die Frau nickte, stellte sie sich vor, erklärte ihr Anliegen und bat darum, mit ihr sprechen zu können.

»Geht es noch mal um Lisa?«, fragte Sophie Harms.

»Ja. Können wir uns irgendwo setzen?«

Sophie Harms griff nach ihrem Telefon und bat ihren Gesprächspartner, sie kurz zu vertreten. Anschließend führte sie sie in einen schmucklosen Raum, mit Regalen an den Wänden und einem Tisch mit vier Stühlen. »Wenn es Ihnen nichts ausmacht. Wir räumen hier gerade etwas um. Ich plane eine Küche, in der ich Brot und Kuchen backen kann.«

Hanna und Jan setzten sich, Sophie Harms stellte drei Gläser auf den Tisch und holte eine Karaffe mit einem trüben Saft aus dem Kühlschrank. »Selbst gepresster Apfelsaft.« Ohne zu fragen, schenkte sie ein und reichte Jan und Hanna die Gläser.

Sophie Harms war einen Kopf kleiner als Hanna, die kurzen blonden Haare passten zu ihrem burschikosen Auftreten.

»Es war schon jemand hier, aber das wissen Sie ja wahrscheinlich«, sagte die junge Frau. »Was kann ich Ihnen noch erzählen?«

Jan beugte sich leicht vor. »In welchem Schuljahr ist Lisa Kramer in Ihre Klasse gekommen?«

Sophie Harms trank einen Schluck aus ihrem Glas. »Das muss das siebte gewesen sein. Lisa war ja vorher auf dem Gymnasium, aber nach dem Unfall ihrer Eltern – sie sind dabei ja beide umgekommen – ist Lisa irgendwann zu uns gewechselt.«

»Wissen Sie warum?«

»Lisa war wohl viele Monate krank – also nach dem Tod ihrer Eltern. Danach ist ihr die Schule immer schwerer gefallen. Sie hat es mir nie so richtig erzählt und damals mit zwölf oder dreizehn Jahren war das auch kein großes Thema zwischen uns. Ich glaube, später, erst so mit sechzehn, siebzehn haben wir da häufiger drüber gesprochen. Über die Zeit nach dem Unfall und wie das für sie so war.«

»Können Sie mir das näher erläutern?«, fragte Jan.

Sophie Harms seufzte leise. »Das ist ja schon eine Weile her, aber wenn ich mich richtig entsinne, hatte Lisa auch zu der Zeit noch richtig an dem Tod ihrer Eltern zu knabbern.« Sie schien erschrocken über ihre eigene Wortwahl. »Entschuldigen Sie, das klang jetzt so, als wenn ich Lisas Probleme damals nicht so ernst genommen hätte. Das ist natürlich nicht so. Wir waren sehr eng befreundet und haben uns viel erzählt in der Zeit. Lisa war oft ziemlich verzweifelt. Sie wollte studieren und war ja auch deshalb aufs Gymnasium gegangen. Aber nach dem Tod ihrer Eltern fiel ihr das Lernen so schwer – auch auf der neuen Schule – dass sie so gerade noch den mittleren Abschluss geschafft hat. Sie hat um ihre Eltern getrauert und war gleichzeitig wütend auf sie, dass sie nicht besser auf sich aufgepasst haben. Ich weiß, das klingt verrückt, aber so war es.«

»Das ist eine durchaus nachvollziehbare Reaktion«, sagte Jan. »Ihre Freundin hat ein traumatisches Erlebnis verarbeitet. Hatte sie damals professionelle Unterstützung?«

»Sie meinen eine Therapie oder so was? Nein, davon hätte mir Lisa bestimmt erzählt. In den ersten Jahren kam allerdings hin und wieder eine Frau vom Jugendamt zu ihr nach Hause.«

»Sie wissen sicher, wann Lisa ihren ersten richtigen Freund hatte?«, fragte Jan weiter.

»Richtigen? Sie meinen mit Sex und so?«

»Nicht unbedingt. Es geht mir mehr darum, ob es eine intensive Beziehung war und nicht nur eine kurze Teenagerliebe.«

Sophie Harms zögerte eine Weile, räusperte sich dann. »Jetzt, wo Lisa tot ist und Ihnen das ja vielleicht hilft, kann ich es ja wohl erzählen.«

Jan nickte, schwieg aber.

»Das Ganze war eine ziemlich stressige Geschichte. Er war eine Klasse über uns und hieß Paul. Wir waren sechzehn und Lisa machte es ziemlich zu schaffen, dass sie noch nicht mit einem Jungen geschlafen hatte. Vollkommen blöd aus heutiger Sicht, aber so war das damals.«

»Stressig?«, fragte Jan. »Was ist passiert?«

Sophie Harms setzte zu einer Antwort an, stutzte und sah Jan irritiert an. »Sie wissen schon, dass das fast acht Jahre her ist? Was soll das damit zu tun haben, was Lisa jetzt passiert ist?«

»Das kann ich Ihnen jetzt noch nicht sagen. Für uns ist erst mal wichtig, dass wir Lisa kennenlernen. Wir können sie nicht mehr fragen und müssen deshalb auf ihre Freunde und Verwandten ausweichen.«

»Es geht also nicht um diesen Paul?«

»Ich glaube nicht. Erzählen Sie einfach weiter. Was ist damals passiert?«

»Wie das so ist. Lisa war schrecklich aufgeregt, als sie Paul zu sich eingeladen hatte. Ihre Oma war zu Besuch bei ihrer Schwester, die im Krankenhaus lag. Also sturmfreie Bude.«

Hanna hielt sich bewusst zurück und überließ Jan die Gesprächsführung. Die Arbeitsteilung hatte sich in ihrer Zusammenarbeit bewährt. Jan führte die einfühlsamen Befragungen, während sie eher bei Zeugen und Verdächtigen Druck aufbauen konnte.

»Ja, es sollte an diesem Abend passieren. Das große fantastische erste Mal. Lisa nahm an, dass Paul schon Erfahrung mit Frauen hatte, was aber wohl nicht der Fall war. Auch für ihn war es – wie sich dann herausstellte – Neuland. Was soll ich lange um den heißen Brei herumreden. Der Abend war ein Desaster. Paul konnte nicht – wohl wegen der ganzen Aufregung – Lisa wusste nicht, wie sie reagieren sollte, und am Schluss hat Paul sich gedemütigt gefühlt. Ich habe damals von einem guten Freund erfahren, dass Paul später wilde Geschichten über Lisa erzählte. Sie wäre ein Flittchen und würde es mit jedem treiben. Einfach nur ekelhaft.«

»Hat Lisa davon erfahren?«

»Ich habe ihr zumindest nie davon erzählt, aber sie kann es natürlich von jemand anderem erfahren haben.«

»Gab es keinen Kontakt mehr zwischen Paul und Lisa?«, frage Jan.

»Nicht wirklich. Lisa hat mir später einmal erzählt, dass Paul sie eine Weile gestalkt hat. Was genau abgelaufen ist, hat sie nicht gesagt. Das war auch erst Jahre später, als ich davon erfahren habe.«

»Wie lange hatten sie noch Kontakt mit Lisa?«

»Wir haben ja beide eine Ausbildung gemacht und haben uns hin und wieder an Berufsschultagen in Lingen getroffen. Der Kontakt wurde aber immer seltener. Wie das so ist. Aus den Augen, aus dem Sinn. Einmal sind wir uns aber noch begegnet. Das war vor etwa drei Jahren in Lingen in der Fußgängerzone. Wir haben uns dann in ein Café gesetzt und ziemlich lange gequatscht.«

»Hat Ihre Freundin zu der Zeit noch gearbeitet?«

»Ja, aber sie hatte schon gekündigt, musste nur noch zwei oder drei Wochen arbeiten. Wahrscheinlich fragen Sie jetzt gleich, was sie stattdessen vorhatte. Das habe ich sie natürlich gefragt, aber keine wirkliche Antwort bekommen.«

»Hat Lisa gar keine Begründung gehabt?«

»Nur so allgemein. Sie habe die Nase voll von der Knochenarbeit im Backshop und wolle endlich was vom Leben haben. Ich habe mir damals gedacht, dass ihre Kündigung etwas mit dem Tod ihrer Oma zu tun hatte. Sie war zu dem Zeitpunkt ja noch nicht lange tot. Vielleicht hat Lisa etwas geerbt und sich dann eine Auszeit nehmen wollen.« Sophie Harms schaute Jan fragend an. »War es so?«

»Das Haus hat sie geerbt. Mehr weiß ich dazu leider nicht.«

»Ja, das Haus. Sie hat es sehr gemocht. Genau wie ihre Oma. Sie hat sie regelrecht verehrt. Sie war eine Art Heilige für Lisa.«

»Was hat Frau Kramer Ihnen bei Ihrem letzten Treffen noch erzählt?«, fragte Jan weiter. »Hatte sie einen Freund?«

Sophie Harms zuckte mit den Schultern. »Da hat sie etwas geheimnisvoll getan. Klar, ich habe gefragt und ja auch selbst von meinem Verlobten erzählt und der geplanten Hochzeit.«

»Geheimnisvoll?«, brachte Jan das Gespräch wieder auf das eigentliche Thema.

»So habe ich es zumindest in Erinnerung. Vielleicht war ich aber auch nur genervt, weil sie so tat, als wäre er ein … keine Ahnung, wahnsinniger Glücksgriff. Ich glaube sogar, dass ich damals gedacht habe, dass sie den Mann erfunden hat, um nicht ohne dazustehen.«

»Haben Sie noch weiter Kontakt mit ihr gehabt?«

»Ich glaube nicht. Lisa machte mir auch nicht den Eindruck, als wenn sie großen Wert darauf gelegt hätte. Wenn ich das mal so sagen darf. Ich war ihr wohl zu neugierig.« Sophie Harms wiegte den Kopf hin und her. »Okay, bin ich manchmal auch. Ist doch interessant, was aus den alten Freunden so geworden ist. Da muss man sich doch nicht schämen, wenn es nicht so läuft, wie man sich das in seinen Träumen vorgestellt hat.«

»Hatte Lisa Kramer nach Paul weitere Freunde?«

»Angeblich war da noch jemand, mit dem sie dann auch geschlafen hat. Ich kenne aber nicht mal seinen Namen und weiß auch sonst nichts. Wir hatten da gerade mit der Ausbildung angefangen und haben uns hier und da mal getroffen. Auch so ein geheimnisvoller Mann, den es vermutlich nie gab.«

»Was hat sie von ihm erzählt?«, fragte Jan in stoischer Ruhe weiter, die Hanna niemals aufgebracht hätte.

»Ach, das ist lange her. Wie gesagt, ich weiß nichts von ihm.« Sie stutzte. »Oder vielleicht doch. Ich habe einmal gesehen, dass sie nach der Berufsschule in einen Wagen gestiegen ist. Da saß ein Mann, aber viel konnte ich nicht von ihm sehen. Er wirkte aber älter auf mich. Fragen sie mich nicht, warum. Das war mein Eindruck.«

»Was für ein Auto war es?«

»Marke? Keine Ahnung, aber es war ein Modell für ältere Herren. Eine Limousine, dunkel, schwarz oder grau.«

Eine Viertelstunde später verließen Jan und Hanna den Hof. Sophie Harms hatte auf Nachfrage von ihrer gemeinsamen Schulzeit mit ihrer Freundin Lisa erzählt. Danach war Lisa Kramer ein zurückhaltender, schüchterner Teenager gewesen. Bis auf Sophie hatte sie kaum Kontakt zu ihren Mitschülern gesucht und sich viel alleine zu Hause aufgehalten. Sie habe wenig Gespür dafür gehabt, welchen Menschen man trauen könne und welchen nicht.

Vier

Hanna

»Danke«, sagte Jan, als sie zum Auto gingen.

»Wofür das?«, fragte Hanna verwundert.

»Dass du die Geduld hattest, das Gespräch mit Frau Harms laufen zu lassen.«

»Kein Thema. Du bist in solchen Dingen einfühlsamer als ich.«

Jan lächelte. »Ich denke, du bist auch einfühlsam, aber auf deine Art.«

»Lassen wir das.« Sie schloss das Wohnmobil auf und setzte sich hinters Steuer, als ihr Handy klingelte.

»Jonas! Danke für deinen Rückruf. Hast du ein paar Minuten Zeit für mich?«

»Immer doch! Du weißt doch, dass ich für schöne Frauen ein Faible habe.«

»Alter Charmeur! Darf ich laut stellen? Kollege Jan de Bruyn sitzt neben mir. Wir arbeiten gerade an einem Fall im Emsland.«

»Klar!«

Hanna stellte das Handy auf mithören und legte es auf die Ablage zwischen den Sitzen. Hanna erklärte dem LKA-Kollegen, auf was sie gestoßen waren und welchen Verdacht sie hatten.

»Und jetzt wollt ihr sicher wissen, wo ihr im Netz suchen sollt?«

»Zum Beispiel«, sagte Hanna.

»Da gibt es eine ganze Reihe geeigneter Seiten. Von klassischen Pornoseiten, die über Bezahlsysteme arbeiten, bis hin zu Webdiensten, wo man Fotos und Videos hochladen kann, entweder kostenlos oder per Abo von deiner Seite.«

Hanna berichtete ihm, was sie bisher über Lisa Kramer erfahren hatten. »Kannst du damit was anfangen? Wo hätte die junge Frau am wahrscheinlichsten ihre Fotos oder Videos hochgeladen?«

Jonas Winter zählte eine Reihe von Seiten auf und fügte hinzu: »Der Trend geht seit einiger Zeit zu Plattformen, auf denen der Kunde einzelne Angebote abonniert. Der Monatspreis wird vom Anbieter festgelegt – das fängt bei fünf Euro an und geht, je nach Marktwert, hoch.«

»Die Kunden schließen also ein Monatsabo für eine bestimmte Person hab?«, fragte Hanna.

»Richtig. Du hast doch sicher von einigen prominenten Damen gehört, die sich dort leicht bekleidet und manchmal hochschwanger präsentieren. Da sind schnell bis zu sechsstellige Summen zu holen. Pro Monat wohlgesagt. Das sind nicht unbedingt pornografische Inhalte, sondern oft recht unverfängliche Fotos oder kleine Videos. Da wird viel mit Anspielungen gearbeitet, eine Nähe zum Kunden aufgebaut, die es so nicht gibt und auch nie geben wird. Der Marktführer ist mit großem Abstand *Only4you.* Ich würde an eurer Stelle dort mal nachschauen. Wenn ihr allerdings nicht das Pseudonym der Dame kennt – die wenigsten laufen unter ihrem Klarnamen – ist es nicht so einfach, sie zu finden.«

»Wenn der Account überhaupt noch da ist«, warf Jan ein.

»Durchaus möglich, dass er gelöscht wurde. Hat euer Opfer den Account selbst verwaltet?«

»Wissen wir nicht, aber da auf ihr Konto keine entsprechenden Zahlungen eingegangen sind, wohl eher nicht. Bis jetzt haben wir noch nichts Handfestes, sondern nur eine Vermutung«, sagte Hanna. »Habe ich dich richtig verstanden, dass die Suche nach dem richtigen Account sehr aufwendig sein kann?«

»Definitiv«, sagte Jonas Winter.

»Ich vermute mal, dass du und deine Kollegen uns helfen könntet?«

»Wenn es eine offizielle Anfrage gibt, bin ich sofort dabei.«

»Ich spreche mit Kriminaldirektor Hagemann. Geh mal davon aus, dass du die Anfrage bald auf dem Tisch hast. Was brauchst du von uns?«

»Fotos der Frau, die ihr im Netz sucht. Gute Fotos und keine unscharfen Schnappschüsse. Sie sollten aus den letzten zwei Jahren sein und möglichst von vorne und von der Seite.«

»Du hörst von mir. Schon mal ein riesengroßes Dankeschön nach Hannover.«

»Halt die Ohren steif«, sagte Winter und beendete das Gespräch.

Hanna rief Hagemann an, erklärte ihm die Situation und bat darum, dass das LKA Hannover mit einbezogen werden konnte. Er stimmte ihr zu und versprach, sich direkt darum zu kümmern.

»So, jetzt brauchen wir nur noch Fotos und etwas Glück bei der Suche im Netz.« Sie warf Jan einen Blick zu. »Hunger?«

»Was steht denn noch auf dem Programm?«

»Susanne Gerdes. Sie hat mit Lisa zusammen in dem Backshop gearbeitet und ist ebenfalls befragt worden.«

»Ralf Plagge?«

»Treffer! Ist nicht viel bei herumgekommen, aber sie ist eine der Personen, die viel Zeit mit Lisa verbracht hat, und das nach der Schul- und Ausbildungszeit. Sie wohnt in Lingen. Wollen wir das erst erledigen und danach Feierabend machen? Ich habe hinten noch ein paar Schokoriegel. Das würde mir erst mal reichen.«

»Ist vielleicht besser so. Dann können wir uns danach in Ruhe einen Stellplatz suchen und essen gehen.«

Hanna nickte und startete den Motor.

»Kommen Sie herein«, empfing sie Susanne Gerdes. »Mein Kleiner spielt gerade mit seiner großen Schwester. Solange sie so friedlich sind, habe ich Zeit für Sie.«

Susanne Gerdes hatte schulterlange, haselnussbraune Haare, sie trug knallrote Leggings zu einem hellblauen Pullover, dazu gelbe Clogs und rote Strümpfe. Hanna und Jan wurden von ihr in die Küche des Hauses geführt, wo sie ihnen etwas zu trinken anbot. »Kaffee oder Tee?«

»Kaffee wäre gut«, sagte Hanna. Jan schloss sich an.

Nachdem Susanne Gerdes den Kaffee aufgesetzt hatte, kam sie zu ihnen an den Tisch. »Haben Sie noch zusätzlich Fragen. Es war ja bereits jemand bei mir im Backshop.«

Hanna reichte ihr eine Visitenkarte und stellte sich und Jan vor. »Das Protokoll der Befragung haben wir gelesen«, sagte sie. »Es haben sich neue Erkenntnisse ergeben. Auch deshalb sind wir noch einmal zu Ihnen gekommen.«

Susanne Gerdes stand auf, stellte drei Becher auf den Tisch und holte die volle Kanne aus der Maschine.

»Uns interessieren die letzten sechs bis zwölf Monate, die Sie mit Lisa Kramer zusammengearbeitet haben«, sagte Hanna. »Hat sich Ihre damalige Kollegin in der Zeit verändert?«

»Lisa war immer eher ruhig und zurückhaltend und manches musste man ihr aus der Nase ziehen. Wenn ich das einmal so sagen darf. Verändert? Mag sein. Am Schluss hat sie ja auch gekündigt. Irgendwas wird schon passiert sein. Ja, sie war am Schluss schon anders.«

»An was genau denken Sie da?«, fragte Hanna.

»Selbstbewusster ist sie geworden, würde ich sagen. Nicht, dass Lisa vorher ein graues Mäuschen gewesen wäre, nein, das meine ich nicht. Sie war eine nette Kollegin und hat auch auf mich gehört. Also, ich bin die Leiterin des Backshops und natürlich verantwortlich für alles. Diese naseweisen Teenager, die von einer Karriere als Influencerin träumen und vom großen Geld, also die habe ich wirklich gefressen. Von nichts eine Ahnung, aber eine große Klappe. So war Lisa nie, auch später nicht.« Sie trank einen Schluck Kaffee. »Wenn ich zu viel plappere, sagen Sie es mir einfach. Wenn ich erst mal in Fahrt komme, kann ich mich kaum stoppen.«

Hanna lächelte. »Alles gut. Reden Sie nur weiter.«

»Ja, wie war das in den letzten Monaten? Ich habe schon gemerkt, dass etwas in ihr vorgeht, sie innerlich zerrissen war. So kam es mir zumindest vor. Hin- und hergerissen. Ich habe sie natürlich angesprochen, klar, ich bin immer für ein klares Wort zu haben.«

»Hat Lisa etwas erzählt?«, fragte Hanna.

»Schon, aber ich kann das jetzt gar nicht so wiedergeben. Ich versuch's aber mal.« Susanne Gerdes holte tief Luft und schloss kurz die Augen. »Die Arbeit machte ihr auch weiter Spaß. Klar, so einfach, wie das manchmal aussieht für die Kunden, ist es wirklich nicht. Das frühe Aufstehen, die ganzen Vorbereitungen, die Brötchen, die wir inzwischen vor Ort backen müssen, dann die ganze Schmiererei für die Brötchen mit Belag, der Getränkeautomat und was weiß ich noch alles. Die Kunden sind nicht immer gut drauf, da muss man auch schon mal was wegstecken können. Und das ständige Stehen den lieben langen Tag geht ganz schön auf die Knochen. Im Sommer zu heiß, im Winter kriecht die Kälte durch die Tür. Trotzdem hat es uns Spaß gemacht, gerade die Zusammenarbeit zwischen uns beiden. Es flutschte, sozusagen. Und dann geht einem die Arbeit ziemlich leicht von der Hand.« Sie zuckte mit den Schultern. »Ja, selbstbewusster ist Lisa geworden. Sie hat plötzlich mehr gesprochen und dies und das gefragt. Das war schon auffällig. Ich habe mich natürlich gefreut. Klar, wenn man selbst Kinder hat, bemerkt man schon, wenn sich jemand verändert. Zum Positiven meine ich.«

Jan nickte Hanna zu, beugte sich leicht nach vorne und fragte: »Hat Lisa Ihnen davon erzählt, dass sie einen Mann kennengelernt hat?«

»Ja, tatsächlich. Das war aber eine ganze Weile früher. So einige Monate vor den anderen Veränderungen. Ich habe eines Tages dieses Leuchten in ihren Augen gesehen und einfach mal gefragt. Sie hat genickt und gemeint, dass sie endlich den Richtigen gefunden habe. Dabei war mir gar nicht klar, dass sie auf der Suche war.«

»Hat Lisa mehr von ihrem neuen Freund erzählt?«, fragte Jan weiter, als Susanne Gerdes Luft holte.

»Erzählt? Denke schon. Er war etwas älter. Wie viel, weiß ich nicht. Sie war über beide Ohren in ihn verliebt, das auf jeden Fall.«

»Haben Sie den Freund persönlich kennengelernt? Hat er Lisa vielleicht von der Arbeit abgeholt oder was Ähnliches?«

»Ja, tatsächlich. Einmal habe ich ihn gesehen. Nicht so richtig, weil er ja im Auto vor dem Backshop auf Lisa gewartet hat.« Susanne Gerdes schaute Jan fragend an. »Brauchen Sie jetzt eine genaue Beschreibung?«

»Wenn Sie sich an den Mann erinnern, würde uns das sehr helfen, Frau Gerdes.« Jan hatte ruhig und freundlich gesprochen, während Hanna sich nur mit Mühe zurückhalten konnte.

»Alt war er nicht, vielleicht ein paar Jahre älter als Lisa. Kurze dunkle Haare, groß – er ist kurz ausgestiegen, da konnte ich das sehen – gut gebaut, also nicht so ein dünner Hering, ordentliche Klamotten, die schon ein paar Euro gekostet haben. Sein Gesicht habe ich nur richtig von der Seite gesehen und ganz kurz von vorne. Er hatte so einen Dreitagebart, keine Brille und ein sehr attraktives Gesicht. Damit meine ich männlich, etwas kantig und sehr norddeutsch. Sie wissen schon, was ich meine. Und, bevor Sie fragen, ich weiß nicht, ob ich ihn wiedererkennen würde.« Sie warf Jan einen fragenden Blick zu. »Geht das wirklich so mit einer Gegenüberstellung, mit so einem Fenster, wo man nicht gesehen werden kann, und vier oder fünf Männern?«

»Uns würde schon reichen, wenn wir Ihnen einen Kollegen schicken dürften, der mit Ihrer Hilfe ein Phantombild von dem Mann anfertigen würde«, sagte Jan.

»Nein, so was kann ich nicht. Das ist viel zu lange her.«

»Glauben Sie mir, das sagen fast alle Zeugen und am Schluss kommt doch eine brauchbare Zeichnung heraus.« Jan beugte sich vor und legte ihr eine Hand auf den Arm. »Sie schaffen das. Vertrauen Sie mir. Es ist wirklich nicht so schwer, wie Sie denken. Und wenn es nicht klappen sollte – wovon ich nicht ausgehe – wird Ihnen niemand einen Vorwurf machen.«

Susanne Gerdes nickte und schien zum ersten Mal keinen Kommentar zu dem Gehörten abgeben zu wollen.

»Hilfe!«, sagte Hanna, als sie außer Hörweite des Hauses waren. »Danke, dass du das übernommen hast. Ich wäre um ein Haar explodiert.«

»Ja, Frau Gerdes war etwas speziell«, gab Jan mit einem unterdrückten Grinsen zu. »Jetzt hoffen wir mal, dass Kollegin Ahlers uns keinen Strich durch die Rechnung macht.«

»Die übernehme ich. Wir bekommen unsere Zeichnung.« Sie sah auf die Uhr. »Und jetzt ist Schluss. Essen und anschließend müssen wir noch die Ermittlungsakten durcharbeiten.«

»Wo? Hast du schon einen Stellplatz fürs Wohnmobil gefunden?«

Hanna lächelte in sich hinein. »Ich habe eine Idee.«

»Perfekt, oder?«, fragte Hanna. Sie saßen im Außenbereich des Restaurants Deichkrone mit Blick auf den Sandstrand des Sees in der Nähe von Geeste. »Sieht hier doch fast aus, wie an der Ostsee. Okay, nicht ganz, aber fürs Emsland …«

Für Anfang September waren die Temperaturen mit tagsüber weit über zwanzig Grad sehr hoch. Selbst jetzt am späten Nachmittag konnte man problemlos draußen sitzen. Da die Sommerferien in Niedersachsen und Nordrhein-Westfalen bereits vorbei waren, hielt sich der Gästestrom im Restaurant und am Strand in Grenzen.

»Perfekt«, bestätigte Jan und griff nach der Speisekarte.

Eine Viertelstunde später standen das Essen und die Getränke auf dem Tisch. Jan hatte sich hausgemachte Ravioli al pomodoro bestellt, während Hanna einen Mexican Burger ausgewählt hatte.

Sie aßen schweigend, nur hin und wieder sah Hanna hoch, ihre Blicke streiften sich kurz und intensiv mit einem Lächeln, als wären sie gerade frisch verliebt.

Mir geht es gut, fuhr es Hanna durch den Kopf, *verdammt gut. Seit wann brauche ich einen Mann, um mich ganz zu fühlen? Unsinn, das ist es nicht. Es geht nicht um Sex oder gar Liebe – was immer das auch sein soll – es geht um den Menschen, den Freund, der nicht an mir rüttelt und mich verbiegen will. Jan ist einfach da und erdet mich.*

»Verrätst du mir, an was du gerade denkst?«, holte Jan sie zurück aus ihren Gedanken.

Hanna schüttelte den Kopf. »Nein, geht leider nicht.«

»Ja, das kenne ich. Vielleicht ein anderes Mal.«

Hanna schwieg.

»Lisa war einsam und fühlte sich verloren«, wechselte Jan unvermittelt das Thema. »Es ist schlimm genug, einen Elternteil zu verlieren, aber gleich zwei und das in dem Alter.« Er legte Messer und Gabel auf seinen leeren Teller und trank einen Schluck aus dem Bierglas. »Dann stirbt ihre Großmutter, die einzig verbliebene Bezugsperson. Ihre Welt muss zusammengebrochen sein. In solchen Momenten ist man schutz- und wehrlos.«

»Und anfällig für schädliche Einflüsse von außen. Menschen, die es nicht gut mit ihr meinen, sie ausnutzen.«

Jan nickte. »Sollte dieser mutmaßliche Freund länger mit ihr zusammen gewesen sein, müssen wir ihn finden. Er muss nicht der Täter sein, aber er könnte uns wertvolle Hinweise über das Leben von Lisa Kramer geben.«

Hanna trank einen Schluck Mineralwasser und schob ihren leeren Teller zur Seite. »Es gab – bis auf die DNA-Funde – keinen Hinweis auf Männer in dem Haus«, gab sie zu bedenken.

»Nicht nur das. Kein Laptop, kein Handy oder Tablet. Aber ein Router für eine schnelle Internetverbindung. Jemand muss die Geräte entfernt haben.«

»Die Person musste Zugang zum Haus haben und mutmaßlich Kontakt zu Lisa.« Hanna lehnte sich auf dem Stuhl zurück und schaute über den See. »Ich schlage vor, wir machen noch einen kleinen Verdauungsspaziergang und ziehen uns dann zum Lesen der Ermittlungsakte zurück.«

In der Nähe des Restaurants gab es einen offiziellen Wohnmobilstellplatz und Hanna hatte vorgeschlagen, hier zu übernachten.

»Okay, dann bezahle ich schon mal.«

Fünf

Jan

Eineinhalb Stunden später hatten sie es sich auf dem Doppelbett im Wohnmobil bequem gemacht, die Decken zu einer Rückenlehne zusammengefaltet. Nach und nach gingen sie jeder für sich die Protokolle und Berichte durch und hefteten sie anschließend wieder in der richtigen Reihenfolge ab.

»Gehen wir ein paar Meter?«, fragte Hanna, als sie nach fast zwei Stunden den Ordner zur Seite legten.

»Warum nicht. Es ist bestimmt noch eine Stunde hell.«

Hanna sprang aus dem Bett und zog sich die Schuhe an. »Auf, alter Mann! Keine Müdigkeit vorschützen.«

»Was sagst du zu dem Obduktionsbericht?«, fragte Hanna, als sie den Strand erreicht hatten. »Lisas Verletzungen am ganzen Körper sind kaum zuzuordnen. Bei den meisten ist nicht klar, ob das im Kanal passiert ist oder ob es zum Beispiel Abwehrspuren sind.«

»Vermutlich war das genau die Absicht des Täters«, warf Jan ein.

»Was ist vorher passiert? Wurde sie in der eigenen Badewanne ertränkt? Was anderes ist ja kaum vorstellbar, oder?«

Jan nickte. »In Lisas Haus ist das Badezimmer im Erdgeschoss. Das wird es leichter gemacht haben, die Leiche zu transportieren. Wie schwer war Lisa?«

»Gerade mal fünfundvierzig Kilo. Trotzdem schwierig, sie allein ins Auto zu verfrachten. Waren sie zu zweit?«

Jan wiegte mit dem Kopf. »Zwei Männer, die Lisa getötet haben? Wie wahrscheinlich ist das?«

»Sie hatte Sex mit beiden, es kam zum Streit, sie hat die Männer rausgeworfen und ist in die Badewanne gegangen. Die Männer kamen zurück und …« Hanna schüttelte den Kopf. »Nein, es gibt bisher keine Anzeichen dafür, dass sie als Sexarbeiterin gearbeitet hat. Wäre sie dafür überhaupt der Typ?«

Jan schloss die Augen und schien noch einmal alle bisherigen Informationen zu Lisa vor seinem geistigen Auge ablaufen zu lassen. »Ja, wenn der Druck von außen groß genug gewesen wäre oder wenn sie es freiwillig für einen Mann gemacht hat, der ihr die große Liebe vorgespielt hat. Für sehr wahrscheinlich halte ich das aber nicht. Wo hätten die Treffen stattfinden sollen. In ihrem Haus? Da sind nur DNA-Spuren von zwei Männern gefunden worden. Es müssten aber viel mehr da sein, wenn die Männer zu ihr nach Hause gekommen sind.«

»Ist das Haus gereinigt worden?«, fragte Hanna. »Auch unwahrscheinlich, da es davon Spuren gegeben hätte. Im Moment läuft es darauf hinaus, dass sie den Täter kannte und selbst ins Haus gelassen hat beziehungsweise er einen Schlüssel hatte. Und da gibt es wieder mindestens zwei Varianten, die wir schon durchgespielt haben. Ein Freund in ihrem Alter, der sie dazu gebracht hat, ihren Körper in noch nicht bekannter Weise zu vermarkten. Vermutlich übers Internet. Oder ein älterer Mann, der sie dauerhaft dafür bezahlt hat, dass er hin und wieder mit ihr schlafen oder was auch immer machen kann. Gibt es eine dritte Variante?«

»Lisa hat sich ohne Anstoß von außen im Internet angeboten, per Fotos oder Videos. Ihr Freund wusste nichts davon und es kam zum Streit. Oder: Jemand hat sie im Internet erkannt und wusste, wo sie lebt. Eventuell auch ein Bekannter oder Freund aus der Vergangenheit.«

»Das sind dann schon vier Varianten.« Hanna grinste. »Soll niemand sagen, dass wir nicht fix arbeiten.«

»Sehr fix sogar«, sagte Jan lächelnd. »Hajo Maatje. Was hältst du von dem jungen Mann, der Lisa in der Berufsschule Avancen gemacht hat?«

»Wow! Avancen machen. Aus welchem Jahrhundert stammt das?«

»Solange du mich verstehst, ist doch alles in Ordnung.«

Hanna wurde ernst. »Tatsächlich verstehe ich dich nicht immer. Aber vielleicht ist das ja auch gar nicht nötig.«

Jan schwieg. Er war nicht auf den schnellen Wechsel ins Persönliche vorbereitet gewesen. Oder hatte er Hanna falsch verstanden? Ging es ihr gar nicht um ihr persönliches Verhältnis?

»Nun gut, der Berufsschüler«, fuhr Hanna fort. »Ist auch eine Weile her, aber er war nicht sehr zimperlich.«

Eine weitere ehemalige Schülerin, Jasmin Kayser, hatte den Ermittlern erzählt, dass jemand, mutmaßlich Hajo Maatje, Lisa bei der Abschlussfeier K.-o.-Tropfen in ihr Getränk gekippt hatte. Sie trank nur einen Schluck des Mineralwassers, ihr wurde schwindelig und sie bat Jasmin, sie nach draußen zu begleiten. Kurze Zeit später war Lisa mit dem Taxi nach Hause gefahren.

»Das mit den K.-o.-Tropfen ist nicht bewiesen«, gab Jan zu bedenken. »Trotzdem sollten wir uns mit Maatje unterhalten.«

Hanna warf einen Blick auf ihre Uhr. »Es wird Zeit, dass wir umkehren.«

Auf dem Rückweg sprachen sie über die weiteren SoKo-Ermittlungen der vergangenen Woche. Die Beamten hatten akribisch das Umfeld von Lisa Kramer durchkämmt, angefangen bei den Schülern des Gymnasiums, der Oberschule und der Berufsschule, bis hin zu ihren Kollegen während ihrer Ausbildung und im Backshop. Nur einige Zeugen kannten Lisa näher, als befreundet bezeichneten sich nur wenige Personen. Zwar hatten die Befragungen ein gutes Bild von Lisa Kramers Charakter aufgezeigt, aber es hatten sich, bis auf Hajo Maatje, keine Anhaltspunkte für weitere Ermittlungen ergeben. Die Bewohner der angrenzenden Häuser waren mit ihren Auskünften sehr zurückhaltend gewesen. Niemand hatte häufig wechselnde Personen bemerkt, die bei Lisa Kramer zu Besuch waren.

Kurz vor dem Wohnmobil klingelte Jans Handy. Er schaute aufs Display und gab Hanna ein Zeichen, dass es sich um einen Anruf aus London handelte. Wollte George, sein zehnjähriger Sohn, der bei seiner Mutter in der englischen Hauptstadt lebte, etwas von ihm oder war es seine Mutter Violet?

Jan nahm das Gespräch an und meldete sich. Jemand räusperte sich und gleich darauf begrüßte ihn seine Frau mit distanzierter Stimme.

»Ist alles gut bei euch?«, fragte Jan.

»Ja, George übernachtet heute bei einem Schulfreund.«

Jans Stimmung sank schlagartig. Violet rief sicher nicht an, um nett mit ihm zu plauschen. Entweder ging es um Geld oder etwas wirklich Ernsthaftes.

»Ich wollte dich nur informieren, dass mein Anwalt die Scheidungspapiere vorbereitet hat. Sie sollten in den nächsten Tagen bei dir eintreffen.«

Die Worte trafen Jan unvorbereitet, ein Schlag in die Magengrube, ohne Möglichkeit, sich zu schützen. Er krümmte sich leicht zusammen und holte tief Luft.

»Bist du noch da?«, fragte Violet.

»Ja.«

Violet hatte bei seinen letzten Besuchen Andeutungen gemacht, die er aber nicht ernst genommen hatte oder nicht ernst nehmen wollte. Die Hoffnung auf einen Neuanfang war nie in ihm erloschen. Er war nach Deutschland in seine alte Heimat gezogen, um ihr die Zeit und den Raum zu lassen, über die Zukunft nachzudenken. Aber nicht nur einmal hatte er daran gezweifelt, die richtige Entscheidung getroffen zu haben.

»Die Anwälte werden die Details besprechen. So wird es wohl am besten sein. Ich möchte mich nicht mit dir streiten, schon gar nicht in Georges Nähe.«

»Bist du ganz sicher?«, fragte Jan mit brüchiger Stimme.

»Ja, das bin ich. Es ist für uns alle besser so. Es gibt keine gemeinsame Zukunft für uns beide. Und wenn du ehrlich bist, weißt du das auch schon eine ganze Weile.« Violet hielt kurz inne. »Ich muss jetzt Schluss machen. Ich bekomme gleich Besuch. Nimm es nicht zu schwer, Jan. Es ist der richtige Schritt.«

»Kann ich George morgen Nachmittag anrufen?«

»Am Abend. Um neunzehn Uhr. Er muss erst seine Hausaufgaben machen.«

»Bis morgen, Violet.«

Jan blieb stehen, atmete schwer und spürte, wie die Kälte an seinen Beinen hochzog. *Es ist vorbei*, fuhr es ihm durch den Kopf. *Ich habe es nicht geschafft, ich habe versagt.* Er schüttelte sich leicht und setzte ein Bein vors andere, strauchelte und fing sich wieder.

»Was ist passiert?«, fragte Hanna. Jan hatte nicht bemerkt, dass sie zurückgekommen war und jetzt vor ihm stand.

»Nichts«, sagte er. »Gar nichts.« Er ging an ihr vorbei zum Wohnmobil und setzte sich auf einen der Klappstühle, die Hanna bereits aufgestellt hatte.

»Ist immer noch nichts?«, fragte Hanna in das dunkle Wohnmobil hinein. Sie lag in ihrem Bett, Jan auf der Klappliege. Die letzten zwei Stunden hatte Jan kaum geredet, selbst das Glas Wein, das Hanna ihm angeboten hatte, hatte er abgelehnt.

»Privat«, murmelte Jan. Er wollte nicht darüber reden. Hanna würde seine Gefühle für die Mutter seines Kindes nicht verstehen. Sie hatte eine ausgesprochen abgeklärte Einstellung zu Beziehungen und deren Ende.

»Was sonst, wenn deine Ex-Frau dich anruft.«

»Es ist alles in Ordnung. Wie häufig muss ich das noch sagen?«

»Ich bin vielleicht nicht die erste Anlaufstelle, wenn es um Beziehungsprobleme geht, aber ich bin Kriminalistin und merke, wenn ich angelogen werde.«

Jan musste unwillkürlich schmunzeln und war froh, dass Hanna ihn im dunklen Wohnmobil nicht sehen konnte.

»Und ich bin gut im Kombinieren«, fuhr Hanna fort, als Jan weiter schwieg. »Geht es um die Scheidung?«

Jan drehte sich auf der Liege um. Sie knarrte.

»Also ja.«

»Die Papiere sind unterwegs zu mir«, sagte Jan leise. Er wusste nicht, ob Hanna ihn verstanden hatte, und genauso wenig wusste er, ob er überhaupt mit ihr darüber reden wollte.

»Alles im Leben hat zwei Seiten. Die Frage ist nur, ob du zulässt, auch beide zu sehen.«

Scheißkalenderspruch, fuhr es Jan durch den Kopf. Im gleichen Moment war er froh, es nicht laut ausgesprochen zu haben. Natürlich hatte Hanna recht, aber das änderte nichts an seinen Gefühlen.

»Das ist gerade ein sehr einseitiges Gespräch«, sagte Hanna in die Dunkelheit hinein.

»Kommt vor.«

»Ja, ist mir durchaus aus eigener Erfahrung bekannt.«

»Ich kann es nicht ändern.«

»Klingt nach einem ersten, richtigen Schritt.«

Jan schwieg. Sein ganzer Körper schmerzte, ohne dass er es lokalisieren konnte. Er wollte aufstehen und gleichzeitig liegen bleiben. Warum hatte er sich nur darauf eingelassen, in diesem kleinen Blechkasten zu übernachten? Im Hotel hätte er seine Freiheit gehabt, hätte durch die Stadt laufen oder sich in einer Bar betrinken können.

»Mein Angebot steht noch«, sagte Hanna.

Jan wusste zuerst nicht, worauf sie anspielte, bis ihm klar wurde, dass sie den Platz im bequemeren Bett neben sich meinte.

Er rang mit sich, wollte gehen und weglaufen, wollte in Hannas Armen weinen und seine Wut über die Welt herausschreien. Und er wollte alleine sein, auf einer einsamen Insel, die nur alle paar Monate von einem Versorgungsschiff angefahren wurde.

Er richtete sich auf, stieß an den kleinen Schrank, der über der Liege angebracht war, tastete nach seiner Bettdecke und schaffte die zwei Meter bis zu Hanna ohne weitere Zusammenstöße.

»Rechts oder links?«, fragte sie leise.

»Ist mir egal«, murmelte er und stieg über sie hinweg auf die Seite, wo er Stunden zuvor gelegen hatte, um die Ermittlungsakten durchzulesen.

»Kommst du zu mir?«, flüsterte Hanna nach einer gefühlten Ewigkeit. »Oder schläfst du schon?«

Jan schwieg. Er war weder müde noch hellwach. Er fühlte nichts, außer ein tiefes, dunkles Unbehagen und den Unwillen, jemals wieder aufzustehen.

Hanna rückte näher an ihn heran und berührte sanft seine Schulter. Er spürte die Wärme, die sich langsam im ganzen Körper ausbreitete. Schließlich drehte er sich zu ihr um und ließ sich von ihr in den Arm nehmen. Sie streichelte ihm zärtlich über den Kopf.

Der Krampf tief in seinem Inneren löste sich und die Augen wurden feucht. Er atmete ruhiger, ließ die Nähe zu und spürte die aufkommende Müdigkeit.

Sechs

Hanna

Hanna lag bewegungslos im Bett und beobachtete seit einer Viertelstunde den Mann neben sich. Er schlief ruhig, atmete gleichmäßig und schien nicht mehr zu träumen wie noch vor wenigen Stunden. Sie war aufgewacht, als Jan im Schlaf leise vor sich hingemurmelt und sich mehrfach von einer Seite auf die andere geworfen hatte.

Traf ihn die Nachricht über die anstehende Scheidung so hart, dass er Albträume davon bekam? Hanna war bisher davon ausgegangen, dass Jan sich zwar noch Hoffnungen gemacht hatte, ihm aber letztlich das Scheitern seiner Ehe durchaus bewusst war.

Er öffnete die Augen, schien sich einen Moment orientieren zu müssen, bevor er lächelte. »Guten Morgen. Irgendwie lande ich wohl immer wieder neben dir.«

»Ja, und deshalb sollten wir mit der albernen Klappliege Schluss machen. Wir schlafen ab sofort zusammen in einem Bett. Oder hast du Angst, dass ich dir zu nahe komme?«

»Noch näher?«, sagte Jan leise.

Sie stieß ihn spielerisch an die Schulter. »Du weißt genau, was ich meine.«

Er grinste. »Ach, du meinst, dass du mich vernaschst?«

Hanna rollte mit den Augen. »Du meinst, so wie ich es mit meinen anderen Männern mache?«

Jan wurde ernst. »Entschuldige, das war ein blöder Spruch.« Er hielt einen Moment inne. »Und danke für letzte Nacht. Ich hätte auch nicht gedacht, dass mich die Nachricht so trifft.«

Hanna nickte. »Es ist, wie es ist. Und du brauchst dich nicht zu entschuldigen. Ich hätte nicht davon anfangen sollen.«

»Alles gut. Ich nehme deinen Vorschlag gerne an.« Er regte sich. »Hier schläft es sich wirklich besser.«

Hanna musste ihrem Drang widerstehen, Jan zu berühren. Das war ihr noch nie bei einem Mann passiert.

»Darf ich dich kurz in den Arm nehmen?«, fragte er zu ihrer Überraschung. Als sie nickte, rückte er näher und umarmte sie fest. »Verrückte Welt, oder?«

Nach einer gefühlten Ewigkeit löste sie sich vorsichtig von ihm und stieg aus dem Bett. »Wenn wir noch frühstücken wollen, müssen wir uns beeilen.«

Nach einer kurzen Vorstellungsrunde im Kreise der SoKo Lisa berichteten einige der neun anwesenden Kommissare von den Ermittlungen des vergangenen Tages. Es handelte sich in erster Linie um Befragungen weiterer Zeugen aus Lisa Kramers erweitertem Umfeld, die allesamt keine neuen Erkenntnisse gebracht hatten. Als Letzter sprach Ralf Plagge.

»Ich habe mir noch einmal Hajo Maatje vorgenommen und ihn gestern zu uns vorgeladen. Nina, also Kollegin Röttger …«, er warf dabei einen Blick zu Hanna und Jan, »… hat mich dabei unterstützt.«

Nina Röttger, die Hanna auf Anfang vierzig schätzte, nickte. Sie hatte halblange brünette Haare, die sie auf dem Rücken zusammengebunden hatte, ein freundliches Gesicht und aufmerksame Augen.

»Der junge Mann war zunächst ebenso wortkarg wie bei der ersten Befragung«, fuhr Plagge fort. »Ich habe ihn dann mit Zeugenaussagen konfrontiert und ihm klargemacht, dass er unter Verdacht steht.«

Dann hast du ihn hoffentlich über seine Rechte aufgeklärt, dachte Hanna und zwang sich, ihrem Lingener Kollegen weiter zuzuhören.

»Nachdem Nina ihm noch einmal ins Gewissen geredet hatte, sprudelte es plötzlich aus ihm heraus. Er hat beteuert, dass er nichts mit den K.-o.-Tropfen zu tun habe, und hat uns einen weiteren Berufsschüler genannt, der angeblich der Übeltäter gewesen sein soll.«

»War er glaubwürdig?«, warf ein älterer, untersetzter Kommissar ein, dessen Name Hanna vergessen hatte.

»Wenn du mich fragst, war das ein reines Ablenkungsmanöver. Aber gut, Nina und ich werden den jungen Mann heute aufsuchen und ihn zu dem Vorwurf befragen. Zurück zu Maatje. Er hat zugegeben, dass er ein Auge auf Lisa geworfen hatte und ihr hin und wieder gefolgt ist. Was das genau heißt, wollte er uns dann nicht verraten, blieb aber trotz eindringlicher Nachfrage dabei, dass die Vorfälle Jahre zurückliegen würden und er Lisa Kramer seitdem nicht mehr gesehen habe.« Er wendete sich seiner neben ihm sitzenden Kollegin zu. »Willst du noch etwas dazu sagen, Nina?«

Die Kommissarin richtete sich im Stuhl auf. »Ralf und ich sind uns darüber einig, dass Maatje keinesfalls aus dem Spiel ist. Stalker geben in aller Regel nicht so einfach auf. Es gibt Beispiele, bei denen die Verfolgung nach Jahren wieder aufgenommen wurde beziehungsweise der Wahn wieder aufgelebt ist. Sprich, es könnte etwas passiert sein, was Hajo Maatje getriggert hat. Vielleicht ist er ihr in einer Bar begegnet oder auf einem Dorffest.«

»Oder er hat sie im Internet gefunden«, warf Plagge ein. »Wir verfolgen ja durchaus weiter die Prostitutionsschiene. Vielleicht ist er ihr in Osnabrück oder Rheine auf dem Strich begegnet und Maatje war der Meinung, dass er sich jetzt nehmen könnte, was er schon immer wollte.«

»Das sind zu weitgehende Spekulationen«, schritt Maria Ahlers ein. »Wir sollten bei den Fakten bleiben. Gibt es schon Informationen aus Rheine oder Osnabrück?«

Ralf Plagge schüttelte den Kopf. »Steht auf meiner To-do-Liste. Ich hake gleich nach dem Meeting nach.«

»Wie weit sind wir mit den Telefondaten?«, fragte die SoKo-Leiterin weiter.

Ein junger Kommissar hob seinen Arm. Hanna meinte sich zu erinnern, dass er Florian mit Vornamen hieß. »Da war ich dran. Lisa Kramer hatte keinen Festnetzanschluss, aber ein Handy mit normalem Vertrag bei einem der großen Provider. Die Daten sind gestern Nachmittag gekommen. Es handelt sich um die letzten zehn Wochen vor Lisa Kramers Tod. Wir haben nur Zugriff auf die Telefonate, die über den Provider geführt wurden. Ihr wisst ja, dass es heutzutage auch andere Verbindungswege gibt beziehungsweise häufig die Kontakte über Messengerdienste laufen. Diese könnten wir allenfalls nachverfolgen, wenn wir Lisas Handy hätten und uns einen Zugang verschaffen könnten. Haben wir nicht, also erst mal die offiziellen Verbindungen.«

»Kannst du dich etwas kürzer fassen?«, maulte ihn Ralf Plagge an.

»Selbstverständlich, Kollege«, konterte Florian unbeeindruckt. »In den siebzig Tagen hat Lisa Kramer zweiundachtzig Gespräche geführt. Also etwas mehr als ein Gespräch pro Tag. Bis auf eine Nummer konnte ich alle Anschlüsse identifizieren. Der nächste Schritt ist nun, die Teilnehmer zu befragen und ihr Verhältnis zu Lisa Kramer zu klären.«

»Okay, ihr solltet das zu viert machen«, sagte Maria Ahlers und nannte drei Namen von Kollegen. »Was ist mit der nicht identifizierbaren Nummer?«

»Das ist ein Prepaidanschluss mit einer ausländischen Karte. Ich vermute, dass es sich um eine nicht registrierte handelt. Im Netz werden immer noch vereinzelt solche SIM-Karten angeboten. Angerufen wurde achtmal. Zumeist waren die Gespräche kurz, nur zwei waren über zehn Minuten.«

»Werden die nicht von Kriminellen bevorzugt?«, warf Ralf Plagge ein.

»Das ist naheliegend«, antwortete Florian, ohne seinen Kollegen anzuschauen.

»Wie gehen wir in diesem Fall vor?«, fragte Maria Ahlers.

»Es ist quasi unmöglich, diese Nummern einem Namen zuzuordnen. Da können uns auch die Spezialisten vom LKA nicht weiterhelfen.«

»Das ist leider so«, bestätigte Hanna.

»Okay, so weit wären wir durch.« Maria Ahlers wandte sich an Hanna und Jan. »Konnten Sie sich gestern einen Eindruck vom Haus des Opfers machen?«

»Das haben wir«, sagte Hanna und gab den Stab an Jan weiter.

»Es ist noch ein wenig zu früh, als dass ich ein Täterprofil erstellen könnte«, sagte Jan. »Wir haben gestern mit Sophie Harms und Susanne Gerdes gesprochen. Beide haben einen Freund erwähnt, der nach ihrem Eindruck ein paar Jahre älter als Lisa Kramer war. Ob es in beiden Fällen derselbe Mann war, müssen die weiteren Ermittlungen zeigen.«

Hanna hatte Ralf Plagge nicht aus den Augen gelassen, als Jan von den zwei befragten Frauen sprach. Der Oberkommissar atmete schwer und warf Jan einen grimmigen Blick zu. Nur mit Mühe schien er sich zurückhalten zu können.

»Wieso haben …«

Maria Ahlers unterbrach ihn. »Gibt es eine Beschreibung des Mannes?«

Jan nickte. »Frau Gerdes hat ihn wohl relativ deutlich gesehen. Sie wäre bereit, bei einer Phantomzeichnung mitzuwirken.«

»Sehr gut«, kommentierte die SoKo-Leiterin das Gehörte und wandte sich an einen Kollegen aus der Runde. »Oliver, du nimmst gleich Kontakt mit der Dame auf. Falls sie nicht zu uns kommen kann, machst du einen Termin bei ihr zu Hause. Notfalls auch abends.«

Ralf Plagge räusperte sich hörbar. »Sind die werten Kollegen aus Oldenburg zu uns gesandt worden, um unsere Arbeit zu kontrollieren? Ich halte es für kontraproduktiv, wenn die Zeugen durch …«

»Ralf!«, unterbrach ihn Maria Ahlers. »Es geht hier nicht um Kontrolle, wir benötigen ein Täterprofil. Da ist es doch wohl mehr als nachvollziehbar, wenn die Kollegen wichtige Zeugen noch einmal befragen. Wir müssen zusammenarbeiten und nicht gegeneinander.«

»Das war genau mein Anliegen«, konterte Ralf Plagge, hob aber gleich darauf entschuldigend beide Hände. »Aber vielleicht habe ich auch etwas falsch verstanden.« Er sah Jan an. »Wann dürfen wir denn das Täterprofil erwarten?«

Jan lächelte. »Sobald mir genügend Informationen vorliegen.«

Ralf Plagge deutete ein Augenrollen an, schwieg aber.

»Ich kann allerdings unsere Eindrücke zum Haus des Opfers schildern. Wir, Kollegin Will und ich, haben den Eindruck, dass es sich bei der Einrichtung des Schlaf- und Wohnzimmers um eine Art Filmstudio handelt. Nur der Blick aus einer Richtung scheint wichtig zu sein.« Jan führte kurz aus, wie sie zu ihrer Einschätzung gekommen waren. »Wir haben einen Kollegen beim LKA Hannover gebeten, sich in den entsprechenden

Foren und Plattformen umzuschauen. Wir benötigen dafür ein weiteres Foto, das Lisa Kramer im Profil zeigt.«

»Bekommen Sie«, sagte Maria Ahlers, fasste noch einmal kurz die Ergebnisse der Sitzung zusammen und verteilte die Aufgaben des Tages.

»Das lief doch ganz gut«, sagte Jan, als sie zum Wohnmobil gingen.

»Du bist wirklich ein unverbesserlicher Optimist«, merkte Hanna an. »Kollege Plagge hätte uns beinahe die Augen ausgekratzt, wenn ihn seine Chefin nicht zurückgehalten hätte.«

Jan schmunzelte. »Sind dafür nicht Chefinnen da?«

»Mag sein, trotzdem: Du wirst sehen, Plagge wird uns noch reichlich Schwierigkeiten machen.« Sie schloss das Wohnmobil auf. »Sophie Harms hat mir während der Sitzung den Nachnamen und die aktuelle Adresse von Lisas erstem Freund geschickt. Paul Lammers. Er arbeitet in der Schreinerei seines Vaters und wohnt auch unter der Adresse.«

»Gut, fahren wir hin.«

Sieben

Jan

Groß Hesepe, zweitgrößter Ort der Gemeinde Geeste, lag im Norden der Gemeinde. Hanna las einen Eintrag auf der Internetseite vor.

»Hier steht: Geeste – Zukunft inmitten der Natur.«

»Klingt doch gut«, sagte Jan, der am Steuer des Wohnmobils saß.

»Klar. Dann ist hier von einer reizvollen Landschaft die Rede, die reich an Wohnbauland ist und ein großes wirtschaftliches Potenzial hat. Alles vorhanden: Bildung, Freizeit, Kultur und Sport. Die Erholung nicht zu vergessen und das schnelle Glasfasernetz. Das alles garantiert die hohe Lebensqualität. Ach so, ich habe noch die traditionellen Bräuche und Feste vergessen.«

»Machst du dich gerade über das Landleben lustig?«, fragte Jan. Den Zug hatte er noch gar nicht an seiner Partnerin kennengelernt. »Diese überschaubaren Landgemeinden haben auch Vorteile. Du lebst hier nicht so anonym wie in der großen Stadt, alle kennen dich, passen im Falle eines Falles auf dich auf und sind für dich da. Sportvereine, Freiwillige Feuerwehr, Schützenverein und Gesangsgruppen. Das verbindet und erdet die Menschen. Ich wäre mir nicht so sicher, dass sie hier unglücklicher sind als in der Großstadt.«

»Wer's mag«, murmelte Hanna und sagte laut: »Deine Punkte lassen sich auch negativ auslegen. Aber das brauche ich dir nicht zu erzählen. Übrigens hast du die katholische Kirche vergessen.«

»Die Religion kann auch Halt geben«, warf Jan ein.

Hanna lachte. »Willst du mich provozieren oder ist das dein Ernst?«

»Ich bin nicht gläubig, aber in manchen Situationen würde ich es mir wünschen. Es macht sicher einiges einfacher, wenn man sich an eine höhere Macht wenden kann.«

»Lassen wir das«, schlug Hanna vor. »Täterprofil. Klar, du konntest vorhin nicht so viel sagen, aber unter uns können wir uns darüber austauschen.«

»Gut, ich habe mich schon gewundert, dass du nicht fragst.« Jan parkte das Wohnmobil am Straßenrand und wandte sich Hanna zu. »Der Täter – ich gehe von einem Mann aus – kannte Lisa Kramer gut beziehungsweise hatte eine Beziehung mit ihr. Ob das der Realität entsprach oder ausschließlich in seiner Vorstellung existierte, lässt sich im Moment nicht sagen. Beides sehe ich augenblicklich noch als gleich wahrscheinlich an, auch wenn ich leicht zur zweiten Variante tendiere. Es gäbe natürlich noch eine dritte Möglichkeit, die beides enthält. Der Täter hatte einmal eine Beziehung zu Lisa, die nicht sehr glücklich verlaufen ist, und ist ihr jetzt wieder begegnet.«

»Variante zwei ist quasi eine Hirngespinstbeziehung?«

»Wenn du es so nennen willst. Gehen wir einmal davon aus, dass Lisa Kramer im Internet präsent war. Dabei geht es jetzt gar nicht darum, ob der Kontakt durch ein Abo oder Ähnliches bezahlt war oder nicht, und auch nicht darum, ob es sich um freizügige oder gar pornografische Inhalte gehandelt hat.«

»Da wäre ich mir nicht so sicher«, warf Hanna ein.

Jan wiegte den Kopf hin und her. »Es kommt auf das Gegenüber an. Das Internet ist mit Pornoseiten überfüllt. Heutzutage gibt es sie sogar kostenlos. Trotzdem bezahlen Menschen, wohl überwiegend Männer, für Seiten, wo sie Frauen in relativ normaler Umgebung erleben. Schon tendenziell freizügig, aber noch weit entfernt von pornografischen Inhalten. Warum machen sie das? Sie wollen einer echten Frau nahe sein, etwas über sie erfahren, ein Stück Alltag mit ihr erleben. Es ist eine Illusion.« Jan hielt kurz inne. »Dein Kollege hat doch davon erzählt und ich habe im Internet etwas recherchiert.«

»Verrückt. Aber die eigentliche Motivation bei den Männern ist schon eine sexuelle?«

»Im weitesten Sinne ja. Es spielt eine Rolle, aber nicht unbedingt ausschließlich. Bei einer längeren Partnerschaft denkt der Mann ja auch nicht ausschließlich daran, mit der Frau zu schlafen. Es ist ein Teil der Beziehung, mal wichtig, mal nicht so wichtig. Die menschliche Nähe ist da schon eher der zentrale Punkt.« Jan schloss die Augen. Er hatte unwillkürlich an seine Ehe denken müssen. Und an die Scheidung, der letzte Akt einer langen Beziehung. Daran denkt niemand im Liebesrausch und auch später nicht. Er zwang sich, seine düsteren Gedanken zur Seite zu schieben. »Fernbeziehungen funktionieren manchmal besser als die normale Variante.« Er schluckte schwer. »Es läuft halt mehr im Kopf ab und Filme und Fotos im Internet sind jederzeit verfügbar. Es gibt keine Ablehnung, keine Anstrengung seitens des Mannes, es ist einfach und überschaubar. Die Frau funktioniert. Die Beziehung funktioniert.«

»Eine schöne heile Welt«, warf Hanna ein.

»Sozusagen. Alles an seinem Platz. Endlich angekommen im Leben. Und da sind wir wieder bei dem Täterprofil, über das wir ja eigentlich sprechen wollten. Wenn ich jetzt die Internetaktivitäten von Lisa Kramer einmal für gegeben ansehe, kann ich darauf aufbauen. Beim Täter könnte es sich um einen

Mann handeln, der im echten Leben Beziehungsprobleme hat. Sollte es ein junger Mann sein, hatte er nie eine richtige Beziehung, bei einem älteren Mann würde ich auf eine gescheiterte Partnerschaft tippen.«

»Also keine Altersangabe?«

»Das ist in dieser Phase noch schwierig. Lisa Kramer sah jünger aus, als sie tatsächlich war. Mit der richtigen Aufmachung wäre sie als Minderjährige durchgegangen. Damit will ich nicht unbedingt auf Männer abzielen, die pädophile Neigungen haben, es könnte auch eine Rolle gespielt haben, dass eine sehr junge Frau einfacher zu erobern ist. Sie wartet auf einen erfahrenen Mann, der ihr das Leben und die Liebe zeigt. Aber auch ein jüngerer Mann fühlt sich bei einer um Jahre jüngeren Frau sicherer.«

»Also kommen alle Männer infrage, und da wir über einen möglichen Kontakt per Internet sprechen, begrenzt es sich nicht mal auf die Region, sondern der Täter könnte durchaus Hunderte Kilometer entfernt leben.«

»Eher nicht. Wenn meine Annahmen stimmen, die ja noch durch wenige Fakten untermauert sind, wäre das auslösende Moment, dass der Täter eine Frau, die er aus dem Netz kennt, in der Nachbarschaft entdeckt. Woher sollte jemand zum Beispiel aus Osnabrück wissen, dass Lisa Kramer im Emsland zu finden ist? Selbst wenn eine Vermutung besteht, wäre noch lange nicht die eigentliche Adresse ausgemacht. Sie könnte sich überall auf der Welt aufhalten.«

»Das ist mir alles viel zu schwammig. Gut, dass du auf dem Meeting nichts dazu gesagt hast. Kannst du den Täter nicht weiter eingrenzen?«

»Nein, ich habe mich jetzt schon sehr weit aus dem Fenster gelehnt.« *Weiter, als ich es eigentlich wollte*, dachte Jan. *Zu viele Annahmen, zu viele Mutmaßungen – noch mehr ins Detail zu gehen, wäre unprofessionell.*

Er startete den Motor und setzte die Fahrt fort.

Jan verringerte die Geschwindigkeit, als das Ortsschild in Sicht kam. Sie fuhren an Einfamilienhäusern mit großen Gärten vorbei, am örtlichen Supermarkt, dem Bäcker und vereinzelten Gewerbebetrieben, bis sie vor einem Privathaus mit nebenliegendem Flachdachgebäude hielten. Auf dem Firmenschild stand in großen Buchstaben »Tischlerei Lammers« und eine Telefonnummer.

Die Tür der Werkstatt war nicht verschlossen, von dem Eingangsbereich ging ein Büroraum ab, in dem eine Frau hinter einem Schreibtisch saß. Sie stand auf und kam Jan und Hanna entgegen.

»Was kann ich für Sie tun?«

Hanna stellte sich vor und wies sich aus. »Wir würden gerne mit Paul Lammers sprechen.«

»Das ist mein Sohn.« Frau Lammers warf ihnen einen nervösen Blick zu. »Um was geht es denn?«

»Lediglich um eine Zeugenaussage«, versuchte Jan sie zu beruhigen. »Ist Ihr Sohn hier zu erreichen?«

Frau Lammers nickte. »Sie haben Glück. Er ist gerade von einer Baustelle zurückgekommen. Ich hole ihn. Wollen Sie schon Platz nehmen?« Sie zeigte auf einen Besuchertisch mit drei Stühlen und verließ mit eiligen Schritten ihr Büro.

Zwei Minuten später betrat ein hochgewachsener, kräftiger junger Mann in Arbeitskleidung den Raum. »Sie wollten mit mir sprechen?«, fragte er mit unsicherer Stimme.

Jan stand auf und reichte ihm die Hand. »Jan de Bruyn und das ist meine Kollegin Hanna Will. Wir sind Teil der Sonderkommission, die im Fall Lisa Kramer ermittelt.« Er wies auf den freien Stuhl. »Wollen wir uns setzen?«

Paul Lammers zögerte, zog die Augenbrauen zusammen und fragte: »Ich weiß jetzt gar nicht, was Sie von mir wollen. Ich kannte Lisa aus der Schule, aber das ist ewig her.«

»Setzen Sie sich doch«, sagte Jan.

Paul Lammers zog den Stuhl vor, nahm Platz und rückte mit dem Stuhl um eine Armlänge zurück.

»Wir befragen sämtliche Zeugen, die in den letzten Jahren mit Lisa Kramer zu tun hatten«, übernahm Hanna. »Wann haben Sie Frau Kramer zum letzten Mal gesehen?«

»Das weiß ich nicht mehr auf den Tag genau. Lisa ist mir vor ein paar Monaten über den Weg gelaufen. Sie kam auf mich zu und hat mich angesprochen. Ich hätte sie fast nicht erkannt. Unsere Schulzeit ist ja schon eine Weile her. Und ich war auch eine Klasse weiter und bin ja früher in die Ausbildung gegangen. Wie lange ist das jetzt her? Sieben, nein acht Jahre. Da verändert man sich schon etwas.«

»Sie haben länger miteinander gesprochen?«

»Länger? Was heißt das schon. Das war im Supermarkt in Dalum und Lisa hat mich zu einem Kaffee eingeladen. Also im Markt ist so ein kleines Café. Nur ein paar Tische.«

»Wann war Ihr Treffen mit Lisa?«, fragte Hanna.

Paul Lammers zuckte mit den Schultern. Jan hatte ihn beobachtet, seit er sich gesetzt hatte und Hanna ihm Fragen stellte. Der junge Mann war nervös, was allerdings häufig bei Zeugen vorkam, die unverhofft mit der Polizei in Kontakt kamen. Aber Jan meinte, darüber hinaus ein ungewöhnliches Flackern in seinen Augen bemerkt zu haben. War er nicht nur nervös, sondern hatte er auch Angst?

»Ja, das muss im späten Frühjahr gewesen sein. April oder Mai. Ich weiß das wirklich nicht mehr genau.«

»Worüber haben Sie sich unterhalten?«

»Dies und das. Sie hat mir vom Tod ihrer Großmutter erzählt. Ich wusste ja, dass ihre Eltern … also, die hatten ja einen Unfall.«

»Das ist uns bekannt«, sagt Hanna.

»Ja, natürlich.« Paul Lammers stockte. Hatte er den Faden verloren?

»Worüber haben Sie sich noch unterhalten?«, half Hanna ihm.

»Ich habe von meiner Ausbildung erzählt. Also, die war nicht hier bei meinem Vater, sondern in Leer. Ist immer besser, nicht im elterlichen Betrieb zu lernen. Ich war zu der Zeit – das waren drei Jahre – nur selten zu Hause. Deshalb habe ich Lisa wohl auch nicht vorher getroffen.«

»Wie ging es Lisa?«, baute Hanna dem jungen Mann eine Brücke.

»Schwer zu sagen. Ich bin da nicht so der Experte.«

»Erzählen Sie einfach, wie Sie es empfunden haben.«

Paul Lammers nickte nachdenklich und ließ sich Zeit für seine Antwort. »Lisa war wohl etwas bedrückt. Vielleicht lag es daran, dass sie arbeitslos war.«

»Frau Kramer hat selbst gekündigt und unseres Wissens sich auch nirgendwo beworben«, warf Hanna ein.

»Ja, das weiß ich. Also das mit der Kündigung. Sie meinte, das wäre auf Dauer nichts für sie gewesen.«

Jan räusperte sich. »Sie sagten vorhin, Lisa sei bedrückt gewesen. Wie hat sich das geäußert.«

Lammers zuckte mit den Schultern. »Weiß nicht. Irgendwie schien sie nicht glücklich zu sein. Ihr Äußeres war tadellos. Das meine ich nicht. Sie hatte wirklich schicke Sachen an und die Haare waren auch … na, Sie wissen schon. Irgendwas in ihrer Stimme oder so. Aber vielleicht war ich auch zu überrascht, weil sie mich angesprochen hat.«

»Warum?«, fragte Jan, obwohl er den Grund natürlich kannte.

»Ach, damals … also wir sind eine Zeit lang miteinander gegangen. Aber irgendwie ist das am Schluss nicht so gut ausgegangen. Wir waren jung und dumm. Ja, und ich habe mich auch nicht so nett verhalten. Eher wie eine beleidigte Leberwurst. Ich habe mich dann auch noch mal entschuldigt. Also, als wir da im Supermarkt-Café saßen.«

»Wie hat Lisa das aufgenommen?«, fragte Jan weiter.

»Sie meinte, dass sie auch nicht alles richtig gemacht habe. Ist doch immer so.«

»Um was ging denn damals der Streit?«

»Alles nicht so wichtig. Sie hatte Schluss gemacht und da war ich nicht so gut drauf. Habe Geschichten über sie erzählt, die nicht stimmten. Dumm halt.«

»Sie hat es Ihnen nicht nachgetragen?«, fragte Hanna.

»Alles gut. Wir haben uns prima unterhalten. Hätten wir mal eher machen sollen. Diese alten Sachen liegen einem doch lange im Magen. Besser, man klärt das irgendwann.«

»Hatte Sie Lisa deshalb darauf angesprochen?«, fragte Jan.

Für einen Moment erstarrte Paul Lammers, hatte sich aber schnell wieder im Griff. »Das kann ich jetzt gar nicht sagen. Mag sein. Ja, doch, wenn Sie jetzt so fragen, könnte es sein. Ihr war auch wichtig, darüber zu sprechen. Mir ist auch ein Stein vom Herzen gefallen – in so einer kleinen Gemeinde läuft man sich schon mal über den Weg. Eigentlich verrückt, dass das nicht schon eher passiert ist.« Paul Lammers sah auf seine Armbanduhr. »Haben Sie noch Fragen? Ich müsste eigentlich los und, na ja, Sie wissen ja, der Kunde ist König.«

Hanna warf Jan einen Blick zu, er nickte kaum merklich und stand gleich darauf auf. Hanna und Paul Lammers folgten ihm. Der junge Mann begleitete sie zur Eingangstür und ging mit ihnen nach draußen.

»Sie wohnen bei Ihren Eltern?«, fragte Jan und ließ es klingen, als rede er über das Wetter.

Paul Lammers nickte. »Ist nicht so leicht, auf dem Land eine Mietwohnung zu finden. Die meisten hier bauen sich ein Haus oder kaufen ein altes.«

»Ja, wenn man alleinstehend ist …«, warf Jan ein, »… da lohnt es sich nicht, über ein eigenes Haus nachzudenken.«

Paul Lammers grinste. »Darauf muss ich noch etwas sparen. So spendabel ist mein Vater nun auch wieder nicht.«

»Kandidat Nummer eins?«, fragte Hanna, als sie hinter dem Steuer saß und Jan auf dem Beifahrersitz Platz genommen hatte.

Jan nickte. »Wir werden uns auf jeden Fall mit ihm beschäftigen müssen.«

»Respekt übrigens, wie du ihm am Schluss die Information entlockt hast. Mir lag die Frage schon die ganze Zeit auf der Zunge, aber ich wollte Lammers nicht vor dem Ende damit konfrontieren.«

»Zu viel der Ehre«, wehrte Jan ab. *Wieso war ihm Hannas Lob unangenehm*, fuhr es ihm durch den Kopf. »Es hätte auch daneben gehen können.«

»Gehst du auch davon aus, dass er nicht nur einmal Kontakt zu Lisa Kramer hatte?«

»Das klang in manchen seiner Antworten zumindest so durch. Aber wir müssen es ihm nachweisen.«

»Telefonlisten?«, schlug Hanna vor, griff gleich darauf nach ihrem Handy und wählte die Nummer des Lingener Kommissariats. Als es bereits klingelte, fragte sie Jan nach dem Nachnamen von Florian.

»Wessels«, sagte Jan lächelnd.

Hanna ließ sich mit ihrem Kollegen verbinden, der seine Liste durchsah und ihr mitteilte, dass eine Nummer, die fünfmal auftauchte, auf Paul Lammers registriert war. Sie bedankte sich und legte wieder auf.

»Gehen wir wieder rein?«

Jan schüttelte den Kopf. »Das ist zu wenig. Wir brauchen mehr. Außerdem ist es besser, wenn der junge Mann sich jetzt fragt, ob wir wiederkommen und was wir in der Hand haben. Er wird die Fragen und seine Antworten durchgehen und überlegen, ob er etwas verraten hat. So, wie ich ihn einschätze, wird er beim nächsten Mal gesprächiger sein und mit der ganzen Wahrheit rausrücken oder er wird gar nicht mehr mit uns reden.«

Hanna startete den Motor. »Dann wollen wir mal hoffen, dass es die erste Variante ist.«

Acht

Hanna

Selbst im kleinsten Dorf scheint es mindestens eine Pizzeria zu geben, dachte Hanna, als sie vor dem Tresen auf ihre Bestellung wartete. Sie hatten einen Stopp in Dalum eingelegt, dem Hauptort der Gemeinde, und vor dem kleinen Restaurant mit dem Namen Mamma Mia geparkt. Jan saß im Fahrzeug und ging noch einmal die bisherigen Ermittlungsergebnisse durch. Wonach er suchte, hatte er ihr nicht gesagt.

Hannas Gedanken wanderten zum letzten Abend und der Nacht. Jan schien von der Nachricht aus London zutiefst erschüttert gewesen zu sein. Am Morgen hatte er sich nichts mehr anmerken lassen, aber Hanna kannte ihn inzwischen gut genug, um zu spüren, wie verletzt er war. Er wirkte auf sie kraftlos und gedankenverloren. Warum hatte diese dumme Kuh in London nicht auch mit ihrem Scheidungsantrag warten können? Teilte man so was per Telefonanruf mit? *Wie hätte ich es gemacht*, fragte sich Hanna. *Eine kurze Nachricht per Messenger? Oder hätte ich alles den Anwalt regeln lassen und wäre untergetaucht?* Aber sie war weder verheiratet noch hatte sie ein Kind mit jemandem. *Würde das etwas ändern*, fuhr es ihr durch den

Kopf. *Würde ich dann anders reagieren? Vermutlich nicht.* Aber wie konnte sie dann diese Frau als *dumme Kuh* bezeichnen?

»Ihre Pizzas, Signora.«

Hanna schreckte hoch, lächelte und bezahlte.

Jan hatte vor dem Wohnmobil die beiden Klappstühle und den kleinen Tisch aufgestellt. Hanna reichte ihm seinen Pizzakarton und setzte sich zu ihm. Schweigend aßen sie. Erst als Jan seinen Karton schloss und zur Seite schob, fragte Hanna, ob er noch etwas in den Akten entdeckt habe.

»Lisa Kramer war in einem Gesangsverein. Ich habe den Vorsitzenden des Vereins erreicht, der gleichzeitig Chorleiter ist. Übrigens ein pensionierter Lehrer, der gleich Zeit für uns hätte. Ich habe gerade mit ihm telefoniert.«

»Wie lange hat Lisa da gesungen?«, fragte Hanna.

»Sieben Jahre, dann kam eine Pause von fast zwei Jahren, und drei Monate vor ihrem Tod ist sie wieder eingestiegen.«

»Das stand aber nicht in unseren Akten, oder habe ich das überlesen?«

»Nein, der Chorleiter ist bis jetzt nicht befragt worden. In den Akten steht, dass sie ihn nicht erreicht haben, da er für ein paar Tage verreist war. Anschließend ist es wohl in Vergessenheit geraten.«

»Du denkst jetzt, das hat etwas mit Veränderungen in Lisas Leben zu tun?«

»Möglich. Wieso hat sie Paul Lammers angesprochen? Sie wusste doch, wie sie ihn erreichen kann. Warum hat sie es nicht schon in den Jahren vorher gemacht? Sie müssen sich hin und wieder auch mal über den Weg gelaufen sein. Dafür ist die Gemeinde einfach zu klein.«

Hanna griff nach Jans Pizzakarton. »Dann bringe ich das mal zum Abfalleimer und du räumst den Mittagstisch weg.«

Hans Lünnemann empfing sie an der Tür seines Einfamilienhauses in Dalum. Der gepflegte Vorgarten war mit einem Jägerzaun zur Straße abgegrenzt, weiße Gardinen hingen in den Fenstern, hinter denen Topfpflanzen durchschimmerten.

»Herzlich willkommen!«, sagte der ältere Herr. Er trug eine braune Cordhose, ein weißes Hemd, darüber eine schwarze Weste. Seine dichten grauen Haare, die er etwas länger trug, erinnerten Hanna an Albert Einstein.

Er führte sie in die Küche und bot ihnen Kaffee an, den Hanna und Jan dankend annahmen.

»Sie kommen also wegen Lisa Kramer. Habe ich das richtig verstanden?«

Jan nickte. »Sie haben sicher gehört oder gelesen, dass sie tot im Dortmund-Ems-Kanal gefunden wurde.«

»Ja, natürlich. Das ist in der Gemeinde in aller Munde. Eine schreckliche Geschichte. Hat sie denn Selbstmord begangen?«

»Die Umstände ihres Todes sind noch nicht ganz klar«, wich Jan aus. »Im Moment recherchieren wir in ihrem Umfeld und befragen Freunde und Bekannte.« Jan hielt kurz inne. »Lisa war sehr lange im Chor.«

Der alte Herr wiegte den Kopf. »Lange ist relativ. Wir haben Mitglieder, die bereits seit fünfzig Jahren bei uns aktiv sind. Lisa kam damals auf Empfehlung ihrer Großmutter und war dann für einige Jahre im Chor aktiv. Sie wissen aber, dass sie etwa zwei Jahre ausgesetzt hat?«

»Wie lange war Lisa nach ihrer Pause im Chor?«

»Bis zu ihrem Tod, meinen Sie? Nun gut, das waren etwa zwei Monate, würde ich sagen. Vielleicht etwas mehr, vielleicht auch eine Woche weniger.«

»Hat Lisa Ihnen gesagt, warum sie zurückgekommen ist?«

»Nun, sie war weiter Mitglied im Verein, hat auch ihren Jahresbeitrag entrichtet. Es war also kein Problem, dass sie wieder zu den Chorproben gekommen ist. Nein, ich habe nicht explizit gefragt, warum sie die Jahre ausgesetzt hat. Das wäre auch etwas indiskret von mir gewesen.«

»Aber im privaten Gespräch hat sie ja vielleicht etwas erwähnt?«, fragte Jan weiter.

Hanna wunderte sich. Normalerweise umschifften sie Fragen, mit denen sie Zeugen etwas in den Mund legen könnten. War Jan nicht ganz bei der Sache?

»Nun ja, das eine oder andere Wort haben wir schon in den Pausen gewechselt. Sie müssen wissen, dass Lisa eine wunderschöne Sopran-Stimme hatte und ich froh war, als sie wieder zu uns zurückkam.«

Jan sah den Chorleiter fragend an. Er hielt dem Blick zunächst stand und lächelte dann. »Ja, ich habe Ihre Frage noch nicht gänzlich beantwortet. Allerdings kann ich nur Vermutungen anstellen. Ich glaube, Lisa war einfach einsam. Sie brauchte Gesellschaft und hat sich an die Chorabende und unser sonstiges Vereinsleben erinnert. Das wird wohl den Ausschlag gegeben haben.«

Hanna räusperte sich. »Sind Ihnen Veränderungen an Lisa Kramer aufgefallen?«

Der Chorleiter zögerte. »Auch die Frage ist nicht so einfach zu beantworten. Ich glaube aber, dass sie erwachsener geworden war. Sie wirkte abgeklärter, so, als sei sie nach der Schule in der Realität angekommen. Das klingt jetzt vielleicht etwas überheblich, ist aber so nicht gemeint. Als Jugendlicher hat man nun mal viele Träume, die sich in aller Regel so nicht realisieren lassen.«

»Welche Träume hatte Lisa?«, fragte Jan.

»Das kann ich nur aus der einen oder anderen Bemerkung erahnen, die Lisa mit mir oder in der Gruppe fallen gelassen hat. Sie hatte ihren Traum, studieren zu können, nicht aufgegeben. Sie musste zwar zur Oberschule wechseln und selbst dort, wenn ich sie richtig verstanden habe, war es nicht leicht für sie, aber das hing wohl nicht damit zusammen, dass ihr die Gabe fehlte. Der Tod ihrer Eltern hat Lisa vollkommen aus der Bahn geworfen. Das hat mir ihre Großmutter erzählt und es war letztlich auch nicht zu übersehen. Ich habe ihr damals Mut gemacht und gesagt, dass sie immer noch aufs Abendgymnasium gehen kann, um da das Abitur zu machen.«

Hanna horchte auf. Der Chorleiter schien sich doch mehr mit Lisa beschäftigt zu haben, als er bisher angegeben hatte. Jan hatte ihr auf der Fahrt erzählt, dass der ehemalige Grundschullehrer alleine leben würde und auch nicht verheiratet war.

»Sie haben Lisa Kramer also schon etwas unterstützt«, warf Hanna ein.

»Selbstverständlich. Sie tat mir leid und ihre Großmutter hatte mich gebeten, mich etwas um sie zu kümmern. Unser Vereinsleben zielt schon auf mehr als das eigentliche Singen ab. Wir unternehmen hin und wieder eine Fahrt oder sind auch auf Wettbewerben. Da kommt man sich schon mal näher. Ich hatte viel vor mit Lisa.« Er stockte und schien irritiert über seine eigenen Worte zu sein. »Also im Chor. Wie gesagt, sie hatte eine wunderbare Stimme und hätte es noch weit damit bringen können.«

»Können wir noch einmal über Lisas Rückkehr sprechen?«, fragte Jan. »Nach Ihrer Meinung war sie also selbstständiger geworden, aber auch etwas – wie soll ich es ausdrücken – realistischer, was ihren beruflichen Werdegang betraf?«

»Ja, durchaus. Sie hat mir erzählt, dass sie eine Ausbildung als Verkäuferin gemacht hat und einige Zeit in einem Backshop gearbeitet hat. Und dass sie gekündigt habe, um etwas anderes zu machen.«

»Wissen Sie, an was sie da gedacht hat?«

Der alte Herr schüttelte den Kopf. »Nein, da muss ich leider passen. Ich bin auch nicht so auf dem Laufenden, was junge Leute heute so für Berufswünsche haben. Im Internet viel Geld verdienen. Influencer oder so ähnlich wird das wohl genannt.«

»Hat Lisa davon gesprochen?«, fragte Jan ruhig weiter. Hanna hielt sich zurück, spürte aber, dass ihre Anspannung wuchs. Wusste der Chorleiter über Lisas Einnahmequellen Bescheid? Hatte er sie im Internet gefunden?

»Das weiß ich jetzt nicht mehr genau. Vielleicht ist mal eine Bemerkung gefallen, die in die Richtung ging. Es tut mir leid, ich erinnere mich nicht mehr im Detail daran. Es kann auch sein, dass eines der anderen Chormitglieder etwas in der Hinsicht gesagt hat.« Hans Lünnemann hob seine Hand als Zeichen, dass er dazu nicht mehr sagen könne.

»Könnten Sie Lisa, nachdem sie wieder zu den Chorproben gekommen war, noch etwas näher beschreiben?«, fuhr Jan fort. »Wie war sie? Aufgewühlt, gut gelaunt, deprimiert? Hatte sie Stimmungsschwankungen? Etwas in dieser Art?«

Hanna musste sich zwingen, nicht einzugreifen. Ein weiteres Mal legte Jan dem Zeugen die Worte in den Mund.

»Deprimiert? Das würde ich nicht unbedingt meinen. Vielleicht fehlte ihr die positive Energie, die sie früher ausgestrahlt hat. Ja, so könnte man es ausdrücken. Aber mehr kann ich Ihnen wirklich nicht dazu sagen. Es wäre auch unredlich, wenn ich spekuliere und Sie sich später auf meine Aussagen stützen. Nein, ich möchte hier abbrechen. Wenn Sie keine weiteren Fragen mehr haben …«

Hanna stand auf, Jan folgte ihr. Sie bedankten sich bei Hans Lünnemann, er begleitete sie bis zur Haustür.

»Ja, ich weiß«, sagte Jan, als sie im Fahrzeug saßen. »Keine Suggestivfragen. Okay, mein Fehler.«

Hanna sah ihn erstaunt an. »Ich habe überhaupt nichts dazu gesagt. Kennen wir uns schon so gut, dass du meine Gedanken lesen kannst?«

»Nein, aber deine Blicke interpretieren kann ich schon. Außerdem hast du ja recht. Nach meiner letzten Frage hat er zugemacht. Das war unprofessionell.«

»Schwamm drüber. Wenn er mehr wüsste, hätte er gleich damit rausgerückt oder sich bereits vorher bei der SoKo gemeldet.«

»Wir müssen ihn überprüfen.« Jan hielt inne und warf Hanna einen fragenden Blick zu. »Oder suche ich nur verzweifelt nach Verdächtigen?«

»Eher nicht. Ich hatte bei Lünnemann auch ein merkwürdiges Gefühl. Er ist erst nach und nach damit rausgerückt, dass er Lisa Kramer weit besser gekannt hat, als es für einen Chorleiter üblich ist.« Sie startete den Motor. »Ab ins Büro, um ein paar Recherchen zu starten?«

Als Jan nickte, legte sie den Rückwärtsgang ein und wendete kurz darauf auf der Straße.

Hanna lehnte sich auf ihrem unbequemen Bürostuhl zurück. Warum bekamen sie eigentlich auf den Kommissariaten immer das kleinste und schäbigste Büro und Stühle, auf denen man es kaum länger als eine halbe Stunde aushalten konnte?

»Hast du schon was zum Chorleiter gefunden?« Jan hatte darauf bestanden, dass er zu Hans Lünnemann recherchierte.

»Er war nicht immer an der Grundschule in Dalum. Er ist im Emsland aufgewachsen und hat dann in Münster studiert. Deutsch, Musik und katholische Religion sind seine Fächer gewesen.«

»Wo war er vor Dalum?«

»Seine letzten zehn Dienstjahre hat er an der Grundschule in Dalum gearbeitet, davor in Essen. Mehr habe ich auf die Schnelle nicht herausbekommen.«

»Schulleiter?«

Jan nickte. »In Essen. Ich habe ihn so gefunden. Er wurde in mehreren Zeitungsberichten erwähnt. Die Frage ist nur, wie ich an weitere Informationen herankomme.«

»War das eine katholische Grundschule?«

»Ja. Warum fragst du?«

»Na ja, die katholische Kirche hat so ihre Probleme damit, bestimmte Verfehlungen an die Öffentlichkeit zu bringen oder überhaupt zu ahnden.«

»Pädophile Neigungen? Ist das nicht etwas weit hergeholt?«

»Vermutlich schon. Und wenn sie unter den Teppich gekehrt wurden, kommen wir ohnehin nicht an die Informationen.«

»Selbst wenn, Lisa ist erst mit fünfzehn Jahren in den Chor gekommen und nicht auf der Grundschule in Dalum gewesen. Ich glaube nicht, dass wir in der Richtung etwas finden.«

»Vielleicht steht er auf blutjunge Mädchen«, warf Hanna ein. »Dann würde es passen. Wenn Lisa mit vierundzwanzig noch als Siebzehnjährige durchgegangen ist, wie wirkte sie erst mit fünfzehn?«

»Spekulationen. Aber ich versuche, mehr rauszubekommen. Und bei dir?«

Hanna zuckte mit den Schultern. »Paul Lammers scheint ein unbeschriebenes Blatt zu sein. Nicht einmal eine Geschwindigkeitsübertretung oder Ähnliches habe ich gefunden, von relevanteren Delikten einmal ganz abgesehen. Er hat in Leer in einem Tischlereibetrieb seine Ausbildung gemacht und als Bester des Jahrganges abgeschlossen. Er wurde in der örtlichen Zeitung lobend erwähnt. Weiter ist er in der Freiwilligen Feuerwehr in Groß Hesepe aktiv. Andere Aktivitäten, wie zum Beispiel im Sportverein, habe ich nicht gefunden. Sein Facebook-Profil ist öffentlich, gibt aber nicht viel her. Dort ist er mit einigen Personen befreundet, aber kaum jemand reagiert auf seine Postings. Frauen hat er nur zwei in seiner Freundschaftsliste.«

»Keine üblichen Saufgelage-Fotos, Schützenfest oder was Ähnliches?«

»Nein, nichts zu finden.«

»Schade. Suchst du weiter?«, fragte Jan.

»Bin dabei.«

Neun

Jan

Jan fragte sich, wieso er so überzeugt war, dass Hans Lünnemann mehr mit dem Fall zu tun hatte, als er zugegeben hatte. An wen erinnerte der alte Mann ihn, der auf alles eine Antwort hatte und seine angebliche Empathie für die Chormitglieder wie ein Schutzschild vor sich hertrug? An seinen Vater? Nein, dazu kannte er seinen Erzeuger zu wenig. Vielleicht war es das Bild, das er sich von seinem Vater gemacht hatte. Seine Mutter hatte nie ein gutes Haar an ihm gelassen, da er sie, nach ihrer Meinung, beide im Stich gelassen hatte.

Die Recherche war mühsam. Die katholische Grundschule in Essen war kaum in den Medien zu finden. Zur Feier des fünfzigjährigen Bestehens fand Jan einen kurzen Bericht, nicht einmal der Wechsel des Schulleiters fand in der Presse Aufmerksamkeit. Wie lange Lünnemann an der Schule tätig war, fand er ebenso wenig heraus wie Hinweise auf weitere Schulen. Als er gerade frustriert seinen Laptop schließen wollte, entdeckte er in der Suchmaschine schließlich noch Lünnemanns Namen im Zusammenhang mit einer Jahreshauptversammlung des Vereins. Hier wurde berichtet, dass Hans Lünnemann wieder zum Vorsitzenden gewählt wurde und es zum ersten Mal mit

Matthias Schulte einen Gegenkandidaten gegeben hatte. Jan suchte in der Datenbank nach Schulte und fand einen Mann gleichen Namens, der in Großer Sand wohnte, einer Ortschaft zwei Kilometer südlich von Dalum.

»Schulte!«, meldete sich eine männliche Stimme am Telefon.

»Herr Matthias Schulte?«, fragte Jan.

»Am Apparat.«

Jan stellte sich vor und fragte, ob Schulte Mitglied im Dalumer Chor sei.

Schulte zögerte lange, bevor er seufzte. »Nicht mehr. Worum geht es.«

»Um Ermittlungen zum Todesfall von Lisa Kramer. Sie kannten die junge Frau?«

»Ja, natürlich. Lisa hat viele Jahre im Chor mitgesungen. Schöne Stimme. Ich habe gar nicht verstanden, warum sie so plötzlich aufgehört hat.«

»Wir befragen im Moment Zeugen, die Lisa in den letzten Jahren gekannt haben. Kann ich kurz bei Ihnen vorbeischauen? Ich könnte in einer halben Stunde bei Ihnen sein.«

»Wenn es unbedingt sein muss. Haben Sie meine Adresse?«

»Ja und vielen Dank für Ihr Entgegenkommen.«

»Wir müssen los?«, fragte Hanna, als Jan das Gespräch beendet hatte.

Jan nickte und stand auf. »Großer Sand. Ein Ortsteil von Dalum. Du kannst auch hierbleiben. Ich finde schon jemanden, der mich fährt.«

»Kein Thema. Ich wollte sowieso noch einmal in Lisa Kramers Haus vorbeischauen. Ich lasse dich da raus und hole dich dann wieder ab.«

Hanna hielt vor dem Einfamilienhaus. »In einer Stunde? Ruf an, wenn du schneller durch bist.«

Jan nickte und stieg aus, Hanna wendete und fuhr zurück zur Hauptstraße, die direkt nach Dalum führte.

Die Frau, die Jan die Haustür öffnete, stellte sich als Ehefrau von Matthias Schulte vor. Sie führte Jan auf die hinter dem Haus liegende Terrasse. Matthias Schulte saß an einem Tisch und tippte etwas in seinen Laptop. Er stand auf und kam Jan entgegen.

»Entschuldigen Sie, hier höre ich die Klingel nicht. Möchten Sie etwas trinken? Vielleicht einen kalten Saft.«

»Sehr gerne«, sagte Jan.

Matthias Schulte bat ihn, sich zu setzen, lief ins Haus und kam kurz darauf mit einem Tablett zurück, auf dem zwei Gläser und eine Karaffe standen. Er schenkte Jan und sich ein und setzte sich wieder auf seinen Platz.

»Es geht also um Lisa? Ich habe gelesen, dass sie tot im Kanal gefunden wurde. Es war doch kein Suizid?«

»Die Ermittlungen laufen noch, aber es besteht die Möglichkeit, dass Frau Kramer gewaltsam ums Leben gekommen ist.«

»Starker Tobak«, murmelte Schulte und trank einen Schluck aus dem Glas. »Und das hier bei uns. Kaum zu glauben.«

Jan hatte kurz im Netz zu Matthias Schulte recherchiert. Der zweiundvierzigjährige Mann arbeitete in Lingen als Sozialpädagoge in einem Kinderheim.

»Wie gut kannten Sie Lisa Kramer?«, stellte Jan seine erste Frage.

»Wir haben einige Zeit im Chor zusammen gesungen. Da spricht man schon das eine oder andere Wort miteinander. Lisa war eher zurückhaltend, aber hin und wieder hat sie durchaus etwas erzählt. Wir wussten ja alle, dass ihre Eltern bei einem Unfall ums Leben gekommen waren und sie bei ihrer Großmutter lebte. Allein deshalb ist man ja etwas vorsichtig – also, ich war es zumindest. Ich konnte mir durch meinen Job als

Sozialarbeiter vorstellen, was sie durchgemacht hat. Ich arbeite in einem Lingener Kinderheim.«

Jan nickte. Der Mann wirkte auf ihn offen und empathisch.

»Was kann ich noch zu Lisa sagen? Sie schien nach und nach aufzutauen, kam dann nicht nur zu den Chorproben, sondern fuhr auch mit, wenn wir an einem Wettbewerb teilgenommen haben. Da war sie sicher schon sechzehn oder siebzehn. Ein sehr ruhiger, aber ausgesprochen angenehmer Mensch. Ich habe sie gemocht.«

»Gab es Konflikte innerhalb des Chores, von denen Lisa betroffen war?«

Matthias Schulte schaute Jan mit großen Augen an. »Sie vermuten … nein, das halte ich für ausgeschlossen.«

»Es gab also keine Konflikte?«

»Nicht solche, nach denen Sie vermutlich suchen.«

»Sondern?«, ließ Jan nicht locker. Er hatte auf der Fahrt nach Großer Sand darüber nachgedacht, wie er das Gespräch auf die Vorstandswahl und Hans Lünnemann bringen konnte. Letztendlich hatte er sich entschlossen, das Thema nicht direkt anzusprechen, und hoffte jetzt, über Umwege etwas zu erfahren.

»Das Übliche halt. Das ist hier eine ziemlich streng katholische Gegend. Das färbt leider auf alle Lebensbereiche ab. Dazu kommt, dass wir auf dem Land leben. Da ist Tratsch und Klatsch eine beliebte Freizeitbeschäftigung.«

»Wurde auch über Lisa Kramer geredet?«

»Selbstverständlich. Bei dem Schicksal bleibt das nicht aus. Das lief aber immer hinter vorgehaltener Hand ab. Lisa wird das vielleicht mitbekommen haben, hat sich aber nichts anmerken lassen.«

»Ich sehe noch nicht ganz den Konflikt«, warf Jan ein.

»Nun gut, die Stimmung wird durch dieses Gequatsche nicht gerade besser. Ich habe schon vorhin erwähnt, wie schwierig es für Lisa gewesen sein muss.« Er hielt kurz inne. »Streit gab es deswegen nicht, wenn Sie das meinen.«

»Und Herr Lünnemann? Wie hat er sich dazu verhalten?«

Matthias Schulte schwieg eine Weile. »Das müssen Sie ihn vielleicht selbst fragen.«

»Ich habe bereits mit ihm gesprochen, aber er hat nichts dergleichen erwähnt.«

»Hätte ich auch nicht anders erwartet. Lünnemann hat immer alles unter den Teppich gekehrt, damit seine bigotte Glückseligkeit ja nur gewahrt bleibt. Der alte Mann ist von vorgestern und sollte sich so langsam mal zurückziehen. Ich habe es versucht und gegen ihn kandidiert. Aber die katholischen Seilschaften haben sozusagen wieder einmal gehalten. Ich habe dann die Notbremse gezogen und bin ausgetreten.«

»War denn das Verhältnis von Herrn Lünnemann und Lisa gut?«

»Manche munkelten, dass es zu gut gewesen wäre.« Die Antwort war spontan gekommen und Jan sah, dass es Matthias Schulte bereits leidzutun schien, dass er sich so weit aus dem Fenster gelehnt hatte.

»Zu gut? Was genau muss ich darunter verstehen?«

»Gerede, wie gesagt. Ich habe da nicht viel von gehalten.«

»Aber?«

Matthias Schulte zögerte die Antwort lange hinaus. Er goss Jan und sich Saft nach, trank einen Schluck und sah in seinen weitläufigen Garten. »Für meinen Geschmack hat Lünnemann hin und wieder nicht die notwendige Distanz eingehalten. Körperlich wie verbal.«

»Können Sie mir das näher erklären?«, fragte Jan.

»Wie das so ist bei alten Männern. Die können manchmal ihre Hände nicht bei sich bchalten, eine Umarmung wirkt da schnell mal übergriffig. Und manche verbale Anspielungen waren vielleicht vor sechzig Jahren noch akzeptiert, fallen aber heute schnell mal unter sexuelle Belästigung.« Matthias Schulte fuhr sich mit der Hand durch die halblangen Haare. »Da kommt dann eins zum anderen und wenn man dafür sensibilisiert ist, denkt man sich schon seinen Teil. Mehr kann ich dazu aber nicht sagen. Natürlich habe ich nie gesehen, dass Lünnemann sie oder eine der anderen Frauen sexuell belästigt hat. Da wäre ich sofort dazwischengegangen.«

»War das Verhältnis von Herrn Lünnemann zu Lisa Kramer sehr eng?«

Matthias Schulte blies seine Backen auf und ließ geräuschvoll die Luft entweichen. »Ich rede mich hier gerade um Kopf und Kragen. Ich bin vielleicht in diesen Dingen mehr sensibilisiert als andere Menschen in der Umgebung. Vielleicht auch übergenau. Das muss man in meinem Beruf schon sein.«

»Sie brauchen keine Bedenken zu haben. Es geht hier nicht um eine Aussage vor Gericht, sondern für mich ist erst mal wichtig, Informationen zu sammeln.«

»Kann ich mich darauf verlassen?«

»Sie haben mein Wort darauf.«

Matthias Schulte seufzte. »Ich hatte das Gefühl, dass Lisa sich von Lünnemann immer mehr ferngehalten hat. Sie ging ihm aus dem Weg, wo sie nur konnte. Und ein oder zwei Monate später hat sie ja damals komplett aufgehört. Niemand wusste so richtig, warum sie nicht mehr gekommen ist.«

Zehn

Hanna

Hanna parkte an der Straße vor Lisa Kramers Haus und stieg aus. Als sie auf die Tür zuging, bemerkte sie gleich das zerrissene Polizeisiegel, zog im Laufen ihre Pistole aus dem Holster und stoppte direkt vor der Tür. Sie schien nicht aufgebrochen zu sein, stand aber einen Spaltbreit offen. Hanna drückte sie auf und schlich in den Flur. Hier blieb sie eine Weile ruhig stehen und lauschte. Ging da jemand im ersten Stock durch die Zimmer? Langsam näherte sie sich der Treppe. Hanna dachte fieberhaft darüber nach, ob sie bei ihrem ersten Rundgang durchs Haus geknarrt hatte, konnte sich aber nicht mehr erinnern.

Schritt für Schritt nahm sie eine Stufe nach der nächsten, blieb jedes Mal einen Augenblick stehen, um zu horchen. Jetzt – wurde da nicht eine Tür leise ins Schloss gedrückt? Sie nahm die nächste Stufe und erstarrte für einen Moment, als das laute Knarren die Stille durchbrach. Im nächsten Augenblick nahm sie die letzten vier Stufen, gab sich lauthals als Polizistin zu erkennen und forderte den Eindringling auf, mit erhobenen Händen auf den Flur zu treten. Aber alles blieb ruhig. Mit erhobener Waffe ging sie auf das Schlafzimmer zu, von wo sie die Geräusche gehört zu haben meinte. Sie blieb vor der Tür stehen, drückte mit der linken Hand den Türgriff nach unten, stieß mit dem Fuß die Tür auf und stürmte ins Zimmer.

Ein schneller Rundumblick sagte ihr, dass niemand im Zimmer war. Sie wandte sich ruckartig um und lief zurück auf den Flur. Hier orientierte sie sich neu, entschied sich schließlich für Lisas ehemaliges Jugendzimmer, öffnete wie zuvor die Tür und sah gerade noch, wie eine Gestalt aus dem Fenster sprang. Erst jetzt erinnerte sie sich an den kleinen Anbau am Haus. Sie stürzte nach vorne, richtete die Waffe auf die Gestalt, die gerade im Begriff war, vom Flachdach des Anbaus nach unten zu springen. Kurz zögerte die Person, sah aber nicht zu Hanna, sprang schließlich und rollte sich geschickt auf dem Boden ab.

Hanna folgte ihr, stand wenige Sekunden später im hohen Gras neben dem Anbau, sah sich um und rannte hinter der Gestalt her, die, nach den Bewegungen zu urteilen, ein Mann sein musste.

Der Abstand zwischen ihnen betrug etwa dreißig bis vierzig Meter. Schon nach wenigen Schritten wusste Hanna, dass sie den Mann nicht einholen würde. Er war mindestens genauso schnell wie sie, hatte aber den Vorteil, keine Waffe in der Hand zu haben. Sie blieb abrupt stehen und schrie. »Polizei! Bleiben Sie stehen.« Der Mann verlangsamte die Geschwindigkeit, drehte sich kurz zur Seite, rannte aber gleich darauf weiter.

Hanna folgte ihm fluchend. Der Mann erreichte ein kleines Wäldchen und tauchte zwischen den Bäumen unter. Als Hanna den Wald erreichte, war sie sich nicht sicher, ob der Mann geradeaus gelaufen oder zur einen oder anderen Seite abgebogen war. Sie blieb stehen und horchte ein weiteres Mal auf Geräusche. Wo führte das Wäldchen hin? Gab es am anderen Ende einen Weg oder gar eine Straße, an der der Mann ein Fahrzeug stehen haben konnte? Hastig ließ sie die Waffe ins Holster gleiten, riss ihr Handy aus der Tasche, öffnete eine Karte im Internet und suchte ihren Standort ab. Im nächsten Augenblick lief sie weiter.

Als sie auf den Feldweg zulief, hörte sie den aufheulenden Motor eines Autos. Keuchend erreichte sie den Schotterweg, sah das Fluchtfahrzeug und schoss mit dem Handy mehrere Fotos.

Nachdem sie ihre Atmung wieder unter Kontrolle gebracht hatte, sah Hanna sich die Aufnahmen an. Sie waren unscharf und das Nummernschild allenfalls zu erahnen. Vielleicht konnten die Kriminaltechniker das Foto so weit bearbeiten, dass die Buchstaben und Zahlen zu erkennen waren.

Auf dem Weg zurück, rief Hanna im Lingener Kommissariat an und ließ sich mit Maria Ahlers verbinden.

»Plagge!«, ertönte die Stimme des stellvertretenden Leiters. Hanna stöhnte innerlich auf. Heute war nicht gerade ihr Glückstag. Sie erklärte ihrem Kollegen die Lage und bat darum, zwei Kriminaltechniker zum Haus von Lisa Kramer zu schicken.

»Verdammt, was haben Sie da gemacht?«, fauchte Plagge sie an. »Sie hätten mir längst die Schlüssel zurückgeben müssen.«

»Wollen wir das jetzt wirklich am Telefon diskutieren?«, entgegnete Hanna. »Kommen die Kollegen jetzt oder muss ich welche aus Osnabrück rufen?«

»Bleiben Sie vor Ort. Ich regele das«, maulte Plagge sie an und beendete abrupt das Gespräch.

Hanna ging langsam zurück zum Haus, schickte Jan eine Textnachricht, holte einen der Klappstühle aus dem Wohnmobil und suchte sich einen schattigen Platz.

Ralf Plagge traf eine halbe Stunde später zusammen mit zwei Kriminaltechnikern ein. Er ging direkt auf Hanna zu und hielt wortlos die Hand auf. Hanna stand auf, klappte in aller Ruhe den Stuhl zusammen, bevor sie ihm den Haustürschlüssel in die Hand drückte und im Detail schilderte, was passiert war.

»Okay, Sie können dann gehen«, murmelte Plagge.

»Danke, Kollege Oberkommissar«, sagte Hanna mit süffisantem Unterton. »Wann kann ich die Chefin erreichen?«

Ralf Plagge wandte sich kopfschüttelnd ab und nickte den zwei Kriminaltechnikern zu, als Zeichen, dass sie ins Haus gehen würden.

»Konntest du das Gesicht des Mannes sehen?«, fragte Jan, als er zu Hanna ins Fahrzeug stieg.

»Nicht wirklich. Nach seinen Bewegungen zu urteilen, war er unter dreißig, groß und athletisch gebaut. Dunkle, vielleicht schwarze Haare. Sein Gesicht habe ich nur von Weitem gesehen, als er sich ganz kurz zur Seite gedreht hat. Verdammt. Ich hätte an den Anbau denken müssen. Ich wusste doch, dass er zu der Seite rausgeht.«

»Und was hättest du dann gemacht? An der Tür gestanden und auf ihn gewartet? Vielleicht hatte er schon längst das Wohnmobil bemerkt. Zu übersehen ist das ja nicht.«

»Und bei dir?«, fragte Hanna, die das Thema wechseln wollte.

Jan berichtete ihr von dem Gespräch mit Matthias Schulte.

»Sind diese alten Männer nicht alle schnell etwas übergriffig dabei?«, warf Hanna ein. Sie waren inzwischen wieder an der Stadtgrenze von Lingen angekommen und würden in ein paar Minuten das Kommissariat erreichen.

Jan warf ihr kopfschüttelnd einen Blick zu. »Natürlich nicht.«

»Zumindest ist ein solches Verhalten nicht ungewöhnlich«, entgegnete Hanna. »Und es reicht nicht aus, um dem Mann etwas anzuhängen.«

»Wir hängen niemandem etwas an. Wir ermitteln«, sagte Jan leicht verschnupft. »Was ist los? So frustriert, dass du den Mann nicht gefasst hast?«

Hanna winkte ab und fuhr auf den Parkplatz des Kommissariats.

»Machen wir Schluss?«, fragte Hanna am späten Nachmittag. Die letzten zwei Stunden hatten sie wieder recherchiert, Jan zu Hans Lünnemann und Hanna hatte Paul Lammers weiter durchleuchtet.

»Hat sich eigentlich der Kollege aus Hannover gemeldet?«

»Nur mit einer kurzen Textnachricht. Er hat die Fotos bekommen und ist bei der Arbeit. Ich habe keine Ahnung, wie lange so etwas dauern kann.«

Jan klappte seinen Laptop zu und schob ihn in seine braune Ledertasche. »Feierabend. Wieder zum See?«

Hanna grinste breit. »Warum nicht. War doch ganz romantisch da.«

»Ja, so könnte man es ausdrücken«, bestätigte Jan zu Hannas Verwunderung.

Nach einem kurzen Zwischenstopp bei einem Supermarkt fuhren sie Richtung Geeste und parkten auf dem Wohnmobilstellplatz in der Nähe des Sees.

»Spaghetti mit roter Soße?«, fragte Hanna, nachdem sie vor dem Wohnmobil Tisch und Stühle aufgebaut hatten. »Salat habe ich auch gekauft und eine Flasche Weißwein. Nach dem Preis zu urteilen, sollte er gut sein.«

»Soll ich helfen?«, fragte Jan, der bereits auf einem der Klappstühle saß und die letzte Sonne des Tages genoss.

»Zu eng. In einer Viertelstunde gibt es Essen. Du kannst allerdings aufdecken.«

»Schmeckt es?«, fragte Hanna. »Das ist eins von drei Gerichten, die ich tadellos beherrsche. Passt zu jeder Gelegenheit – also auch heute.«

Jan schmunzelte. »Nudeln sind al dente, die Soße hat genau die richtige Temperatur und der Parmesankäse aus der Tüte ist besser, als ich erwartet habe.«

»Wow! Ich werde gleich rot.«

»Der Wein ist übrigens tatsächlich gut.« Jan hob das Glas und stieß mit Hanna an. »Auf was trinken wir?«

»Sag du es mir.«

»Auf uns beide? Auf unser Zweierteam? Auf das …«

»Ich nehme das Erste«, unterbrach Hanna ihn und trank einen kräftigen Schluck. »Tatsächlich, er schmeckt.«

Sie aßen schweigend, Jan räumte später die Teller und das Geschirr ab, wusch sie, stellte sie zurück in den Schrank und setzte sich anschließend wieder zu Hanna.

»Seit wann hast du eigentlich das Wohnmobil?«

Hanna zuckte mit den Schultern. »Ein paar Jahre. Die Wohnung wurde mir zu eng und da ich Hotelzimmer hasse, kam mir irgendwann die Idee.«

»Hast du früher mit deinen Eltern und deiner Schwester auch gezeltet?«

»Kann mich nicht erinnern«, murmelte Hanna. *Und will es auch nicht*, fügte sie in Gedanken hinzu. Das Verhältnis zu ihrer Mutter hatte sich trotz aller Bemühungen ihrer Schwester nicht verbessert. Hanna war bewusst, dass sie ein Teil des Problems war, aber bisher war jede Begegnung in den letzten Jahren bestenfalls in Schweigen geendet. Ihre Schwester und deren zwei Kinder litten darunter. Hanna nahm sich vor, die drei anzurufen und bald zu besuchen.

»Willst du dich nicht erinnern oder kannst du es nicht?«, fragte Jan nach einer Weile.

»Was hast du am Tag nach deinem zweiten Geburtstag gemacht?«

»Bin vermutlich aufgestanden, habe mit meiner Mutter gefrühstückt und habe den restlichen Tag bis zum Nachmittag in der Kinderkrippe verbracht. Am Abend ha…«

»Schon gut. Meine Eltern hatten einen Wohnwagen. Damit sind wir nach Frankreich ans Mittelmeer gefahren.«

»Jeden Sommer?«

Hanna nickte. »Immer der gleiche Platz. Immer die gleichen Leute. Immer das gleiche Wetter. Immer … Ach, was weiß ich. Ich habe es doch vergessen.«

»Ich war auch einmal mit meiner Mutter in Urlaub. Oder eigentlich war es eine Mutter-Kind-Kur. Auf Spiekeroog. Drei Wochen. Eine Ewigkeit. Kennst du die Insel?«

»Gibt es da Kriminelle?«, fragte Hanna einsilbig.

»Eher nicht. Ich war mit George zwei Tage im Sommer auf der Insel. Wir hatten schönes Wetter. Ich habe ihm von seiner Großmutter erzählt und von unserem …« Jan malte Anführungszeichen in die Luft. »… Urlaub.«

Ich werde nie ein Kind haben, fuhr es Hanna durch den Kopf. *Ich will nicht und außerdem bin ich zu alt dazu. Und ich habe keinen Mann, weil ich alle über kurz oder lang verlassen habe. Es ist zu spät dafür. Ich hatte meine Chance und habe es versaut.*

»Wir könnten auch mal hinfahren«, fuhr Jan fort. »Allerdings ist die Insel autofrei.«

»Wir beide? Im Strandkorb?«

»Zum Beispiel. Wir können allerdings auch eine Sandburg bauen.«

Hanna lachte. »Ist das jetzt britischer Humor? Aber ja, ich komme mit. Vielleicht kann ich dann meine gesamten Traumata aufarbeiten. Und Wohnwagen scheint es da ja nicht zu geben.«

»Nein, nur einen großen Zeltplatz direkt an der Nordsee.«

Hanna stand auf, griff nach dem Klappstuhl und setzte sich auf der anderen Seite des Tisches neben Jan. »Darf ich?«

Jan legte seine Hand auf ihre. Eine angenehme Wärme durchströmte Hanna augenblicklich. Sie saßen schweigend nebeneinander, tranken hin und wieder einen Schluck Wein und beobachteten eine Familie mit zwei Kindern, die gegenüber mit ihrem Wohnmobil geparkt hatte und draußen aß.

Elf

Jan

»Kannst du auch nicht schlafen?«, fragte Jan, als sie gegen Mitternacht nebeneinander im Doppelbett lagen.

»Nein.«

»Der Fall?«

»Ja«, antwortete Hanna.

»Ich denke über den Chorleiter nach. Ich habe einen Lehrer gefunden, der mit ihm zusammen in der Essener Schule unterrichtet und vier Jahre vor ihm gewechselt hat. Und zwar in eine Schule, die erheblich weiter von seinem Wohnort entfernt lag.«

»Ist er da immer noch?«

»Nein. Er ist inzwischen pensioniert. Und zwar drei Jahre, nachdem er an die neue Schule gewechselt hat.«

»Oder er ist abgeordnet worden. Das passiert schon mal Lehrern, wenn sie anderorts dringender gebraucht werden.«

»Mag sein, deshalb wollte ich mit ihm sprechen. Leider habe ich ihn heute noch nicht erreicht, aber eine Nachricht hinterlassen.«

Hanna kicherte in die Dunkelheit hinein. »Solche Bettgespräche habe ich noch nie geführt.«

»Sorry, wir sollten das auf morgen verschieben.«

»Ach, warum? Ist mal was anderes. Normalerweise stoße ich die Männer vor den Kopf und werfe sie aus meinem Bett. Reden tun wir selten.« Sie hielt kurz inne. »Und jetzt frag nicht, warum das so ist. Weder weiß ich es, noch will ich es wissen.«

»Verstanden. Bemitleiden darf ich die Männer aber schon?«

»Nein. Sie sollten wissen, auf was sie sich bei mir einlassen. Der Deal ist einfach und klar.« Hanna stöhnte. »Über was unterhalten wir uns jetzt gerade eigentlich? Das sollte kein Thema sein, wenn man neben einem Mann im Bett liegt, oder?«

Jan konnte sich ein Schmunzeln nicht verkneifen. Zum Glück war es im Wohnmobil so dunkel, dass man die Hand nicht vor Augen sehen konnte. »Ich habe in diesen Dingen nicht so die Erfahrung.«

»Wer war der Typ, den ich heute in Lisas Haus aufgeschreckt habe? Ihr Mörder?«, wechselte Hanna unvermittelt das Thema. »Was hat er da gesucht? Hatte er etwas vergessen?«

»Auf jeden Fall hatte er einen Schlüssel, oder?«

»Ja, das hat mir die Kriminaltechnik schon bestätigt. Die Tür ist nicht aufgebrochen und auch nicht mit einem Dietrich aufgemacht worden.«

»Entweder gab es einen Zweitschlüssel, den der Täter an sich genommen hat, oder wir sprechen hier von Lisas Freund, der vermutlich einen Schlüssel hat.«

»Der Mann könnte auch beides sein. Freund und Täter«, warf Hanna ein. »Bei der Durchsuchung müssen die Kollegen etwas übersehen haben, was den Einbrecher – wer immer es auch war – verraten würde.«

»Und was er unter Umständen noch nicht gefunden hat, weil du ihn gestört hast. In welchem Raum war er, als du ins Haus kamst?«

»Ich habe aufs Schlafzimmer getippt.«

»Haben die Kollegen denn jetzt beim erneuten Durchgang etwas gefunden?«

»Nein.«

»Wollen wir da morgen noch einmal selbst nachschauen?«, fragte Jan.

»Ja, vielleicht. Allerdings habe ich keinen Schlüssel mehr. Mister Großmaul hat ihn mir abgenommen.«

»Hat dich das schon jemals aufgehalten?«, fragte Jan.

»Nein.« Hanna, die auf dem Rücken gelegen hatte, drehte sich zu Jan um und suchte seine Hand. Schließlich schmiegte sie sich an ihn an und seufzte schwer. »Wenn ich dir lästig bin, schieb mich einfach zur Seite.«

Bist du nicht, dachte Jan und atmete ihren Duft tief ein.

Am nächsten Morgen im Büro der Polizeidirektion wählte Jan die Nummer von Julius Becker, dem Lehrer, der kurz vor seiner Pensionierung die Schule gewechselt hatte.

»Becker!«

»Guten Tag, Herr Becker.« Jan stellte sich vor und fragte, ob er ein paar Minuten Zeit für ihn habe.

»Woher weiß ich, dass Sie tatsächlich von der Polizei sind?«

Jan schlug ihm vor, in der Lingener Polizeiinspektion anzurufen und sich zu ihm durchstellen zu lassen.

Zwei Minuten später meldete sich Julius Becker zurück. »Was kann ich nun für Sie tun?«

»Sie waren über viele Jahre an einer Grundschule in Essen als Lehrer beschäftigt?«

»Ja, das ist richtig. Ich verstehe aber nicht ganz, was die Polizei von mir will.«

»Es geht um eine Ermittlung im Emsland«, sagte Jan. »Eine junge Frau ist tot im Dortmund-Ems-Kanal gefunden worden und wir gehen davon aus, dass es sich um ein Gewaltverbrechen handelt.«

»Ja, davon habe ich gelesen.«

»In diesem Zusammenhang befragen wir Zeugen, die mit der Frau befreundet oder bekannt waren. Einer dieser Zeugen ist Herr Hans Lünnemann, der als Chorleiter lange mit der jungen Frau zu tun hatte.«

»Interessant«, warf der pensionierte Lehrer ein.

»Wir überprüfen routinemäßig den Background der Zeugen, um deren Glaubwürdigkeit zu überprüfen.« Jan lehnte sich mit dieser Aussage nicht nur weit aus dem Fenster, sondern er würde auch disziplinarisch belangt werden können, sollte sich Julius Becker bei seinen Vorgesetzten beschweren.

»Interessant«, wiederholt Becker. »Und da kommen Sie ausgerechnet auf mich?«

»Die Wahl ist rein zufällig auf Sie gefallen. Kann ich Sie zu Herrn Lünnemann befragen?«

»Kommt drauf an, was Sie wissen wollen.«

»Es geht mehr so allgemein um seinen Leumund. Gab es je Probleme, als Herr Lünnemann die Essener Schule geleitet hat?«

Julius Becker räusperte sich leise. »Vielleicht sollten Sie lieber offizielle Stellen befragen. Ich kann Ihnen nur …« Er brach ab.

»Ihre Auskünfte werde ich absolut vertraulich behandeln. Ich fertige auch kein Protokoll unseres Gespräches an.«

Der pensionierte Lehrer ließ sich Zeit, bevor er antwortete. »Nun gut, Lünnemann wurde dazu genötigt, sich auf eine andere Stelle zu bewerben. Die genauen Hintergründe kenne ich nicht, weil ich zu der Zeit bereits nicht mehr an der Schule tätig war.«

»Warum haben Sie so kurz vor Ihrer Pensionierung gewechselt?«

»Sie sind ja gut informiert, Herr de Bruyn. Nun gut, es ist letztlich kein Geheimnis, dass ich mit Lünnemann im Clinch lag. Wenn ich das mal so salopp ausdrücken darf.«

Jan ballte die Faust. Sollte er wirklich so viel Glück haben?

»Dürfen Sie«, sagte Jan. »Was ist passiert?«

»Wir hatten, obwohl wir fast der gleiche Jahrgang waren, starke Differenzen in Bezug auf das pädagogische Konzept. Dass es unterschiedliche Meinungen in einem Kollegium gibt, ist etwas ganz Normales, allerdings hatte Kollege Lünnemann Schwierigkeiten, andere Ansätze zu akzeptieren. Er tat so einiges, um mein Ansehen in der Schule herabzuwürdigen. Ich möchte hier nicht ins Detail gehen, aber hätte ich beweisen können, was meiner Meinung nach passiert ist, wäre Lünnemann nicht nur seinen Posten losgewesen, sondern er wäre vor einem Disziplinarausschuss gelandet. Wie gesagt, mehr ist dazu nicht zu sagen. Ich konnte es damals nicht beweisen und heute ebenso wenig.«

»War das der einzige Knackpunkt zwischen Ihnen und Herrn Lünnemann?« Jan hielt den Atem an. Würde Julius Becker merken, dass Jans eigentliches Anliegen ein anderes war, als er vorgab?

»Nicht direkt, aber es gab Gerüchte, dass Lünnemann bestimmte Vorlieben hatte. Angeblich soll er einer Referendarin zu nahe gekommen sein. Die Angelegenheit wurde dann – so die Gerüchte – einvernehmlich geklärt. Was immer das auch heißen mag. Wie gesagt, es waren Gerüchte und zu dem Zeitpunkt des angeblichen Vorfalls war ich bereits nicht mehr an der Schule.«

»Vielen Dank für Ihre Zeit, Herr Becker. Darf ich Ihnen meine Handynummer geben, falls Ihnen noch etwas einfällt?«

Jan diktierte ihm die Nummer und verabschiedete sich von ihm.

»Hast du was?«, fragte Hanna, die ihm gegenübersaß und während seines Gespräches das Tippen ihres Protokolls unterbrochen hatte.

»Gerüchte«, sagte Jan und fasste das Gespräch in wenigen Worten zusammen.

»Schwierig. Okay, Lisa Kramer war auch vierundzwanzig und die Referendarin könnte in einem ähnlichen Alter gewesen sein. Falls überhaupt etwas an den Gerüchten dran ist.«

»Also streichen wir Lünnemann von unserer Verdächtigenliste?«

Hanna wiegte den Kopf hin und her. »Nicht unbedingt, aber da weitere Energie reinzustecken, scheint mir im Moment nicht sinnvoll zu sein.«

»Und bei dir? Hast du noch etwas zu Paul Lammers gefunden?«

»Ich habe mit Dirk Timmers gesprochen.«

»Der Kollege mit dem leichten Bauchansatz?«, fragte Jan.

Hanna grinste. »Leichter? Etwas mehr ist es schon. Aber Kollege Timmers scheint ein fantastisches Gedächtnis zu haben. Paul Lammers ist von einer jungen Frau wegen Vergewaltigung angezeigt worden. Lammers war noch keine achtzehn Jahre, die Frau sechzehn. Er hat alles bestritten, es wurde ermittelt, aber nach zwei Monaten hat die Frau die Aussage zurückgezogen beziehungsweise geändert. Es wurde natürlich weiterermittelt, aber am Schluss blieb dem Staatsanwalt nur die Einstellung des Verfahrens übrig. Es gab keine Zeugen, die Frau ist erst zwei Wochen nach dem Vorfall zur Polizei gegangen, keine Indizien oder Beweise.«

»Sie hat ihre Aussage zurückgezogen? Wusste der Kollege, was da passiert ist?«

»Entweder ist Geld geflossen oder Paul Lammers hat ihr gedroht. Ich vermute, dass Lammers Vater das Portemonnaie geöffnet hat. Übrigens, kurz darauf ist Paul nach Leer, um da seine Ausbildung zu beginnen. Sollte da vielleicht der Sohnemann aus dem Schussfeld genommen werden?«

»Du hast noch nicht …«

»Nein, weiter bin ich noch nicht. Ob in den Leeraner Jahren etwas Ähnliches vorgefallen ist, muss ich noch recherchieren. Eine Anklage gab es auf jeden Fall nicht. Ich bin dran.«

»Ist Paul eigentlich direkt nach der Ausbildung zurück in den elterlichen Betrieb?«

»Nein, sein Facebook-Profil hat mir verraten, dass er in Leer noch zwei Jahre als Geselle gearbeitet hat. Sprich, er ist noch gar nicht so lange zurück im Emsland.«

»Wie schnell wäre er von seinem Elternhaus in Leer gewesen?«

»Die Fahrt dauert eine knappe Stunde. Zu weit, um täglich zu fahren, nah genug, um am Wochenende nach Hause zu kommen. Aber …« Hanna hob die Hand mit dem ausgestreckten Zeigefinger. »Nach seinen Profilen in den sozialen Medien – sie sind übrigens alle öffentlich – war er nur selten in Groß Hesepe. Oder er hat dort nur die Eltern besucht und das war keine Meldung wert.«

»Du hast den Namen der jungen Frau, die die Anzeige gestellt hat?«

Hanna hob einen Zettel. »Ich sag doch, Kollege Timmers ist eine wandelnde Datenbank. Lea Uhlen aus Dalum. Sie ist inzwischen in Lingen gemeldet. Mehr habe ich noch nicht.«

Jan sah auf die Uhr. »Das Meeting beginnt in fünf Minuten. Gehen wir?«

»Klar, wir sollten Kollege Plagge keine Steilvorlage geben. Er ist ohnehin auf Krawall gebürstet.« Sie grinste. »Aber das akademische Viertel sollten wir schon in Anspruch nehmen. Irgendwie müssen wir unseren Ruf als arrogante Großstadtbullen doch wahren.«

Jan stand auf. »Ein anderes Mal. Heute sind wir lieb.«

Zwölf

Hanna

Maria Ahlers wartete, bis sich die letzten SoKo-Mitglieder im Raum befanden, bevor sie mit einem Löffel an ihr Glas klopfte. »Bitte um Aufmerksamkeit. Wie sicher alle hier in der Runde schon gehört haben, ist der Kollegin Will gestern im Haus des Opfers ein unbekannter Mann begegnet. Die Kollegin hat ihn verfolgt, er konnte aber leider entkommen.« Sie wandte sich an Hanna. »Könnten Sie kurz berichten? Der Leiter der Kriminaltechnik sollte auch jeden Augenblick zu uns stoßen.«

Hanna richtete sich im Stuhl auf. »Kollege Plagge hatte mir freundlicherweise den Schlüssel zum Haus zur Verfügung gestellt. Da ich ohnehin gerade in der Gegend war, wollte ich noch ein Detail im Haus überprüfen.«

»Um was ging es?«, fragte Ralf Plagge in die Runde.

Hanna hatte geahnt, dass Plagge keine Ruhe geben und versuchen würde, ihre Arbeit zu diskreditieren. Sie wandte sich langsam zu Plagge um. »Mir hat die These des Kollegen van Bruyn keine Ruhe gelassen, dass es sich beim Schlafzimmer und dem Wohnzimmer um eine Art Filmstudio gehandelt hat. Ich war auf der Suche nach Indizien, die die Annahme bestätigen würden.«

»Haben Sie welche gefunden?«

»Wie Sie wissen, ist mir die unbekannte Person dazwischengekommen.«

»Das Phantom? Ich hörte, Sie waren nicht schnell genug?«

»Ralf!«, rief die SoKo-Leiterin ihren Stellvertreter zur Ordnung. »Das tut hier nichts zur Sache. Fahren Sie fort, Frau Hauptkommissarin.« Hannas Titel hatte Maria Ahlers deutlich akzentuiert ausgesprochen, als wolle sie Plagge darauf hinweisen, dass er den Rang noch nicht erreicht habe.

»Kollege Plagge hat durchaus richtig gehört«, ließ Hanna die Gelegenheit nicht aus, Plagge einen Stich zu versetzen. »Ich war nicht schnell genug. Beim nächsten Mal werde ich ihn bitten, mich zu begleiten.« Ralf Plagge lief rot an und einen Moment dachte Hanna, er würde sich auf sie stürzen, aber im nächsten Augenblick atmete der Oberkommissar tief durch und schien sich wieder im Griff zu haben.

»Nun gut«, fuhr Hanna fort. »Ich habe den Mann verfolgt und konnte mehrere Fotos seines Fahrzeuges machen. Allerdings ist noch nicht klar, ob das Nummernschild zu lesen ist. Vielleicht erfahren wir gleich mehr von dem Kollegen aus der Kriminaltechnik.«

Wie auf Bestellung klopfte jemand an die Tür und trat ein. Maria Ahlers zeigte auf den Stuhl neben sich. »Achim, hier ist Platz.«

Achim Finke, Leiter der Kriminaltechnik, ein großer, drahtiger Mann mit blonden Haaren und strahlendblauen Augen, setzte sich neben Maria Ahlers und öffnete seinen mitgebrachten Laptop.

»Moin Kollegen erst mal.« Ein Murmeln und Nicken ging durch die Runde. »Kollegin Will hat uns ja gestern nach Geeste gerufen. Wir haben das Haus beziehungsweise die Räume, in denen der flüchtige Mann war, gründlich abgesucht. Fingerabdrücke gab es keine. DNA ist nur schwer nachweisbar, da sie auch schon vorher vorhanden gewesen sein kann. Aber wir haben trotzdem Abstriche gemacht und werden sie mit den schon vorhandenen vergleichen. Sollte es da einen Treffer geben, kann das leider auch bedeuten, dass wir die DNA-Spur beim ersten Mal nicht gefunden haben. Oder natürlich, dass der Einbrecher schon vorher in der Wohnung war.«

»Und auf dem Dach?«, fragte Nina Röttger.

»Dazu wollte ich gerade kommen, Nina. Fußabdrücke haben wir sichergestellt. Allerdings reichen sie gerade aus, um die Schuhgröße zu bestimmen. Sechsundvierzig, was wohl die Annahme unterstreicht, dass es sich um einen Mann gehandelt hat. Weiterhin haben wir ein Stück Stoff gefunden, was mutmaßlich beim Sprung vom Dach von einer schwarzen Jacke abgerissen wurde. Der Stoff ist typisch für dünne Sommerjacken.«

»Findet sich an dem Stoff keine DNA?«, fragte Dirk Timmers.

»Nein, aber ein Teilabdruck eines Daumens.«

Ein Raunen ging durch die Runde.

»Und ja, er wird für eine Identifizierung des Mannes mit großer Wahrscheinlichkeit reichen. Der Abgleich im System läuft.«

Achim Finke verband seinen Laptop mit dem Beamer. »Frau Gerdes war so freundlich, mit unserem Kollegen ein Phantombild zu erstellen.«

»Die Kollegin von Lisa Kramer aus dem Backshop?«, fragte Nina Röttger.

»Richtig.« Achim Finke warf die Zeichnung an die Wand. »Hinter mir seht ihr den jungen Mann, der Lisa Kramer von der Arbeit abgeholt hat.«

Der Mann hatte dunkle bis schwarze Haare, hohe Wangenknochen, eine markante Kinnlinie und einen Dreitagebart.

Der hat bestimmt keine Probleme bei den allermeisten Frauen, dachte Hanna. Selbst sie fand ihn attraktiv männlich.

»Bevor wir die Zeichnung veröffentlichen«, sagte Maria Ahlers, »müssen wir alle uns zur Verfügung stehenden Möglichkeiten ausschöpfen. Ansonsten werden wir keine Genehmigung bekommen. Das Bild ist bereits an alle Polizeidienststellen im Norden verschickt worden. Vielleicht haben wir ja Glück und jemand erkennt ihn.«

»Zeugen dürfen wir es aber schon vorlegen?«, fragte Nina Röttger.

»Selbstverständlich, aber bitte immer mit dem Hinweis, dass wir den Mann als Zeugen suchen und nicht als Verdächtigen«, sagte die SoKo-Leiterin und wandte sich an Hanna. »Ist das der Mann, der aus dem Haus geflüchtet ist?«

»Ausschließen kann ich es nicht, aber genauso wenig bestätigen. Ich habe ihn nur für den Bruchteil einer Sekunde im Profil gesehen. Das reicht einfach nicht für eine Identifizierung.«

Maria Ahlers nickte und wandte sich an den Kriminaltechniker. »Konntet ihr auf einem der Fotos, die Kollegin Will von dem flüchtenden Fahrzeug gemacht hat, das Nummernschild identifizieren?«

Achim Finke schüttelte den Kopf. »Nein, keine Chance.«

»Und das Auto?«

»Auch schwierig. Ich würde auf eine Audi-Limousine tippen. A4 oder ein A5 neueren Baujahres. Definitiv lässt sich aber auch das nicht feststellen.«

Maria Ahlers dankte Finke und ging die weiteren Berichte der Kollegen durch. In den letzten vierundzwanzig Stunden waren keine wesentlichen Erkenntnisse hinzugekommen. Jan und Hanna behielten ihre Recherchen in puncto Hans Lünnemann und Paul Lammers für sich. Lünnemann war vorerst zurückgestellt, bei Lammers reichten die Indizien noch nicht, um die Ermittlungen der SoKo vorzustellen. Außerdem würde es in beiden Fällen böses Blut geben, da weder der Chorleiter noch der Jugendfreund die Aufmerksamkeit der Kollegen erweckt hatten.

»Wie sicher bist du dir, dass es der Mann auf dem Phantombild war?«, fragte Jan, als sie auf das Wohnmobil zugingen.

»Wie kommst du darauf, dass ich …«

»Ich habe deinen Blick gesehen, als die Zeichnung an die Wand geworfen wurde«, unterbrach Jan sie.

»Ach, jetzt reicht schon ein Blick, um mich zu durchschauen?«

»In diesem Fall schon«, antwortete Jan.

»Fünfundachtzig Prozent, vielleicht mehr. Aber das ist sehr dünnes Eis, ich habe keinen Bock auf Plagges Kommentare, wenn ich danebenliegen sollte.«

»Seit wann bist du so dünnhäutig?«

Hanna öffnete die Türen mit der Fernbedienung. »Jetzt steig schon ein. Wir sprechen mit der Frau, die Lammers angezeigt hat.«

In der Zahnarztpraxis, in der Lea Uhlen als zahnmedizinische Fachangestellte arbeitete, erfuhren sie, dass sie sich einen Tag freigenommen hatte. Zehn Minuten später parkten sie in der Straße mit dreistöckigen Mietshäusern und standen kurz darauf vor Lea Uhlens Wohnungstür.

Eine junge Frau öffnete ihnen die Tür, Hanna stellte sich und Jan vor und fragte, ob sie Lea Uhlen sei. Sie wurden in die Zweizimmerwohnung hereingebeten und in Wohn- und Küchenbereich geführt. Am kleinen Tisch standen lediglich zwei Stühle, Lea Uhlen bat Hanna und Jan, sich zu setzen, und holte sich anschließend einen Hocker.

Bisher hatte die junge Frau sich nicht erkundigt, warum die Polizei mit ihr sprechen wollte, und schien auch jetzt nicht fragen zu wollen.

»Wir ermitteln im Fall Lisa Kramer, die tot im Dortmund-Ems-Kanal geborgen wurde«, sagte Hanna. Sie hatte mit Jan abgemacht, dass sie die Fragen stellen würde und Jan sich so weit wie möglich zurückhalten würde.

»Ich habe davon gehört«, sagte Lea Uhlen.

»Kannten Sie Lisa?«, fragte Hanna.

»Nicht wirklich. Ich habe aber damals mitbekommen, dass ihre beiden Eltern bei einem Unfall ums Leben gekommen sind und sie dann zu ihrer Großmutter nach Geeste gezogen ist. Vielleicht sind wir uns auch mal auf dem Schulhof begegnet. Mehr aber nicht.«

»Wir haben Paul Lammers, der als Jugendlicher mit ihr befreundet war, befragt.« Hanna wartete und ließ Lea Uhlen nicht aus den Augen. Die junge Frau zuckte zusammen und senkte den Kopf. »Sie haben Paul Lammers ein Jahr später angezeigt.«

»Das war ein Irrtum«, sagte Lea Uhlen mit brüchiger Stimme. »Das hat sich alles geklärt.«

»Was genau ist passiert?«

Lea Uhlen schwieg.

»Wir wollen Ihren Fall nicht noch einmal neu aufrollen. Der ist abgeschlossen, solange Sie nicht Ihre Meinung ändern«, fuhr Hanna fort. »Uns geht es ausschließlich darum, dass wir uns von Paul Lammers ein Bild machen können.«

»Steht er unter Verdacht?«, fragte Lea Uhlen, nachdem sie lange gezögert hatte.

»Herr Lammers hatte kurz vor Lisas Tod wieder Kontakt mit ihr. Allein aus diesem Grund müssen wir ihn überprüfen. Und dazu gehört auch seine Vergangenheit.«

»Es ist aber keine neue Anzeige, wenn ich Ihnen etwas erzähle?«

»Nein, dafür sind wir gar nicht zuständig. Sie haben auch damals Ihre Aussage zurückgezogen. Die Ermittlungen sind ein paar Wochen später eingestellt worden, da ohne Ihre Aussage keine ausreichenden Beweise vorlagen. Wenn es dabei bleibt, wird in der Sache nichts weiter unternommen.«

Lea Uhlen ließ sich erneut viel Zeit, stand auf, öffnete das Fenster und schloss es wieder. Schließlich setzte sie sich zurück an den Tisch. »Wir kannten uns schon eine Weile, waren aber nicht zusammen. Auf dem Schützenfest sind wir uns dann etwas nähergekommen. Wie das so ist, ein Glas Bier zu viel und die ganze aufgewühlte Stimmung. Es waren viele junge Leute da und gegen Mitternacht haben wir den Schützenball in einer großen Gruppe verlassen und haben bei einem der Jungs im Garten weitergefeiert. Aus irgendeinem Grund muss er gedacht haben, dass ich seine Flirtversuche erwidere. Das habe ich aber nicht – im Gegenteil. Es war meiner Meinung nach ziemlich deutlich, dass ich nichts von ihm wollte. Vielleicht sogar zu deutlich. Ich weiß es nicht. Es könnte sein, dass seine Freunde das mitbekommen haben. Ich weiß es nicht genau. Ich hatte auch einiges getrunken. Als ich auf die Toilette gegangen bin, ist er mir gefolgt. Im Haus ist es dann passiert.« Sie brach ab, ihre Augen waren feucht geworden. »Ich möchte das nicht noch einmal erzählen.«

»Nein, das ist auch nicht notwendig«, sagte Hanna mit einfühlsamer Stimme. »Was ist anschließend passiert?«

»Erst mal gar nichts. Er ist verschwunden, hat mich da einfach so liegen gelassen. Irgendwann habe ich mich angezogen und bin aus dem Haus raus und … So ganz genau weiß ich das nicht mehr. Meine Eltern waren zum Glück noch auf dem Schützenfest, als ich dann endlich unter der Dusche stand.« Lea Uhlen atmete flach und schnell. Sie stand wieder auf, verließ das Zimmer. Selbst nach den vielen Jahren schien es ihr schwerzufallen, über die Vergewaltigung zu sprechen. Hanna hörte eine Toilettenspülung, überlegte kurz, ob sie Lea Uhlen hinterhergehen sollte, entschied sich aber dagegen.

»Sie braucht etwas Zeit für sich«, sagte Jan. Hanna nickte.

Nach zwei bis drei Minuten hörte Hanna Schritte, die Tür wurde geöffnet und Lea Uhlen kam zurück. Sie entschuldigte sich und setzte sich wieder zu ihnen.

»Ich habe niemandem etwas gesagt, weder meinen Eltern noch meiner besten Freundin. Aber lange habe ich das nicht durchgehalten. Die Nächte waren grausam und die Tage noch schlimmer. Meine Deutschlehrerin hat mich in der Schule zur Seite genommen und mit mir gesprochen. Ich weiß nicht warum, aber ihr konnte ich es erzählen. Dann hat es noch eine weitere Woche gedauert, bevor ich zusammen mit meiner Mutter zur Polizei gegangen bin.«

Hanna wartete eine Weile, bevor sie die nächste Frage stellte. »Zwei Monate später haben Sie …«

»Ja, das war ein Fehler. Ich konnte einfach nicht mehr und wollte nur meine Ruhe haben. Meine Eltern und meine Schwester … wir alle wurden plötzlich schief angeschaut. Als wenn ich diejenige gewesen wäre, die etwas falsch gemacht hat. Natürlich gab es auch Menschen, die mir Mut zugesprochen haben, aber …« Sie brach ab. Hanna konnte sich vorstellen, was die Anzeige der jungen Frau in der Gemeinde ausgelöst hatte. Was nicht sein darf, kann nicht sein. Es sind immer zwei an einer solchen Sache beteiligt. Warum muss das an die Öffentlichkeit gezerrt werden? Die ganze Zukunft des jungen Mannes wird durch eine kleine Dummheit ruiniert. Das Mädchen soll sich nicht so anstellen und lieber die ganze Wahrheit sagen. So etwas passiert bei uns nicht. Alles Lügen, nur weil er sie zurückgewiesen hat. Das sollen die doch unter sich klären. »Sein Vater hat mit meinem Vater gesprochen und irgendwie hatte ich das Gefühl, dass meine Eltern mich auch nicht mehr voll unterstützen würden. Das war Unsinn, aber … Ich konnte einfach nicht mehr.«

»Wie hat Paul Lammers sich in den Monaten verhalten?«

»Zuerst ist er vollkommen untergetaucht. Angeblich war er krank, aber das habe ich nicht geglaubt.«

»Und dann?«, fragte Hanna mit zurückhaltender Stimme, als Lea Uhlen nicht weitersprach.

»Er hat mich beobachtet. Stand einfach nur da, wenn ich zur Schule ging. Nicht direkt auf meinem Weg, sondern auf der anderen Straßenseite oder er kam mir im Schulflur entgegen. Nie alleine, immer war mindestens einer seiner Freunde dabei. Plötzlich hatte er Freunde.«

»Das war vorher nicht so?«

»Nein, eigentlich nie. Er wurde von den anderen nicht geschnitten oder so, aber mittendrin war er nie so richtig. Mehr ein Außenseiter.«

Hanna nickte.

»Und dann habe ich ihn aus meinem Zimmer gesehen. Zu Hause. Nur kurz. Er stand einfach da, mitten in der Nacht und hat mich angestarrt. Er hat sich nicht einmal versteckt oder so. Das hat mir den Rest gegeben. Ich hatte Angstzustände, wollte nicht mehr zur Schule oder überhaupt aus dem Haus. Meine Mutter hat dann die Notbremse gezogen und dann …« Die junge Frau brauchte eine Weile, bis sie weitersprechen konnte. »Bei einer weiteren Befragung – meine Mutter war dabei – habe ich dann gesagt, dass ich mich doch nicht mehr so genau erinnern kann.« Jetzt liefen ihr die Tränen übers Gesicht. Hanna reichte ihr ein Taschentuch, das Lea Uhlen mit einem dankbaren Blick annahm. »Ich habe die Klasse wiederholt, nachdem ich zwei Monate krankgeschrieben war. Und die Schule gewechselt. Hier in Lingen habe ich dann meinen Abschluss gemacht. Ich will das alles nicht noch einmal erleben. Das war ein Albtraum und hat fast mein Leben zerstört. Ich werde ihn nicht wieder anzeigen. Für mich ist das alles vorbei. Es gibt kein Zurück. Verstehen Sie das?«

Hanna beugte sich vor und legte der jungen Frau die Hand auf den Arm. »Ja, das kann ich sehr gut verstehen«, sagte sie leise.

Dreizehn

Jan

»Du brauchst nichts sagen. Mir ist schon klar, dass ich das nicht hätte sagen sollen.« Hanna saß hinter dem Steuer und hielt immer noch den Schlüssel in der Hand. »Aber ich konnte Lea Uhlen nicht auch noch unter Druck setzen.«

»Soll ich fahren?«

Sie nickte und stieg aus.

»Zurück ins Kommissariat?«, fragte Jan, als er den Motor gestartet hatte.

»Nein, da kann ich jetzt nicht sitzen.«

»Zum See? Ein kleiner Spaziergang wird uns beiden guttun.«

Zehn Minuten später parkte Jan das Wohnmobil auf dem gleichen Stellplatz, auf dem sie über Nacht gestanden hatten.

»Wieso kommen diese Typen da immer wieder mit durch?«, sagte Hanna. »Nach Studien zeigen überhaupt nur fünf bis fünfzehn Prozent der vergewaltigten Frauen die Tat an. Und das hat genau den Grund, den du vorhin gehört hast.«

»Ich weiß. Lea Uhlen wird weiter mit ihrer Angst kämpfen und ihr Leben wird durch die Vergewaltigung geprägt sein.«

Hanna stieg aus, Jan folgte ihr. Schweigend gingen sie nebeneinanderher, bis Hanna fragte: »War er es? Bekommen wir einen Beschluss für einen DNA-Abstrich bei Lammers?«

»Nicht bei der Beweislage. Solange Lea Uhlen nicht bereit ist, eine Aussage zu machen, ist Lammers ein unbeschriebenes Blatt. Er hat lediglich mit Lisa einen Kaffee getrunken.«

»Und hat uns angelogen. Er hatte über das Treffen hinaus Kontakt zu ihr.«

»Telefonisch«, sagte Jan. »Dass er Lisa noch einmal gesehen hat, können wir nicht nachweisen.«

»Ist mir alles klar. Meine Frage war, hältst du ihn für den Täter?«

Als Jan zur Antwort ansetzte, klingelte Hannas Handy. Sie schaute aufs Display. »Hannover. Jonas Winter. Da muss ich ran.«

Sie nahm das Gespräch an. »Jonas, ich stelle mal auf laut, damit mein Kollege mithören kann. Hoffentlich hast du gute Nachrichten für mich. Die könnte ich jetzt gerade wirklich gebrauchen.«

»Ob sie gut sind, musst du entscheiden«, sagte der LKA-Beamte. »Auf jeden Fall habe ich die Frau gefunden. Sie hat definitiv auf der Plattform *Only4you* einen Account gehabt.«

»Gehabt?«

»Er ist nicht mehr da. Entweder von ihr gelöscht oder vonseiten der Plattform. Ich tippe einmal auf das Erste, da es nur wenige Löschungen seitens *Only4you* gibt.«

»Wann war das?«

Jonas Winter lachte. »Hanna, glaubst du, dass die Betreiber mir das mitteilen? Ich kann lediglich nach der Seite suchen und feststellen, dass sie nicht mehr online ist.«

»Und woher weißt du, dass es sie gegeben hat?«

»Ganz einfach. Die Plattform erlaubt, Fotos und Videos, die sich die zahlenden Herren angeschaut haben, auf deren eigenen

Social-Media-Accounts zu veröffentlichen. Natürlich mit dem Logo der Plattform. Kostenlose Werbung sozusagen. Ich habe fünf verschiedene Fotos gefunden. Ich schicke sie dir gleich zu und dann bekommt die SoKo noch ein offizielles Protokoll mit allen Funden.«

»Sind sie pornografisch?«

»Nicht wirklich, eher was für Typen, die auf junge Mädchen stehen. Aber schau sie dir selbst an. Im Übrigen kann es durchaus weiteres Material geben. Fotos und Filme, die erheblich mehr zeigen. Das kann ich aber weder bestätigen noch verneinen.«

»Und wie ist deine Einschätzung?«, fragte Hanna.

»Die Fotos zielen schon auf eine bestimmte Klientel ab, die nach Alternativen zu den illegalen Fotos sucht, die kinderpornografische Inhalte haben. Diese Männer wollen aber irgendwann mehr. Ein Geschäft wäre es allemal. Aber wie gesagt …«

»Haben wir eine Chance, von der Plattform mehr Informationen zu bekommen?«

»Ehrliche Antwort?«

»Was sonst!«

»Spar dir die Zeit. Wenn du überhaupt etwas bekommst, kann es viele Monate dauern und wird auch nicht sehr umfangreich sein. Die Nutzer, also die zahlenden Abonnenten, werden sie dir ganz sicher nicht nennen. Und darauf willst du doch letztlich hinaus, oder?«

»Ja.«

»Viele Nutzer registrieren sich ohnehin anonym und zahlen auch über entsprechende Zahlungsdienste.«

»Also keine Chance, auf diesem Weg weiterzukommen?«

»Nein. Da hilft wohl nur noch die gute alte Polizeiarbeit. Keine Ahnung, wie weit man damit in deinem Fall kommen kann.« Er hielt kurz inne. »Dein Foto von diesem Fahrzeug, bei dem das Nummernschild nicht zu erkennen ist, habe ich weitergegeben. Wir haben hier einen Spezialisten. Vielleicht kann der etwas machen. Ich melde mich, falls es da etwas gibt.«

Hanna dankte ihrem Kollegen und verabschiedete sich von ihm.

Sie warf Jan einen fragenden Blick zu. »Und jetzt?«

»Das wird den Kreis der Verdächtigen enorm vergrößern. Und wir haben offensichtlich keine Möglichkeit, sinnvoll zu recherchieren. Vollkommen verrückt, dass selbst die bezahlten Abos nicht einer bestimmten Person zugeordnet werden können.«

»Aber vielleicht hat Lisas Präsenz auf *Only4you* nichts mit der Tat zu tun?«, warf Hanna ein.

»Und wo sind Lisas Handy und Laptop? Warum ist der Account gelöscht worden? Wäre er auf ihren Namen gelaufen, hätten die Kollegen Überweisungen aufs Konto finden müssen. Selbst wenn der Mann, der sie …« Jan malte Anführungszeichen in die Luft. »… gemanagt hat, nicht der Täter ist, muss er in irgendeiner Weise verstrickt sein.«

»Und der Chorleiter – nur mal als Beispiel – könnte ihren Account entdeckt haben, was ihn auf dumme Gedanken gebracht haben könnte. Das Gleiche bei Paul Lammers und vermutlich einem Dutzend anderer Männer, denen Lisa irgendwann begegnet ist. Zum Beispiel als Kunde im Backshop.«

»Daran habe ich noch gar nicht gedacht«, sagte Jan.

»Wir fahren zurück und sprechen mit Kollegin Ahlers.«

Eine halbe Stunde später saßen sie mit Maria Ahlers und Ralf Plagge im Büro der SoKo-Leiterin zusammen. Hanna und Jan berichteten abwechselnd von ihren Recherchen und dem Anruf aus Hannover.

Maria Ahlers legte fünf Fotos auf den Tisch. »Der Kollege aus Hannover hat mir das vor ein paar Minuten zugeschickt.«

Auf zwei der Fotos war Lisa Kramer nackt, auf den restlichen war sie leicht bekleidet. Ihre Aufmachung wirkte mädchenhaft mit den geflochtenen Zöpfen, ohne beziehungsweise mit sehr dezentem Make-up, der Unterwäsche, die eher an Kinder erinnerte als an eine Frau. Hinzu kam ihr flacher Busen, der den Eindruck noch verstärkte.

»Himmel!«, stöhnte Maria Ahlers. »Lisa Kramer sieht da wirklich aus wie fünfzehn oder allenfalls sechzehn. War sie zum Zeitpunkt der Aufnahmen volljährig?«

»Nach den Exif-Daten der Fotos zu urteilen auf jeden Fall«, sagte Hanna, die sich auf der Fahrt zurück nach Lingen das Ermittlungsprotokoll von Jonas Winter durchgelesen hatte.

»Wer drauf steht«, murmelte Ralf Plagge und fügte laut hinzu: »Es scheint ja legal zu sein.«

»Darum geht es im Moment überhaupt nicht«, sagte Hanna. »Wir sollten alle Befragungen noch einmal überprüfen. Gibt es Hinweise, dass einer der Männer – darum wird es wohl in erster Linie gehen – sie nicht nur analog kannte, sondern auch im Internet entdeckt hat?«

»Das wird ja wohl kaum einer zugeben. Sonst wüssten wir es längst.«

Hanna deutete ein Augenrollen an. »Hinweise!«

Jan warf einen Blick zu Ralf Plagge, der, so schien es ihm, gerade zu einer wütenden Antwort ansetzte.

»Das ist eine gute Idee«, warf Maria Ahlers jedoch ein und verhinderte, dass ihr Stellvertreter den Konflikt weiter befeuerte. »Wir werden die Protokolle durchgehen und eventuell ein weiteres Mal mit dem ein oder anderen Zeugen sprechen müssen.«

»Ich sehe da keinen großen Sinn drin«, bemerkte Ralf Plagge mit bissigem Unterton. »Wer gibt schon zu, Schmuddelbilder und Videos anzuschauen. Sollen wir etwa einfach so direkt danach fragen?«

»Wenn es keinen anderen Weg gibt«, antwortete Maria Ahlers. »Was würdest du vorschlagen?«

»Wir sollten uns auf den Unbekannten, der ins Haus eingebrochen ist, konzentrieren. Wenn es in den nächsten zwei Tagen keine Ergebnisse gibt, muss das Phantombild veröffentlicht werden.«

»Dafür bekommen wir keinen Beschluss. Ich schlage vor, du suchst dir einen Kollegen und telefonierst alle Dienststellen im Umkreis von hundert Kilometern ab. So gehen wir zumindest sicher, dass unsere Anfrage ernst genommen wird.«

»Münster, Osnabrück, Leer und Cloppenburg. Das ist zu zweit wohl kaum zu schaffen.«

Maria Ahlers reagierte nicht auf Plagges Kommentar und wandte sich an Jan. »Können Sie nach der neuen Informationslage ein Täterprofil erstellen?«

»In gewisser Weise schon, allerdings reichen die Daten immer noch nicht, um zum Beispiel das Alter des Täters einzugrenzen. Ich werde aber morgen im SoKo-Meeting einen Versuch starten.«

Vierzehn

Hanna

Nach der Besprechung zogen sich Jan und Hanna in ihr Büro zurück. Jan arbeitete an seinem Täterprofil, während Hanna sich bei *Only4you* mit Männernamen anmeldete und die nächsten zwei Stunden Vorschauen von verschiedenen Abonnentenseiten ansah. Sie konzentrierte sich auf junge Frauen, die sich spärlich bekleidet präsentierten. Viele Fotos ähnelten sich. Hanna fragte sich, wie die Nutzer sich bei dem überwältigenden Angebot zurechtfanden. Über Google fand sie Werbung für Seminare, in denen der Aufbau von Reichweite im Netz für viel Geld erklärt wurde. In einer Fernsehdokumentation erfuhr sie, dass Männer in teuren Kursen regelrecht darauf geschult wurden, Frauen anzuwerben, um mit ihnen ein Onlinebusiness in den sozialen Medien zu starten.

»Ekelig!«, entfuhr es Hanna. »Wusstest du, dass es Männer-Seminare gibt, die dich zum Onlinezuhälter ausbilden?«

»Nein, aber ich kann es mir gut vorstellen.«

»Da geht es darum, Frauen in den sozialen Medien zu finden, die sich später auf Bezahlplattformen in entsprechenden Posen präsentieren. Die Männer übernehmen das Management, alles läuft über sie. Das wäre auch die Erklärung dafür, dass wir auf

Lisas Konten keine Eingänge gefunden haben, die mit solchen Plattformen zusammenhängen. Du gewinnst das Vertrauen der Frau, hast eine Beziehung mit ihr – in welcher Form auch immer – und überredest sie, Fotos zu machen. Das fängt klein an – zum Beispiel mit freizügigen Fotos auf Facebook oder Instagram und geht dann irgendwann zu den Aboseiten über.«

»Haben die Männer mehrere Frauen, die für sie arbeiten?«

»Ja, das ist durchaus das Ziel. Die Fotos und Videos werden nach und nach pornografischer, die Preise der Abos steigen. Da können richtig hohe Summen zusammenkommen. Aber das hatte Jonas Winter mir ja schon beim ersten Gespräch erklärt. Ich habe ihm nicht ganz geglaubt, aber inzwischen …« Hanna stöhnte. »In welchem Jahrhundert leben wir überhaupt? Ein Blick ins Internet und man weiß, was läuft. Wieso lassen sich Frauen auf so etwas ein?«

»Da wird es viele Motive geben«, sagte Jan. »Letztlich ist es ja eine Art der Sexarbeit, nur anonymer und ohne direkten Kontakt mit den Kunden.«

»Freier oder Onlinefreier«, korrigierte ihn Hanna. »Nenn sie ruhig beim Namen.«

»Wenn du meinst.«

»Ja, ich meine«, entgegnete Hanna schärfer als sie beabsichtigt hatte. »Mich machen solche Männer wütend. Die, die Frauen dazu bringen, sich zu verkaufen, und auch die, die Frauen – in welcher Form auch immer – dafür bezahlen. Und ja, ich weiß, dass das nicht strafbar ist, was da abläuft. Obwohl, wenn Frauen abhängig gemacht werden, um dann auf den Onlinestrich geschickt zu werden, ist da für mich schon eine Grenze erreicht.«

»Ich will die Männer nicht verteidigen. Weder die einen noch die anderen.«

»Ich weiß«, sagte Hanna beschwichtigend. »Kommst du mit dem Täterprofil weiter.«

»Schwierig, verdammt schwierig.«

Hanna sah auf die Uhr. »Machen wir für heute Schluss?«

»Darf ich dich zum Essen einladen?«, fragte Jan, als sie eine Stunde später auf dem Stellplatz vor dem Wohnmobil saßen.

»Darauf habe ich schon die ganze Zeit gewartet«, antwortete Hanna mit ernster Miene.

Jan sah sie verwundert an.

»Scherz!«, fügte sie schnell hinzu. »Wie ich dich kenne, hast du schon reserviert?«

»Mir wurde am Telefon gesagt, dass das nicht nötig wäre. Sie hätten ausreichend Platz.«

Hanna lehnte sich auf dem Klappstuhl zurück und schaute in den blauen Himmel. Urlaubswetter. Tagsüber war das Thermometer auf sechsundzwanzig Grad gestiegen. Auch der folgende Tag sollte warm werden. Sie schloss die Augen und träumte von Südfrankreich, dem Atlantik und den hohen Wellen, auf denen sie surfen würde.

»Kannst du surfen?«, fragte sie unvermittelt.

»Nein, so ein Brett war mir immer etwas zu wackelig.«

»Du schaffst das spielend.«

»Warum sollte ich?«, warf Jan ein.

»Vielleicht kommt ja irgendwann eine Gelegenheit dazu.«

»Du sprichst in Rätseln.«

Nein, eigentlich nicht. Sie schloss die Augen wieder und schwieg.

»Dein Handy«, hörte Hanna Jans Stimme aus der Ferne. Sie richtete sich im Klappstuhl auf und sah sich um. »Bin ich eingeschlafen?«

Jan reichte ihr das Handy, sie warf einen Blick aufs Display und nahm das Gespräch an. »Moin, Jonas. Hast du noch etwas gefunden?«

»Ich nicht, aber der Kollege, der sich um dein Wackelfoto gekümmert hat.«

Schlagartig war Hanna hellwach. »Erzähl!«

»Das bearbeitete Foto kommt gleich. Ich kann da ehrlicherweise nicht wirklich viel drauf erkennen, aber er meint, es würde mehr oder weniger reichen. Drei Varianten hat er herausgelesen. Alle fangen mit MEP an, aber die folgenden Zahlen und Buchstaben sind nicht so klar. Ich habe dir die Arbeit abgenommen und alle drei Halter der Kennzeichen aus der Datenbank herausgesucht. Kommt gleich mit dem Foto. Ich hoffe, es ist der richtige dabei.«

»Richte dem Kollegen meinen allerbesten Dank aus. Das hilft uns bestimmt weiter.« Sie hielt kurz inne. »Und du bist natürlich auch ein Schatz. Danke für deine Hilfe.«

»Etwas Wichtiges?«, fragte Jan, der nur die eine Seite des Telefonats mitbekommen hatte.

Hanna berichtete ihm von dem Gespräch und öffnete die Mail. »Ein Audi A5, ein A3 der gleichen Marke und ein SUV von VW. Der Halter des VWs ist zweiundsiebzig und ein SUV war es mit Sicherheit nicht. Bleiben noch die beiden Audi-Fahrer. Der eine ist achtundzwanzig, der andere zweiundvierzig. Beide wohnen direkt in Meppen. Du darfst wählen.«

»Du willst jetzt direkt …«

»Bis Meppen dürften es gerade mal fünfzehn Minuten Fahrtzeit sein. Zumindest einen Blick auf das Haus und das Auto können wir doch werfen.«

Jan stand auf und klappte seinen Stuhl zusammen.

Die Kreisstadt Meppen mit ihren knapp fünfunddreißigtausend Einwohnern lag zwischen Lingen und Papenburg, der zweitgrößten Stadt im Emsland. Die Ems floss mitten durch Meppen und traf dort auf die Hase. Dennis Schlömers Wohnung lag im Norden der Stadt. Das dreigeschossige Mietshaus neueren

Datums stand neben einem Supermarkt mit großem Parkplatz, auf dem Hanna das Wohnmobil abstellte.

Alleine schlenderte sie zum Haus und schaute sich auf dem dazugehörigen Parkplatz um. Als sie den schwarzen Audi A5 gefunden hatte, bückte sie sich, um ihren Schuh zu binden. Beim Aufstehen platzierte sie einen GPS-Tracker am Boden des Fahrzeugs und ging schnell weiter auf die Eingangstür zu. Hier studierte sie eine Weile die Namen und ging anschließend zurück zum Wohnmobil.

»Der Audi steht vor dem Haus«, sagte Hanna und kontrollierte auf dem Display ihres Handys, ob der Peilsender funktionierte.

»Davon war aber keine Rede«, bemerkte Jan leicht verschnupft.

»Sicher ist sicher«, murmelte Hanna. »Muss ja niemand erfahren.«

»Welches Stockwerk?«, fragte Jan, ohne auf ihre Bemerkung einzugehen.

»Nach der Klingel zu urteilen, sollte es im dritten Stock sein.« Hanna griff nach dem Fernglas und suchte die Fensterreihe ab. »Keine Vorhänge oder etwas Ähnliches. Aber in einigen Zimmern brennt Licht. Es wird aber zwei Wohnungen dort oben geben, wenn nicht vier.«

»Also warten. Soll ich uns etwas aus dem Markt holen?«

»Gute Idee.« Sie grinste breit. »Ich lade dich auch ein.«

Jan stieg aus und ging auf den Supermarkt zu. Hanna sah ihm hinterher. Sie hatten nach dem Abend des Anrufs nicht wieder über Jans anstehende Scheidung gesprochen, aber Hanna ahnte, dass er mit der Entscheidung seiner Noch-Ehefrau haderte. Warum wehrte er sich so gegen einen klaren Schnitt? Nichts war schlimmer als ein jahrelanges Hin- und Hergezerre. Auch für Jans Sohn George würde es nach der Scheidung feste Regelungen geben, an die sich beide Seiten halten mussten. Und vor allem konnte sich Jan endlich neu orientieren. Beruflich wie privat. Dieser Punkt machte Hanna Angst. Würde Jan zurück nach London ziehen, um näher bei seinem Sohn zu sein? Finanziell hatte er die Arbeit in Deutschland nicht nötig. Das Erbe würde für drei Leben ausreichen.

Hinter einem der Fenster im dritten Stock ging jemand auf und ab. Er bewegte sich allerdings zu schnell, als dass Hanna ihn mit der Phantomzeichnung vergleichen konnte. Sie wechselte zwischen dem Hauseingang und den Fenstern des dritten Stockwerks hin und her. Bisher hatte nur eine junge Frau das Haus verlassen und ein älterer Mann es betreten. Jetzt blieb der Mann an einem der Fenster stehen und schaute nach unten. Hanna musterte ihn und kam zu dem Schluss, dass er der Zeichnung ähnlich sah.

»Und?«, fragte Jan, als er wieder neben Hanna auf dem Beifahrersitz saß. »Hat sich etwas getan?«

Hanna reichte ihm das Fernglas. »Dritter Stock, ganz links. Das könnte er sein.«

Jan griff nach dem Fernglas und richtete es auf das Mietshaus. »Stimmt. Wartet er auf jemanden oder warum schaut er nach unten?«

»Eine Frau?«

»Warten wir's ab. Soll ich zuerst essen oder willst du?«

Hanna packte den Rest ihres Sandwichs ein und schob es zurück in die Tüte. Sie standen inzwischen eine Stunde auf dem Parkplatz. Dennis Schlömer – sollte er der Mann im dritten Stock sein – hielt sich immer noch in seiner Wohnung auf.

Sie hob das Fernglas und suchte die Fensterfront ab. »Ich glaube, da tut sich was. Es ist nur noch Licht in einem Zimmer. Jetzt ist alles aus. Pack ein, vielleicht müssen wir zu Fuß hinter ihm her.«

Jan nickte, schluckte das letzte Stück Sandwich hinunter und trank die Wasserflasche leer, bevor er die Reste in der Tüte verstaute.

»Er kommt jetzt raus. Ja, das ist der Mann aus der Wohnung.«

»Geht er zum Auto?«

»Ich glaube schon. Jetzt ist er beim Audi, macht die Tür auf und … Nein, er hat nur seine Jacke rausgeholt. Dann geht es wohl zu Fuß weiter.«

»Lass uns etwas weiter zurückbleiben«, schlug Jan vor.

Angsthase, dachte Hanna und nickte. »Wir wechseln uns ab, erst ich, dann du. Dann fällt es nicht so auf.«

Sie verfolgten Dennis Schlömer seit etwa zehn Minuten. Hanna warf regelmäßig einen Blick auf ihr Handy und nahm an, dass Schlömer in die Innenstadt wollte. Jan ließ sich zurückfallen und Hanna konzentrierte sich wieder auf die Observation. Vermutlich würde Schlömer in einem Club oder einer Kneipe landen, ein paar Bier trinken und wieder zurück nach Hause gehen. Zumindest konnten sie sich einen ersten Eindruck von dem Mann machen, der mit hoher Wahrscheinlichkeit das Polizeisiegel aufgebrochen und in Lisa Kramers Haus etwas gesucht hatte.

Wenige Minuten später schrieb Hanna Jan eine Nachricht und schlug einen Wechsel vor. Doch bevor er sie erreichte, bog Schlömer in eine Seitengasse ein und blieb vor einem Gebäude stehen, in dem sich eine Kneipe befand. Dort sprach er mit einem Mann, der ihm entgegengekommen war, und ging dann mit ihm zusammen in das Lokal.

»Folgen wir ihm?«, fragte Hanna Jan, der kurz davor zu ihr aufgeschlossen hatte.

»Zusammen?«

»Klar. Als Paar, das fällt nicht so auf.«

Fünfzehn

Jan

Eng umschlungen betraten sie die Kneipe, die größer war, als sie von außen wirkte. Eine lange Theke zog sich durch den Hauptbereich, von dem zwei Anbauten abgingen. Dennis Schlömer saß an einem Tisch mit drei Männern in seinem Alter, die sich lebhaft miteinander unterhielten. Jans erster Eindruck war, dass es sich um ein organisiertes Treffen handelte, eine Art Stammtisch, der regelmäßig stattfand. Hanna deutete auf einen freien Tisch mit zwei Stühlen, der fünf bis sechs Meter von der Männergruppe entfernt stand. Sie setzten sich mit dem Rücken zu der Gruppe und studierten die Karte. Kurz darauf kam eine junge Frau an ihren Tisch, sie bestellten eine Kleinigkeit zu essen und eine große Flasche Mineralwasser.

Jan beugte sich zu Hanna. »Verstehst du, um was es bei den Gesprächen geht?«

»Schwierig. Sie reden alle durcheinander. Aber ich meine herausgehört zu haben, dass es um Frauen geht.«

Jan nickte und konzentrierte sich auf die Gespräche. Zwischen ihnen und der Männergruppe war inzwischen ein weiterer Tisch besetzt, an dem sich ein Pärchen über einen geplanten Urlaub im Herbst stritt. Erst als die Frau aufstand und sich zur Toilette verabschiedete, konnte Jan den einen oder anderen Satzfetzen aufschnappen.

Lass sie reden – die beruhigt sich schon wieder – du musst ihr zeigen – das ist halt das Risiko – etwas mehr Druck – du bist derjenige, der – die reagieren alle gleich – da musst du durch – darauf trinken wir – es läuft alles nach – durchhalten – keine Memme – das passiert schon, wenn – stell dich nicht so – Goldgrube.

Dennis Schlömer schien die zentrale Figur in der Gruppe zu sein. Wenn er sprach, verstummten die drei anderen Männer und unterbrachen ihn nicht. Die Kneipe hatte sich inzwischen gut gefüllt, fast alle Thekenstühle waren besetzt und die Geräuschkulisse hatte entsprechend der Zahl der Gäste zugenommen.

»Ein Stammtisch?«, fragte Hanna. »Verdammt, wir sitzen zu weit entfernt.«

Die junge Frau hatte inzwischen die Flasche Wasser und zwei Gläser auf ihren Tisch gestellt. Jan schenkte ein und prostete Hanna mit einem Lächeln zu. »Ich kann ja fragen, ob ich auch mit am Tisch sitzen könnte, und lass dann mein Handy …«

»Nicht lustig«, murmelte Hanna und trank aus dem Glas. »Schlömer ist der Hahn im Korb, oder?«

Jan nickte. »Er scheint die anderen zu beraten.«

»Denkst du auch, an was ich denke?«

»Aber hier? In der Öffentlichkeit? Da kann doch jeder mithören.«

Hanna zuckte mit den Schultern. »Das scheint ihnen vollkommen egal zu sein. Eine richtige Schulung ist das ja wohl nicht, mehr so ein informeller Austausch.«

»Kommen die alle aus Meppen?«

»Das wüsste ich auch gerne«, murmelte Hanna und fügte laut hinzu: »Glaube ich nicht. Vielleicht treffen sie sich abwechselnd bei jedem von ihnen vor Ort.«

»Ja, würde ich auch so einschätzen«, warf Jan mit gedämpfter Stimme ein.

Als ihr Essen serviert wurde, rückte Jan mit dem Stuhl auf die andere Seite, um die Männergruppe direkt im Blick zu haben. Schweigend aßen sie, Jan warf immer wieder einen schnellen Blick zu Dennis Schlömer. Er hielt sich inzwischen mit seinen Redebeiträgen zurück und schien seinen eigenen Gedanken nachzuhängen. Erst jetzt bemerkte Jan, dass Schlömer dunkle Ringe unter den Augen hatte, als habe er die letzten Nächte schlecht oder wenig geschlafen. Er wirkte abwesend und brachte sich nur in das Gespräch der Viererrunde ein, wenn er angesprochen wurde. Die Männer ähnelten sich nicht nur im Alter, auch ihr Haarschnitt, die Kleidung und ihre Ausstrahlung glichen sich. Die Gruppe wirkte auf Jan wie ein Treffen ehemaliger Klassenkameraden.

»Wie schmeckt dein Burger?«, holte ihn Hanna aus seinen Gedanken zurück.

»Gut, sehr gut sogar.«

»Meiner auch.« Hanna beugte sich vor. »Du solltest die Männer nicht so deutlich fixieren. Schlömer könnte etwas merken.«

Jan nickte und schob seinen Stuhl wieder neben Hannas.

»Wir bekommen schon mit, wenn er geht«, fuhr sie fort. »Viel wird heute wohl nicht mehr passieren.« Sie legte den Kopf auf seine Schulter. »Damit wir mehr wie ein Pärchen aussehen.« Sie strich ihm zärtlich über den Kopf und drückte ihm einen Kuss auf die Wange.

Jan ließ sich nicht anmerken, wie überrascht er war. Er legte seine Hand auf ihre und lächelte sie an.

»War das jetzt gespielt oder echt?«, fragte Hanna.

»Und bei dir?«

»Das ist unhöflich, Herr de Bruyn. Man beantwortet keine Frage mit einer Gegenfrage.«

Jan stöhnte theatralisch. »Ich gelobe mich zu bessern.«

»Und meine Frage?«

Die junge Frau, die ihnen das Essen serviert hatte, trat an den Tisch, fragte, ob alles in Ordnung gewesen sei und ob sie noch etwas bestellen wollten. Hanna verneinte, die Servicekraft deckte den Tisch ab.

»Und?«, fragte Hanna. »Oder dachtest du …«

Jan stand auf. »Ich zahle dann mal.« Ohne auf ihre Reaktion zu warten, lief er zum Thekenbereich und sprach die junge Frau an. Sie nickte und sagte, dass sie gleich für ihn da sei. Jan warf einen verstohlenen Blick zu dem Tisch zurück, an dem Hanna saß. *Warum war er ihrer Frage ausgewichen? Warum hatte sie die Frage überhaupt gestellt? War seine Reaktion gespielt oder echt gewesen? Hör auf, dich zu analysieren*, ermahnte ihn eine innere Stimme. *Du weißt, was du gefühlt hast. Warum stehst du nicht dazu?* Die Servicekraft kam auf ihn zu und reichte ihm die Rechnung.

Als er zurück zum Tisch kam, zog Dennis Schlömer gerade seine Jacke an und verabschiedete sich von seinen Freunden.

Sie warteten, bis Schlömer die Kneipentür erreicht hatte, bevor sie ihm folgten.

»Ich zuerst«, sagte Hanna und drängte sich an Jan vorbei. Er sah ihr hinterher und blieb stehen, bis Hanna etwa fünfzig Meter weit gegangen war.

Wenige Minuten später rief Hanna an. »Er geht auf jeden Fall nicht zu seiner Wohnung. Die Richtung ist eine andere.«

»Wollen wir wechseln?«

»Du kannst langsam aufrücken. Du siehst mich ja auf deinem Handy.« Nach dem letzten großen Fall hatten sie sich gegenseitig in einer App angemeldet, die ihren jeweiligen Standort anzeigte.

»Bis gleich.« Jan öffnete die App und lief Hanna hinterher. Kurz bevor er sie erreichte, schickte er ihr eine Nachricht, dass er hundert Meter hinter ihr sei. Als er an Hanna vorbeiging, bog sie in eine Seitenstraße ab. Jan folgte Dennis Schlömer mit gebührendem Abstand. Der junge Mann schien aber keine Angst zu haben, observiert zu werden. Er schaute sich weder um, noch blieb er abrupt stehen, um hinter ihm laufende Personen an sich vorbeigehen zu lassen.

Zweimal schaute er auf sein Handy. Jan vermutete, dass er die Uhrzeit kontrollierte oder eine Nachricht bekommen hatte. Nach etwa einem Kilometer liefen sie durch ein Wohngebiet mit Einfamilienhäusern und einigen Gebäuden mit zahlreichen Briefkästen neben dem Eingang. Vor einem dieser Häuser blieb Schlömer stehen, tippte etwas ins Handy ein und trat schließlich an die Eingangstür. Das typische Summen erklang, Schlömer stieß die Tür auf und betrat das Haus.

Jan überquerte die Straße, ging ein Stück weiter, bis er hinter einer Hausecke Schutz fand. Hanna folgte ihm kurz darauf.

»Hast du gesehen, wo er hin ist?«, fragte sie.

»Keine Chance. Ich habe acht Namensschilder gezählt. Er hat mit der Person per Handy kommuniziert, dann ging der Türöffner und er ist rein.«

Hanna nickte. »Wir werden morgen alle Bewohner des Hauses überprüfen. Seine Mutter wird er ja wohl kaum um diese Zeit besuchen.«

Kurz nach zehn. Die Sonne war gegen acht untergegangen, eine Stunde später war es dunkel gewesen. »Nein, eher nicht. Ich tippe auf eine Frau.«

»Ja, wenn er unser Mann ist, wird Lisa Kramer nicht seine einzige Einnahmequelle gewesen sein. In der Doku über *Only4you* hat sich einer dieser Typen ganz freimütig geäußert. Er war bereits seit fünf Jahren dabei und hat – so nannte er es – als Agentur bereits fünfundzwanzig Frauen betreut. Aktuell waren es zwölf.«

»Wie viel bekommen die eigentlich von dem Honorar?«, fragte Jan.

»Das wird vertraglich festgelegt. Aber in der Doku war die Rede von sechzig und mehr Prozent. Zum Start müssen die Frauen sogar in Vorleistung gehen. Mehrere Hundert Euro im Monat, wenn es später nicht läuft, werden sie fallen gelassen.«

»Agentur?«

»Modelagentur nennen sich sogar einige. Oder *Only4you*-Agentur. In der Doku war seitens der Moderatorin ganz offen von E-Zuhältern die Rede. Ich sehe das auch so.«

Jan wiegte den Kopf hin und her. »Für manche Frauen, die auch alles selbst managen, ist es sicher die Rettung vor dem finanziellen Kollaps.«

Hanna rollte mit den Augen. »Komm mir nicht mit dem Quatsch. Ja, sicher gibt es Ausnahmen – wie auch in anderen Bereichen der Sexarbeit – aber alles, was ich bisher gelesen und angeschaut habe, spricht eher eine andere Sprache.«

Jan zeigte zu dem Haus, in dem Dennis Schlömer verschwunden war. »Ist er das nicht? Im zweiten Stock, ganz rechts.«

Hanna griff nach ihrem Fernglas und suchte das Fenster. »Ja, die Statur stimmt. Durch den Vorhang sieht man aber nicht viel. Halt, da ist noch jemand. Eine Frau, würde ich sagen. Er nimmt sie jetzt in den Arm und küsst sie. Sieh an! Lange scheint die Trauer nicht angedauert zu haben. The Show must go on.«

»Und was passiert jetzt?«, fragte Jan, als Hanna eine Weile schweigend durchs Fernglas geschaut hatte.

»Sie streiten sich, würde ich sagen. Er versucht immer wieder, sie in den Arm zu nehmen, und sie schubst ihn weg. Wer sagt's denn. Das könnte unsere Chance sein, wenn wir mit ihr sprechen.« Hanna hielt kurz inne. »So, jetzt scheint es vorbei zu sein. Ich sehe ihn nicht mehr. Kommt er unten aus dem Eingang?«

»Zumindest ist das Licht im Flur angegangen.« Kurz darauf erschien Schlömer in der Tür und lief zurück in dic Richtung, aus der er zuvor gekommen war.

Jan und Hanna folgten Schlömer, der auf dem schnellsten Weg zu seiner Wohnung ging. Wenig später sahen sie von der Straße aus, wie Schlömer mit dem Handy am Ohr durch die Räume lief.

»Meinst du, da passiert heute noch was?«, fragte Jan.

»Bist du müde?«

»Morgen liegt sicher ein anstrengender Tag vor uns. Ich denke mal, Kollegin Ahlers wird Dennis Schlömer nach Lingen holen und seine Wohnung durchsuchen lassen.«

»Ja, du hast recht. Lass uns Schluss machen. Wir beide müssen den Fall auch nicht im Alleingang lösen.«

»Du hast mir noch nichts über dein Gespräch mit George erzählt«, sagte Hanna. Sie drehte sich zu ihm um und tastete in der Dunkelheit nach seiner Hand.

»Alles gut«, sagte Jan.

Hanna fand Jans Hand und hielt sie fest. »Weiß George von der Scheidung?«

»Weiß ich nicht«, sagte Jan. Er hatte nicht gewagt, seinen Sohn zu fragen, und das Thema geschickt umschifft.

»Wie? Du hast ihn nicht darauf an…«

»Nein.«

»Warte nicht zu lange damit. Er sollte auch deine Seite hören und wissen, dass du weiter zu ihm stehst.«

»Das weiß er«, murmelte Jan.

»In seinem Alter braucht man Sicherheit. Von beiden Elternteilen. Den Kopf in den Sand zu stecken, ist …«

»Ich weiß das alles, Hanna. Theoretisch. Aber wenn man selbst betroffen ist …« Jan brach ab. Er wollte nicht darüber reden, nicht darüber nachdenken. Es tat verdammt weh, machte ihn hilflos und ließ ihn verzweifeln.

»Ich war noch nie in London«, sagte Hanna leise. »Nimmst du mich das nächste Mal mit? Ich würde George auch gerne wiedersehen.«

Jans Augen wurden feucht. Er hielt Hannas Hand so fest, als wäre sie der letzte Halt vor dem Absturz in eine tiefe Schlucht.

»Wenn du Zeit hast. London ist aber laut und schmutzig.«

»Mit dir zusammen sicher nicht«, flüsterte Hanna.

»Wenn der Fall geklärt ist.«

»Gut.«

Sechzehn

Hanna

Punkt neun Uhr am nächsten Morgen betrat Ralf Plagge als letztes SoKo-Mitglied den Besprechungsraum. Maria Ahlers bat um Ruhe und gab Hanna das Wort. Sie und Jan hatten sich vor der Sitzung mit ihr zusammengesetzt und sie über die neue Entwicklung ins Bild gesetzt.

Hanna fasste kurz die Informationen aus Hannover zusammen und berichtete von ihrem spontanen Einsatz in Meppen.

»Wie sicher ist es, dass wir von dem Eindringling ins Kramer-Haus sprechen?«, fragte Ralf Plagge, der seine schlechte Laune nur schwer verbergen konnte.

»Die Indizien deuten alle auf Dennis Schlömer hin«, antwortete Hanna. »Er fährt einen Audi A5, dessen Nummernschild zu den Recherchen aus Hannover passt, die Gesprächsfetzen, die wir aufgefangen haben, passen ebenfalls ins Bild.«

»Ist er vorbestraft oder sonst wie aufgefallen?«, fragte Nina Röttger.

»Bisher haben wir nichts finden können«, sagte die SoKo-Leiterin. »Wobei eventuelle Jugendstrafen nicht im System hinterlegt sind.« Sie sah in die Runde. »Ich habe bereits den Staatsanwalt informiert, er ist auf dem Weg, um einen

Durchsuchungsbeschluss für Dennis Schlömers Wohnung zu bekommen. Sobald der Beschluss eingetroffen ist, werden wir den jungen Mann zu uns nach Lingen holen, um ihn zu befragen. Bis dahin brauchen wir alle Informationen, die wir bekommen können. Ralf, du teilst die Kollegen ein, ich rufe euch, sobald sich der Staatsanwalt meldet.«

Ralf Plagge zog mit den sieben SoKo-Mitgliedern ab, Maria Ahlers bat Jan und Hanna darum, kurz dazubleiben.

»Zunächst möchte ich den manchmal rauen Ton von Kollege Plagge entschuldigen. Er ist privat etwas mitgenommen und im Moment leicht reizbar. Nichtsdestotrotz kann ich Ihnen versichern, dass er ein ausgezeichneter Polizist ist.«

»Eheprobleme?«, warf Hanna unverblümt ein.

Maria Ahlers antwortete nicht, was Hanna als Bestätigung auffasste.

»Was im Übrigen nicht heißt«, fuhr die SoKo-Leiterin fort, »dass ich sein Verhalten akzeptiere. Ich bitte nur um etwas Nachsicht.«

»Das wird sich machen lassen«, sagte Jan und kam damit einem bissigen Kommentar von Hanna zuvor.

»Danke«, sagte Maria Ahlers. »Der weitere Punkt sind Ihre Alleingänge. Ich finde sie nicht sehr förderlich für die Stimmung im Team und denke, dass sie auf Dauer den Ermittlungen schaden werden. Ich würde Sie bitten, mich rechtzeitig und vollumfänglich zu informieren.«

»Haben wir das nicht?«, warf Hanna mit verärgerter Stimme ein.

»Sehr spät. Im Übrigen ist mir zu Ohren gekommen, dass Sie sich über einen jungen Mann bei Kollege Timmers erkundigt haben. Paul Lammers, wenn ich mich richtig erinnere. Ich habe darüber noch nichts in den Ermittlungsakten gefunden.«

»Die Spur hat sich noch nicht konkretisiert«, antwortete Jan, bevor Hanna etwas entgegnen konnte. »Er und Lisas ehemaliger Chorleiter Hans Lünnemann sind uns durch widersprüchliche Aussagen aufgefallen. Selbstverständlich hätten wir das Team informiert, wenn sich unser Anfangsverdacht weiter verfestigt hätte.«

»Sie sind Teil der SoKo Lisa und haben sich auch entsprechend zu verhalten«, erklärte Maria Ahlers mit fester Stimme. »Wenn hier jeder und jede auf eigene Faust ermitteln würde, wäre das Chaos perfekt.«

Hanna stand auf. »Gibt es noch etwas zu besprechen? Vielleicht sollten wir uns jetzt besser um die Ermittlungen kümmern. Bisher scheinen wir ja durchaus erfolgreich dazu beigetragen zu haben, dass die SoKo vorankommt.«

»Das will ich keinesfalls bestreiten«, sagte die SoKo-Leiterin. »Ich kann allerdings nicht dulden, dass Sie quasi eine eigene SoKo aufmachen. Entweder ermitteln wir zusammen oder ich würde Sie abberufen lassen.«

Jan räusperte sich hörbar. »Vielleicht einigen wir uns darauf, dass es leichte Kommunikationsprobleme gegeben hat, die wir in Zukunft besser meistern wollen.«

»Wenn Sie es so formulieren möchten, ist mir das recht. Wichtig ist einzig und allein, dass wir nur gemeinsam ans Ziel kommen können.«

»Gut«, sagte Jan und warf Hanna einen warnenden Blick zu. »Geben Sie uns Bescheid, wenn der Beschluss da ist?«

»Welche Laus ist der denn über die Leber gelaufen?«, maulte Hanna, als sie die Tür ihres Büros hinter sich geschlossen hatte. »Sie hat eine unfähige Mannschaft und einen noch unfähigeren Stellvertreter und will uns vorschreiben, was wir zu tun und zu lassen haben?«

»Das hat sie so nicht gesagt«, warf Jan ein. »Wir machen unsere Arbeit etwas transparenter für die SoKo und alle sind zufrieden.«

»Das glaubst auch nur du«, murmelte Hanna. »Was machen wir? Warten auf den großen Einsatz unter der Leitung von Oberkommissar Plagge?«

Jan zog die Augenbrauen zusammen. »Was ist los mit dir? Warum nervt dich Kollege Plagge so?«

»Weil er ein aufgeblasener Wichtigtuer ist, der Angst hat, dass man ihm etwas wegnimmt.«

»Wir werden den Kollegen mehr oder weniger von oben aufgedrückt. Würdest du nicht auch etwas irritiert sein, wenn da plötzlich zwei Superhelden geschickt werden, die jeden Fall im Handumdrehen lösen.«

»Handumdrehen?«, sagte Hanna. »Das sehe ich aber anders. Wir arbeiten gründlich und sehr akribisch. Plagge hat bei den Befragungen gepatzt. Das weißt du so gut wie ich.«

»Du hast doch Maria Ahlers gehört – er hat private Probleme. Keine gute Voraussetzung, um sich auf einen so komplizierten Fall zu konzentrieren.«

»Jeder von uns hat sein Päckchen zu tragen. Wer das Private und Berufliche nicht auseinanderhalten kann, ist in unserem Job falsch.«

Hanna fragte sich, warum Plagge für sie ein rotes Tuch war. Erinnerte er sie an ihren Vorgesetzten Hoppe bei der Mission in Mali? Die beiden hatten frappierende Ähnlichkeiten in ihrer äußeren Erscheinung. In Mali hatte Albert Hoppe sie auf eine tödliche Mission geschickt, die ihrem Freund und Kameraden das Leben gekostet hatte. Sie hatte sich geschworen, nie wieder zurückzustehen, wenn sie der festen Überzeugung war, dass der Befehl oder die Anweisung ein gravierender Fehler war.

»Lass uns nicht streiten«, sagte Jan. »Im Grunde genommen stimme ich dir ja zu, aber wir müssen nun mal mit den Kollegen arbeiten, die wir vor Ort vorfinden. Da führt kein Weg dran vorbei. Und wir sind auch nicht fehlerfrei.«

Hanna nickte und atmete einmal tief durch. »Wie weit lag das kleine Café noch entfernt? Ich könnte einen ausgezeichneten Latte macchiato vertragen.«

Auf dem Rückweg erhielt Hanna eine Nachricht von Maria Ahlers, dass der Beschluss da sei. Als sie vor dem Kommissariat ankamen, stiegen Ralf Plagge und drei der SoKo-Mitglieder gerade in eine Limousine ein. Jan sprach den stellvertretenden SoKo-Leiter an und bekam zur Antwort, dass sie sich um nichts kümmern brauchten und für den Einsatz nicht vorgesehen seien. Daraufhin stieg Plagge ins Auto, gab Nina Röttger, die hinter dem Steuer saß, ein Zeichen und das Fahrzeug fuhr mit hoher Geschwindigkeit auf die Straße. Es folgte ein Streifenwagen, der offensichtlich mit zum Einsatzteam gehörte.

»Wow! In voller Montur«, lästerte Hanna, als sie den beiden Fahrzeugen hinterherschauten. Der Streifenwagen hatte inzwischen das Blaulicht angestellt. »Macht nur ordentlich Krach, wenn ihr Schlömer holt. Verstehst du, warum die das Martinshorn nicht jetzt schon anstellen?«

Jan zuckte nur mit den Schultern und ging auf den Eingang des Kommissariats zu.

»Wo willst du hin?«, rief Hanna ihm nach. »Wollen wir nicht nach Meppen und uns die Show anschauen?«

»Wozu?«

Hanna hob ihr Handy. »Vielleicht brauchen die Kollegen meine App.«

»Verdammt, den Tracker habe ich ganz vergessen. Wir müssen ihn rechtzeitig entfernen, bevor die Kriminaltechniker anrücken.« Jan drehte um. »Wer fährt?«

Hanna saß am Steuer und fuhr weit mehr als die vorgeschriebenen achtzig. Jan warf ihr einen Blick zu. »Die haben ihn doch längst aus der Wohnung geholt. Du brauchst nicht so zu rasen.«

Hanna griff nach ihrem Smartphone, entsperrte es und drückte es Jan in die Hand. »Kannst du schauen, wo sein Auto sich aufhält?«

Widerwillig öffnete Jan die App. »Vor dem Haus.«

»Beobachte es weiter. Ich traue dem Frieden nicht.«

»Wenn du etwas langsamer fährst.«

Hanna schüttelte den Kopf. Was war nur mit Jan los? Natürlich mussten sie nach Meppen fahren. Allein wegen des Trackers. Außerdem glaubte Hanna nicht daran, dass sich Dennis Schlömer friedlich von den Kollegen abführen lassen würde. Er war einer dieser Typen, die Ärger machen würden, impulsiv und selbstverliebt. »Wenn es unbedingt sein muss.«

Bis acht Kilometer vor Meppen schwiegen sie. Jan hielt den Tracker im Auge, Hanna fuhr die vorgeschriebene Geschwindigkeit und ließ sich nicht anmerken, dass ihr Adrenalinspiegel langsam anstieg.

»Der Punkt bewegt sich«, rief Jan. »Kann das ein Übertragungsfehler sein?«

»Glaube ich nicht.«

»Mist, er fährt mit hoher Geschwindigkeit aus der Stadt raus.«

»Welche Richtung?«

»In unsere. Warte. Ja, er ist auf der B 70.«

»Ist er schon am Stadtteil Esterfeld vorbei?«

»Noch nicht. Wegen des Autobahnzubringers meinst du?«

Hanna nickte.

»Ja, ich glaube … Er ist weitergefahren. Warte … ja, er fährt in unsere Richtung.«

Hanna drosselte die Geschwindigkeit. Die B 70 wurde kurz vor Meppen zu einer vierspurigen Straße. Auf dem Abschnitt würden sie keine Chance haben, Schlömers Fahrzeug zu stoppen.

»Was machen wir?«, fragte Jan mit Blick auf die Tracker-App.

Hanna fuhr rechts auf den Fahrradweg und hielt an. »Wir stoppen ihn hier. Wenn er kommt, fahre ich auf die Fahrbahn und blockiere sie.« Sie legte den Gurt ab, ging ins Wohnmobil und holte zwei Sicherheitswesten. Eine reichte sie Jan. »Wer weiß, was in Meppen passiert ist.« Sie zog ihre Weste an und startete den Motor. »Du kümmerst dich um die Fahrzeuge, die von der anderen Seite kommen und beruhigst die Fahrer. Ich nehme Schlömer fest. Hast du deine Waffe dabei?«

Jan nickte.

»Gut. Wie weit ist er?«, fragte Hanna.

»Er müsste gleich da sein. Das sind ein, höchstens zwei Kilometer. Aber er fährt schnell. Das könnte schwierig werden.« Jan hielt kurz inne. »Rechts von der Straße liegt der Kanal. Dahin kann er nicht flüchten. Links von uns, hinter den Büschen, scheint ein Gewerbegebiet zu sein.«

Die Sekunden verstrichen, Hanna schaute wie gebannt die Straße hinunter, Jan ließ das Display des Handys nicht aus den Augen.

»Es sollte gleich so weit sein.«

»Verdammt. Gegenverkehr«, fluchte Hanna. Sie wartete, bis der Kleinwagen vorbeigefahren war, drückte das Gaspedal durch und schoss auf die Straße. Als das Wohnmobil zum Stehen kam, riss sie die Tür auf, sprang aus der Fahrerkabine und umrundete das Fahrzeug. Mit gezogener Waffe stand sie breitbeinig auf der Straße, der Audi A5 kam erst einen Meter vor ihr zum Stehen. Der Mann hinter dem Steuer, den Hanna als Dennis Schlömer erkannte, öffnete im nächsten Moment die Fahrzeugtür, sprang aus dem Audi und lief, ohne auf Hannas Aufforderungen zu reagieren, über die Straße in eine dichte Buschreihe hinein. Hanna fluchte laut, rannte ihm nach und erreichte kurz nach Schlömer die Stelle, wo er verschwunden war. Sie drückte sich zwischen zwei Büschen hindurch, sprang über einen kleinen Graben und rannte über eine weitere Straße, die parallel zur Bundesstraße verlief. Vor ihr lag das große Gewerbegebiet mit zahlreichen Gebäuden und Hallen. Schlömer, der eine zweite Straße überquert hatte, lief etwa zwanzig Meter vor ihr ins Gewerbegebiet hinein. Hanna ließ im Laufen ihre Waffe ins Holster gleiten und rannte dem Flüchtenden hinterher.

Sollte es wieder so ausgehen, wie bei ihrer ersten Begegnung am Haus von Lisa Kramer? Nein, dieses Mal nicht, fuhr es Hanna durch den Kopf. Die Entfernung zwischen ihnen schmolz jedes Mal, wenn Schlömer sich zu ihr umdrehte. Hanna aktivierte die letzten Kräfte, legte einen Sprint hin und kam dem Mann bis auf wenige Meter näher. Erneut warf er einen Blick nach hinten, kam dabei ins Wanken und stolperte. In diesem Augenblick hatte Hanna ihn erreicht, warf sich nach vorne und brachte Schlömer zu Fall. Er rollte sich geschickt ab, konnte seinen Arm, den Hanna gerade nach hinten biegen wollte, befreien und schlug jetzt mit der anderen Hand auf Hanna ein. Sie wich dem Schlag aus, zog im nächsten Moment ihr rechtes Knie hoch und traf Schlömer am Kinn. Der Kopf wurde zur Seite gerissen und schlug auf dem Asphalt auf. Hanna nutzte die Gelegenheit, um Schlömers Arm zu packen und ihn auf den Rücken zu drehen. Der Mann schrie vor Schmerz auf, Hanna riss den zweiten Arm zurück und legte Schlömer Handschellen an.

Siebzehn

Jan

Jan fuhr das Wohnmobil von der Straße, damit sich der Stau, der sich inzwischen gebildet hatte, auflösen konnte. Schlömers Audi ließ er stehen und dirigierte die Fahrzeuge im Wechsel an dem Auto vorbei.

Hanna war inzwischen mit Dennis Schlömer im Schlepptau wieder aufgetaucht. Der junge Mann blutete aus der Nase und schien an den Händen Schürfwunden zu haben.

»Hast du die SoKo informiert?«, fragte Hanna.

Jan nickte. »Sie sollten jeden Augenblick hier eintreffen.« Er stoppte mit der Hand die Fahrzeuge auf der einen Seite und winkte den anderen zu, damit sie den Audi überholen konnten. Aus der Ferne hörte er Sirenengeheul und kurz darauf erschien der SoKo-Van gefolgt von dem Streifenwagen. Plagge sprang aus dem Fahrzeug und lief auf Hanna und Schlömer zu.

»Wie … woher …«, stammelte er.

»Zufall. Er kam uns entgegen«, sagte Hanna. »Wir haben ihn gestoppt und …« Sie blickte zu Dennis Schlömer. »… er ist geflohen. Ich konnte ihn aber stellen. Dabei ist es zu einer kleinen Auseinandersetzung gekommen. Vielleicht sollten wir den Notarzt rufen, damit er ihn vor Ort untersucht.«

Plagge nickte, trat ein paar Schritte zurück und gab Anweisungen an Dirk Timmers und Nina Röttger, bevor er zum Handy griff und telefonierte.

»Lief doch alles wunderbar«, sagte Hanna, die auf dem Beifahrersitz saß. »Der Verdächtige ist gefasst und vernehmungsfähig und die Kollegen der Kriminaltechnik nehmen seine Wohnung auseinander.«

»Dass Plagge sehr kleinlaut war, hast du vergessen zu erwähnen«, warf Jan ein.

»Ach, der fängt sich bald wieder und wird sicher schon darüber nachdenken, wie er uns von der Vernehmung fernhalten kann.«

»Ja, davon ist auszugehen«, sagte Jan. »Er schien nicht sehr glücklich mit der Situation zu sein.«

»Warum ist er auch so dämlich und kommt mit Blaulicht und Sirene vor dem Haus an?«

»Er konnte nicht wissen, dass Schlömers Audi nicht auf dem Parkplatz stand und Schlömer sich gerade im Keller des Hauses aufhielt.«

»Apropos Audi. Hast du den Tracker entfernt?«

Jan nickte. »Er liegt hinten im Wohnmobil.«

»Wir sollten bei meiner Version bleiben. Wir haben den Audi entdeckt und ihn dann gestoppt.«

»Ja, wollen wir hoffen, dass die Kollegen das schlucken werden. Lass uns lieber überlegen, wie wir an der Vernehmung teilnehmen können. Ich glaube kaum, dass sie uns beiden den Vortritt lassen werden.«

»Ganz sicher nicht. Und Plagge wird darauf bestehen, ihn zu vernehmen. Ich bin für ihn inzwischen ein rotes Tuch. Also bleibst nur du. Das lässt sich auch mit deiner Qualifikation begründen.«

»Versuchen wir es so«, sagte Jan, der froh war, dass Hanna nicht darauf bestand, an der Vernehmung teilzunehmen. Dies hätte leicht zu einer Diskussion führen können, die womöglich eskalieren und sie aus dem Fall katapultieren würde.

»Schlömer wird mit Sicherheit auf einen Anwalt bestehen. Das wird es nicht gerade leichter machen.«

Maria Ahlers empfing sie im Eingangsbereich des Kommissariats und warf ihnen einen anerkennenden Blick zu.

»Respekt, dass Sie so schnell reagiert haben«, sagte sie und schien noch etwas hinzufügen zu wollen. Jan befürchtete bereits, dass sie darauf zu sprechen käme, warum sie sich auf dem Weg nach Meppen befunden hatten, obwohl sie nicht am Einsatz beteiligt waren.

»Danke«, sagte er schnell. »Wir hatten Glück. Über kurz oder lang wäre Dennis Schlömer ohnehin festgenommen worden. Ich glaube kaum, dass er einen Fluchtplan in der Tasche hatte.«

»Durchaus, aber das hätte eine Weile dauern können.«

»Ist bereits geplant, wer Schlömer vernehmen wird?«, fragte Jan wie beiläufig.

Maria Ahlers, die sich bereits halb von ihnen abgewandt hatte, verharrte in der Drehung und sah ihn an. »Warum fragen Sie?«

»Ich würde gerne an der Vernehmung teilnehmen«, antwortete Jan.

Maria Ahlers stand jetzt wieder vor Jan und Hanna. »Das liegt in der Entscheidung von Kollege Plagge. Soweit ich weiß, werden er und Kollegin Röttger die Vernehmung durchführen. Die beiden ergänzen sich sehr gut. Eine dritte Vernehmungsperson hat sich bei uns nicht bewährt.«

Jan sah aus dem Augenwinkel, wie Hanna zu einer Erwiderung ansetzte. Er trat einen halben Schritt vor und nickte. »Nein, zu dritt macht es keinen Sinn. Können wir die Vernehmung live auf dem Bildschirm verfolgen?«

»Eigentlich nehmen wir sie nur auf und … Aber ich werde sehen, was sich machen lässt. Technisch sollte das möglich sein. Schlömers Anwalt ist unterwegs. Die Vernehmung ist für fünfzehn Uhr angesetzt.«

Maria Ahlers nickte ihnen zu, wandte sich abrupt ab und lief zur Treppe. Jan und Hanna sahen ihr nach.

»Das ist nicht ihr Ernst, oder«, zischte Hanna. »Lass uns die Zelte abbrechen und zurück nach Oldenburg fahren.« Sie zog ihr Handy aus der Tasche. »Ich rufe Hagemann an und bit…«

»Abbrechen?«, unterbrach Jan sie. »Ich bin mir absolut nicht sicher, dass Schlömer der Täter ist. Er wirkte auf mich nicht wie jemand, der sich nicht unter Kontrolle hat.«

»Ehrlich gesagt, ist mir das vollkommen egal. Plagge wird schon ein Geständnis aus ihm herausprügeln.«

»Lass uns zumindest die Vernehmung abwarten«, schlug Jan vor, der über Hannas trotzige Reaktion erstaunt und irritiert war. Bisher war sie diejenige gewesen, die wie ein Bluthund hinter dem Täter her war. Wieso war sie so dünnhäutig geworden?

Hanna ließ ihr Handy zurück in die Tasche gleiten. »Wenn wir die Vernehmung nicht live mit ansehen können, bin ich raus.«

»Okay, darauf können wir uns einigen« Jan sah auf die Uhr. »Wir haben noch reichlich Zeit. Ich schlage vor, dass wir erst mal etwas essen gehen und anschließend alles noch einmal durchgehen.«

Eine Stunde später saßen sie mit einer frischen Tasse Kaffee in ihrem kleinen Büro. Jan schob seinen Stuhl vor Hannas Schreibtisch und trank einen Schluck aus seiner Tasse.

»Wollen wir anfangen?«, fragte er.

Hanna nickte.

»Was haben wir? Lisa Kramer, traumatisiert durch den Unfalltod ihrer Eltern und herausgerissen aus ihrem behüteten Leben, wächst bei ihrer Großmutter auf. Sie wechselt vom Gymnasium an die Oberschule, gibt ihren Traum vom Studium auf und findet sich nach und nach in ihrem neuen Leben zurecht, schließt die Schule ab und macht eine Ausbildung. Als ihre Großmutter stirbt, verliert sie den mühsam aufgebauten Halt und kündigt ihre Arbeitsstelle. Entweder parallel zur Kündigung oder kurz darauf präsentiert sie sich freizügig bis pornografisch im Internet auf Bezahlseiten. Auf ihren Konten gibt es außer Bareinzahlungen keine Eingänge. Es liegt nahe, dass jemand für sie die Organisation übernommen hat und sie bar auszahlt.«

»So weit können wir es mehr oder weniger belegen«, warf Hanna ein. »Was ist passiert? Warum wurde Lisa getötet? Passt Dennis Schlömer in dein Täterprofil?«

Jan wiegte den Kopf hin und her. »Darüber denke ich schon seit gestern nach. Gehen wir einfach mal davon aus, dass Schlömer Lisa …« Warum sollte er sie töten? Eine Affekthandlung? Ich sehe sonst weit und breit kein Motiv.«

»Warum nicht. Er hat viel Arbeit und vermutlich auch Geld in sie gesteckt. Wenn Lisa aufhören wollte, wäre das für ihn Grund genug, um auszuflippen«, sagte Hanna.

Jan nickte. »Lisa war eine seiner Einnahmequellen. Selbst wenn Lisa aufhören wollte, sehe ich kein Motiv. Ich bin sicher, dass er alles getan hätte, um sie davon abzubringen. Ihm wird klar gewesen sein, dass Gewalt nur eine kurzfristige Lösung gewesen wäre.«

»Erpressung?«, warf Hanna ein.

»Womit sollte Lisa Schlömer erpresst haben? Bei *Only4you* haben sie nichts Illegales gemacht. Allenfalls Steuerhinterziehung, aber die wäre mutmaßlich eher auf Lisa Kramers Seite der Fall. Die letzte Bareinzahlung war wenige Tage vor ihrem Tod. Das sieht nicht danach aus, als wenn sie aufhören wollte.«

»Lisa hat herausbekommen, dass Schlömer auch noch andere Frauen mit der gleichen Masche einsetzt.«

»Und wie? Er wird vorsichtig gewesen sein. Das Prepaidhandy von Lisas Handyliste wird Schlömers gewesen sein. So vorsichtig war er. Ich bin mir nicht einmal sicher, dass Lisa überhaupt wusste, wo Schlömer wohnt.«

Jemand klopfte an ihre Tür. Hanna stand auf und öffnete sie.

»Ich soll diesen Bildschirm bei euch installieren. Kollegin Ahlers hat mich beauftragt.« Der Techniker betrat ihr Büro, suchte nach dem Anschluss, stellte den Bildschirm mit integriertem Lautsprecher auf einem kleinen Tisch ab und schloss das Gerät an.

»Mit dieser Fernbedienung könnt ihr den Bildschirm anstellen. Ist alles so weit eingestellt. Sobald es von den Kollegen in der Vernehmung freigeschaltet wird, gibt es Bild und Ton. Noch Fragen?«

Hanna drückte auf den Startknopf der Fernbedienung. Der Bildschirm wurde hell.

»Ihr könnt ihn so lassen«, sagte der Techniker. »Dann wisst ihr, wann es losgeht.« Er nickte Jan und Hanna zu und verschwand wieder.

»Immerhin«, murmelte Hanna. »Wo waren wir stehen geblieben?«

»Bei der Frage, ob Lisa von weiteren Schlömer-Frauen wusste«, half Jan. »Und ob es für sie ein Grund gewesen wäre aufzuhören.«

»Wäre es das?«, fragte Hanna.

»Das hängt davon ab, wic abhängig Lisa von ihm war. Es hat sich sicher nicht um eine reine Geschäftsbeziehung gehandelt. Lisa hat Halt gesucht und bei Schlömer gefunden. Vielleicht hätte ihre Beziehung – wie auch immer sie aussah – Risse bekommen, mehr aber auch nicht. Sie hätte ihm wohl viel verziehen.«

»Und wenn er mehr von ihr verlangt hat. Mehr als Nacktfotos und die eine oder andere pornografische Pose? Hätte sie das mitgemacht?«, fragte Hanna.

»Schwierig. Wenn es um einen Filmpartner gegangen wäre, hätte sie sich vermutlich verweigert. Wenn es nur um Videos mit ihr alleine ging, in denen sie zum Beispiel nackt auf dem Bett oder dem Sofa von ihren Fantasien spricht und vielleicht auch Anweisungen von Kunden ausführt, halte ich es für eher wahrscheinlich, dass sie das gemacht hätte. Vielleicht ja auch schon gemacht hat.«

»Was bleibt, ist die Affekttat«, fasste Hanna zusammen. »Wäre da nicht die Badewanne, in der Lisa mutmaßlich ertränkt wurde. Passt das zu einer Affekthandlung?«

»Nein. Niemand nimmt während einer heftigen Auseinandersetzung mal eben ein Bad«, sagte Jan.

»Es wird also immer unwahrscheinlicher, dass Schlömer der Täter ist? Wer war es dann?«

»Nach meiner bisherigen Arbeit am Täterprofil sehe ich den Täter eher auf der Seite der *Only4you*-Kunden. Entweder jemand mit einem Abo auf Lisas Plattformseite, der herausgefunden hat, wo sie wohnt, oder jemand, der sie privat kennt und sie im Internet gefunden hat.«

»Also wieder alles auf null.«

»Nicht unbedingt. Wir wissen jetzt sicher, dass Lisa auf *Only4you* Fotos und vermutlich auch Videos verkauft hat. Das war vorher nur eine Annahme.«

Hanna schaute auf die Uhr. »Die Vernehmung müsste eigentlich schon lange begonnen haben.«

»Vielleicht ist Schlömers Anwalt noch nicht vor Ort.«

»Oder wir werden wieder verarscht«, murmelte Hanna, griff nach der Fernbedienung und drückte einige Tasten. Bei der dritten veränderte sich das Bild und zeigte einen Raum mit vier Personen. Gleich darauf hörten sie Ralf Plagges Stimme.

Achtzehn

Hanna

»Dachte ich mir doch«, zischte Hanna und stellte den Ton lauter.

Jan stand auf und schob seinen Stuhl neben Hannas, die in Blickrichtung zum Bildschirm saß.

»Es wirft kein gutes Licht auf Sie, wenn Sie unsere Fragen nicht beantworten«, sagte Ralf Plagge.

»Mein Mandant hat das Recht zu schweigen«, entgegnete ein Mann im Anzug, der neben Ralf Plagge saß. »Stellen Sie Ihre Fragen – wir werden sie, soweit es möglich ist, beantworten.«

Der Oberkommissar, der nur von hinten aufgenommen wurde, schnaubte verächtlich und nickte Nina Röttger zu. Die beugte sich leicht vor und sah Dennis Schlömer an.

»Sie geben also zu, dass Sie Lisa Kramer gekannt haben?«

»Das war doch bereits geklärt, Frau Röttger.«

»In welchem Verhältnis standen Sie zu ihr?«, fragte Nina Röttger weiter, ohne auf den Anwalt zu achten.

»Mein Mandant war mit Frau Kramer befreundet. Nach einer kurzen Affäre sind sie gute Freunde geblieben und haben sich hin und wieder gegenseitig besucht.«

»Wann endete die Beziehung?«, fragte Nina Röttger weiter.

»Das ist vor einigen Monaten gewesen, vielleicht ein halbes Jahr. Mein Mandant erinnert sich nicht so genau.«

»Haben Sie die Beziehung zu Frau Kramer beendet?« Nina Röttger sprach nach wie vor Dennis Schlömer an. »Oder war es umgekehrt?«

»Das war ich«, murmelte Schlömer.

»Bitte etwas lauter«, forderte ihn Nina Röttger auf.

»Ich war das.«

»Warum?«

»Ich habe jemand anderes kennengelernt«, antwortete Schlömer.

»Wie gesagt«, fuhr der Anwalt dazwischen. »Mein Mandant hatte weiterhin ein gutes Verhältnis zu Frau Kramer. Unter erwachsenen Menschen sollte das auch kein Problem sein.«

»Wer ist die andere Frau?«, fragte die Kommissarin weiter.

Schlömer zögerte, sah seinen Anwalt an. »Muss ich das sagen?«

»Nein«, sagte der Anwalt.

»Um Ihre Aussage zu überprüfen, wäre es von Vorteil, wenn Sie uns den Namen und die Adresse nennen.«

»Möchte ich aber nicht. Ich will sie in diesen ganzen Schlamassel nicht mit reinziehen.« Schlömer hatte leise gesprochen und war kaum zu verstehen. Hanna griff nach der Fernbedienung und stellte die Lautstärke höher.

»Sie und Frau Kramer waren also ein Paar«, übernahm wieder Ralf Plagge. »Wo haben Sie sich kennengelernt?«

Der Anwalt beugte sich leicht vor. »Mein Mandant möchte über die privaten Dinge nicht sprechen. Bitte akzeptieren Sie das, Herr Oberkommissar.« Die letzten Worte hatte der Anwalt mit einem überheblichen Lächeln begleitet.

»Ihr Mandant ist in einen Tatort eingebrochen, hat ein Polizeisiegel zerstört und ist, als eine unserer Kolleginnen das Haus betrat, durch ein Fenster geflüchtet. Weiter hat er sich seiner vorläufigen Festnahme entzogen und ist nur durch den gefährlichen Einsatz meiner Kollegin gestellt worden. Er steht unter dringendem Verdacht, Lisa Kramer getötet zu haben. Es gibt kein Privat in dieser Sache, Herr Anwalt.«

Hanna stieß Jan an. »Sieh an, Kollege Plagge kann auch clever austeilen.«

Der Anwalt räusperte sich. »Behandeln Sie jeden Freund und Bekannten von Frau Kramer so wie meinen Mandanten? Durchsuchen seine Wohnung und verfolgen ihn, ohne dass mein Mandant weiß, was ihm vorgeworfen wird? Wohl kaum.«

»Jetzt halten Sie aber mal die Luft an«, fuhr Plagge den Anwalt an. »Wenn Sie Ihrem Mandanten die U-Haft ersparen wollen, raten Sie ihm dringend dazu, mit uns zu kooperieren.« Er stand auf, Nina Röttger folgte ihm. »Wir unterbrechen jetzt für zehn Minuten. Nutzen Sie die Zeit, um mit Ihrem Mandanten zu sprechen und ihn zur Vernunft zu bringen.«

Die Aufnahme wurde abgeschaltet.

»Ob das klug war?«, sagte Hanna. »Die sprechen sich doch jetzt nur ab.«

»Ein Verdächtiger hat das Recht, alleine mit seinem Anwalt zu sprechen«, warf Jan ein. »Schlömer etwas nachzuweisen wird nicht einfach. Ich vermute, Kollege Plagge will sich noch ein paar Informationen von der Kriminaltechnik holen.«

»Das hätte er vorher tun sollen. Man geht nicht in eine Vernehmung, ohne etwas in der Hand zu haben.«

»Wie oft haben wir beide das schon gemacht?«

Hanna stand auf »Lass gut sein. Ich habe Plagge gefressen. Daran wird sich so schnell nichts ändern.« Sie ging zum Fenster und öffnete es. »Wir hätten fahren sollen.«

»Seit wann kneifen wir? Ja, nicht alle Kollegen sind uns hier wohlgesonnen. Aber ist das nicht häufig der Fall? Wir sind nicht wirklich Teil des jeweiligen Teams und werden es auch nie werden. Damit müssen wir leben.«

»Ich hole uns mal einen Kaffee. Zu irgendetwas muss doch die Pause gut sein.«

Die Aufnahme wurde wieder gestartet. Ralf Plagge und Nina Röttger kamen ins Bild, zogen ihre Stühle vor und setzten sich.

»Kommen wir noch einmal zu Ihrem Alibi«, sagte Nina Röttger. »Bisher haben Sie dazu die Aussage verweigert.«

Der Anwalt räusperte sich. »Ich konnte meinen Mandanten überzeugen, dass eine Kooperation in dieser Frage sinnvoll ist. Herr Schlömer war zur fraglichen Zeit bei seiner Freundin. Er hat sich dort von etwa achtzehn Uhr bis in die frühen Morgenstunden aufgehalten. Wann genau er aufgebrochen ist, kann er nicht sagen, schätzt aber, dass es zwischen sechs und sieben Uhr gewesen ist. Seine Freundin ist bereit, diese Aussage zu bestätigen.«

»Um wen handelt es sich?«, fragte Nina Röttger.

»Frau Kim Schepers.« Der Anwalt schob einen Notizzettel über den Tisch. »Hier sind die Kontaktdaten der Dame.«

»Amselstraße 34«, las Ralf Plagge vor. »Handelt es sich hier um die Frau, die der Grund zur Trennung war?«

»Ja.«

»Zu Ihrer Information: Sie ist bereits im Kommissariat und wird gerade eingehend befragt.«

Hanna klatschte zweimal in die Hände. »Habe ich unseren werten Herrn Kollegen doch unterschätzt?«

»Warum wissen wir nichts davon?«, warf Jan verärgert ein. Die SoKo-Leiterin warf ihnen vor, auf eigene Faust zu handeln, ließ es aber gleichzeitig zu, dass Hanna und er nicht über wichtige Schritte informiert wurden.

Dennis Schlömer sah die beiden Kriminalisten entsetzt an. »Wieso … woher …«

»Sie haben meinen Mandanten observiert?«, fragte der Anwalt, der ein nicht weniger erstauntes Gesicht gemacht hatte. »Darf ich davon ausgehen, dass Sie einen richterlichen Beschluss hatten?«

»Das lassen Sie mal getrost unsere Sorge sein, Herr Dr. Wenzel«, konterte Plagge, der wusste, dass für eine spontane Observation, die nicht länger als vierundzwanzig Stunden dauerte, kein Beschluss notwendig war. »Wieso hat Ihr Mandant so lange gezögert, bevor er sein angebliches Alibi präsentiert hat?«

»Fehler!«, rief Hanna.

»Ist das nicht mehr als verständlich? Sie stürmen seine Wohnung und verfolgen meinen Mandanten mit unverhältnismäßiger Härte. Dass er zutiefst verunsichert ist, scheint mir mehr als logisch, Herr Plagge. Ihnen nicht auch?«

Plagge schien für einen Moment irritiert zu sein. Nina Röttger sprang für ihn ein. »Wenn Sie sich beschweren wollen, kennen Sie sicher die dafür zuständigen Stellen.« Sie hielt kurz inne und wandte sich wieder Dennis Schlömer zu. »Warum sind Sie in Frau Kramers Haus eingebrochen? Was haben Sie gesucht?«

Schlömer, der immer noch geschockt wirkte, sah Hilfe suchend zu seinem Anwalt. Der nickte ihm beruhigend zu und lächelte Nina Röttger an. »Mein Mandant ist nicht eingebrochen. Er besitzt einen Schlüssel vom Haus, den er von Frau Kramer bekommen hat. Es ist zwar richtig, dass mein Mandant das Polizeisiegel durchtrennt hat, aber ihm war die Bedeutung des Siegels nicht klar. Er bedauert das sehr und entschuldigt sich für sein unbedachtes Handeln.« Wenzel holte kurz Luft und fuhr fort. »Bevor Sie darauf zu sprechen kommen: Mein Mandant ist aus dem Haus nicht vor der Polizei geflüchtet, sondern dachte, es handele sich um einen Einbrecher oder sogar den Mörder von Frau Kramer. Er hat daraufhin spontan beschlossen, die Flucht durch das Fenster zu ergreifen.«

Hanna lachte. »Der Anwalt ist zumindest lustig.«

Ralf Plagge stöhnte deutlich hörbar. »Ist das hier eine Märchenstunde, Herr Anwalt? Unsere Kollegin hat sich mehr als deutlich zu erkennen gegeben. Und das mehrfach.«

»Fehler!«, murmelte Hanna.

»Gibt es dafür Zeugen oder nur die Aussage Ihrer werten Kollegin? Mein Mandant wäre natürlich nicht geflohen, wenn ihm klar gewesen wäre, dass die Polizei im Haus ist.«

»Er gibt dem Anwalt viel zu viel Raum zu agieren«, kommentierte Hanna die Vernehmung. »Nachlegen, haut ihm die Fakten um die Ohren.«

Jan legte die Hand auf Hannas Arm. »Nicht aufregen. Wir können das nicht ändern. Die Kollegen hier haben nicht die Erfahrung mit solchen Vernehmungen.«

»Eben. Das sollte die große Chefin auch wissen. Plagge ist ein Trampeltier und tapst doch nur unbeholfen und halb blind durch die Gegend.«

»Vor ein paar Minuten hast du …«

»Ein blindes Huhn findet auch mal ein Korn«, unterbrach ihn Hanna und konzentrierte sich wieder auf die Vernehmung.

Plagge und Röttger stellten abwechselnd weitere Fragen, die der Anwalt geschickt konterte. Nach zwanzig Minuten verkündete der Oberkommissar eine erneute Pause.

»Die Fragen sind alle ins Leere gelaufen«, sagte Hanna, als der Bildschirm kein Bild mehr zeigte. »Wenn die Freundin bei ihrer Aussage bleibt, können sie ihn nur wieder gehen lassen.«

»Sieht ganz danach aus.« Jan zeigte auf die Tür. »Wollen wir uns nicht erkundigen?«

»Kannst du gerne machen. Ich bleibe hier.«

Neunzehn

Jan

Jan gesellte sich zu den SoKo-Kollegen, die diskutierend in der Teeküche standen. Kurz verstummte das Gespräch, als Jan zu ihnen trat, wurde aber gleich darauf wieder aufgenommen.

Ralf Plagge traf nach Jan ein, nahm sich eine Tasse Kaffee und nickte Jan zu.

»Wie läuft es bei der Befragung von Frau Schepers?«, fragte Jan.

»Die Chefin und Dirk Timmers sprechen mit ihr. Sie werden sie schon weichklopfen. Das Alibi ist doch getürkt.« Plagge sah sich um. »Wo ist die Amazone?«

»Sie meinen Kollegin Will?«

Plagge grinste. »Wen sonst?« Er hielt kurz inne. »Ist es eigentlich wahr, dass Sie etwas mit ihr haben? Sie sollen gemeinsam in dem Wohnmobil hausen. Oder sind das nur üble Gerüchte?«

»Mit Gerüchten ist das so eine Sache. Landläufig sagt man ja, sie würden vor allem von Neidern erfunden und verbreitet. Manche meinen sogar, dass sie von dummen Menschen verbreitet und von noch Dümmeren geglaubt werden. Ich weiß nicht, ob man das wirklich so sagen kann. Was meinen Sie, Kollege Plagge?«

Der Oberkommissar schluckte schwer. »Das klingt jetzt aber ganz danach, als wenn Sie mich beleidigen wollen.«

»Keinesfalls, Kollege Plagge. Das liegt mir vollkommen fern. Ich glaube weder, dass Sie das Gerücht erfunden, noch dass Sie es verbreitet haben. Als stellvertretender SoKo-Leiter würden Sie auch sicher sofort einschreiten, wenn im Kollegenkreis solche Gerüchte herumschwirren, oder?«

»Ist ja auch Ihre Privatangelegenheit«, murmelte Plagge.

In diesem Augenblick trat Maria Ahlers auf sie zu. Sie zögerte kurz, sprach dann aber ihren Stellvertreter an. »Frau Schepers hat ihre Aussage korrigiert. Das Alibi ist geplatzt.«

Ralf Plagge hob die geballte Faust. »Ich wusste es. Jetzt ist er reif.«

»Ralf, geh bitte vorsichtig vor. Dass Schlömer kein Alibi hat, ist noch kein Beweis für seine Schuld.«

»Danke für den Hinweis«, sagte Plagge mit leicht angesäuerter Miene. Er stellte seine Tasse ab, nickte Jan und Maria Ahlers zu und wandte sich ab zum Gehen.

»Sie haben die Vernehmung von Herrn Schlömer verfolgt?«, fragte die SoKo-Leiterin, als Plagge außer Hörweite war. »Was denken Sie?«

»Er ist mit großer Wahrscheinlichkeit derjenige, der Lisa Kramers Profil bei *Only4you* verwaltet hat. Ich persönlich bin mir allerdings nicht sicher, ob er Lisa Kramer getötet hat.«

»Passt er nicht ins Profil, das Sie uns bisher noch vorenthalten haben?«

»Nicht vorenthalten – das war ganz und gar nicht meine Absicht. Es ist immer wieder etwas dazwischengekommen. Sie wissen selbst, wie wenig Fakten bis vor zwei Tagen bekannt waren. Ein fehlerhaftes Täterprofil kann gefährlicher sein als gar keins.« In Gedanken fügte er hinzu, dass Schlömer nicht in sein bisheriges Täterprofil passte, er die weiteren Ermittlungen gegen den Verdächtigen allerdings nicht belasten wollte.

»Vergessen Sie bitte meine bissige Bemerkung.« Maria Ahlers lächelte matt. »Der Stresspegel ist in den letzten Tagen relativ hoch.«

»Das ist mir bewusst. Ich kenne wenig Fälle, in denen selbst nach zehn Tagen so wenige Indizien und Hinweise auf den Täter gefunden wurden. Genau das macht das Täterprofil auch so schwierig.« Jan sah in die Richtung, in die vor wenigen Minuten Ralf Plagge verschwunden war. »Vielleicht sollten wir uns die weitere Vernehmung anhören?«

Plagge und Röttger betraten den Vernehmungsraum, in dem bereits Dennis Schlömer und sein Anwalt saßen.

»Es gibt Neuigkeiten«, verkündete Plagge mit unverhohlener Genugtuung in der Stimme. Er wandte sich an Schlömer. »Möchten Sie noch etwas zu Ihren Aussagen hinzufügen?«

»Nein«, sagte Dr. Wenzel für seinen Mandanten. Er wirkte nervös und schien zu ahnen, dass Plagge etwas in der Hinterhand hatte.

»Vielleicht darf ich zunächst noch ein paar Fakten aufzählen. Im Haus von Lisa Kramer sind in allen Räumen Fingerabdrücke von Ihnen, Herr Schlömer, gefunden worden. Aufgrund der Staubablagerungen gehen wir davon aus, dass Sie sich in den Wochen und Monaten vor Lisa Kramers Tod regelmäßig in dem Haus aufgehalten haben.«

»Was mein Mandant auch nicht bestritten hat«, warf Wenzel ein.

Ralf Plagge ignorierte den Zwischenruf und fuhr fort: »Die vorläufigen Ergebnisse der Durchsuchung Ihrer Wohnung sind uns in der Pause zugängig gemacht worden.«

Schlömers Gesicht verlor an Farbe. Er starrte mit verkniffener Miene geradeaus an Plagge vorbei an die Wand.

»Unsere Techniker haben sich in Rekordzeit Zugang zu Ihrem Laptop verschafft. Dank der hinterlegten Passwörter konnten wir Ihre Accounts bei *Only4you* einsehen. Glücklicherweise werden die Accounts auch nach der Stilllegung nicht gelöscht, sondern sind für Sie und somit auch für uns weiter sichtbar. Der stillgelegte Account war mit unzähligen Fotos und Videos bestückt, die alle Lisa Kramer zeigten. Unter dem Konto fanden wir auch eine Auflistung der ausgezahlten Abogebühren. Sie beliefen sich auf über hunderttausend Dollar in den letzten zwei Jahren.«

Weder Schlömer noch sein Anwalt reagierten. Schlömer starrte weiter zwischen den Kommissaren hindurch, der Anwalt schien Mühe zu haben, sein Erstaunen zu verbergen.

»Des Weiteren haben wir drei weitere Accounts mit Fotos von jeweils verschiedenen Frauen gefunden, die alle noch aktiv sind. Eine der Frauen ist Kim Schepers, die beiden anderen konnten wir noch nicht identifizieren, aber das ist nur eine Frage der Zeit.«

Dr. Wenzel richtete sich auf. »Es mag in Ihren Augen unmoralisch sein, aber die Tätigkeit meines Mandanten ist vollkommen legal. Er betreut seine Kundinnen und führt ihre Accounts. Es ist unredlich, diese Arbeit mit dem Tod von Frau Kramer in Verbindung zu bringen. Es besteht keinerlei Zusammenhang.«

»Das sehen wir anders«, sagte Plagge. »Ihr Mandant hat uns offensichtlich angelogen. Frau Schepers hat in der Befragung zugegeben, dass ihre Angaben zum Alibi Ihres Mandanten nicht der Wahrheit entsprechen.«

Dennis Schlömers Gesicht verlor den Rest seiner Farbe, der Anwalt schwieg betroffen. Er schien zu ahnen, worauf die Vernehmung hinauslaufen würde.

»Im Moment sieht es nach U-Haft für Ihren Mandanten aus. Und der Haftrichter wird uns in dieser Frage sicher folgen.« Plagge wandte sich an Dennis Schlömer. »Vielleicht wäre es an der Zeit, Herr Schlömer, dass Sie mit uns voll und ganz kooperieren. Jetzt ist noch Zeit, das Schlimmste zu verhindern.«

»Drohen Sie meinem Mandanten?«, fuhr Wenzel Plagge an.

»Nein, Herr Anwalt, ich mache lediglich Ihre Arbeit. Sie sollten Ihren Mandanten darauf hinweisen, dass sich eine Kooperation mit der Polizei strafmildernd auswirken kann.«

Hanna hielt es nicht auf dem Stuhl. Sie sprang auf. »Plagge hat noch was in der Hinterhand. Wetten!«

»Da mein Mandant sich keiner Straftat schuldig gemacht hat, bedarf es keiner strafmildernden Umstände.« Er hielt kurz inne und fixierte Plagge. »Wenn Sie jetzt keine weiteren Fragen mehr an meinen Mandanten haben, würden wir gerne gehen.«

Ralf Plagge hielt dem Blick stand. »Es tut mir leid, aber das geht leider nicht. Die Vernehmung ist noch nicht beendet.« Er wandte sich Schlömer zu. »Können Sie uns erklären, warum das Handy von Frau Kramer in Ihrer Wohnung gefunden wurde?«

»Bingo!«, rief Hanna. »Ich wusste es.«

Der Anwalt erstarrte für einen Augenblick, hatte sich aber schnell wieder im Griff. »Ich würde mich gerne unter vier Augen mit meinem Mandanten beraten.«

Plagge nickte, stand auf. Nina Röttger folgte ihm.

»Das war's für heute«, sagte Hanna. »Die werden ihn nachher vorläufig festnehmen und morgen dem Haftrichter vorführen. Es sei denn, er kann noch ein handfestes Alibi aus dem Hut zaubern. Vielleicht eine der anderen Damen?«

»Warten wir auf die Fortsetzung?«, fragte Jan, der Hannas Einschätzung der Lage teilte. »Mehr hat Kollege Plagge nicht. Ob das morgen reicht für die U-Haft, bin ich mir nicht so sicher.«

»Natürlich wird es reichen. Die Gefahr, dass sich Schlömer, sollte er freikommen, ein neues Alibi sucht, ist viel zu groß. Wenn er es nicht war, muss er reinen Tisch machen.« Sie zeigte mit dem Finger auf ihre Nasenspitze. »Der hat Dreck am Stecken – welchen, soll doch unser Superkommissar herausbekommen. Wir dürfen ja nicht ran. Sollte jemand anders der Täter sein, wird uns nichts anderes übrig bleiben, als ihn mit einem unterschriebenen Geständnis hier abzuliefern. Sonst kommt uns Plagge in die Quere.«

»Du denkst ans Aufgeben?«, fragte Jan.

»Ständig. Aber keine Angst, ich lasse dich hier nicht alleine.« Hanna beugte sich vor und strich Jan über die Wange. Er schloss die Augen und fühlte der zärtlichen Berührung nach.

Dass er selbst in den letzten zwei Stunden mehrfach daran gedacht hatte, Kriminaldirektor Hagemann anzurufen und um die Ablösung zu bitten, verschwieg er.

Hanna stand auf und hielt ihm die Hand hin. »Feierabend. Oder wollen wir mit den Kollegen zusammen auf den Erfolg anstoßen? Da gibt es heute sicher einen kleinen Umtrunk.«

Zwanzig

Hanna

Hanna trat aus dem Bad, zog das große Handtuch fest, das sie sich um ihren Körper gewickelt hatte, und ließ sich aufs Bett fallen.

Jan hatte sie dazu überredet, eine Hotelnacht einzulegen. Sie hatten Lingen verlassen und sich in Meppen ein Viersternehotel gesucht. Erst als sie an der Rezeption standen und die junge Frau fragte, ob sie ein Doppelzimmer oder zwei Einzelzimmer benötigten, war ihr klar geworden, dass sie mit Jan nicht darüber gesprochen hatte. Nach kurzem Zögern hatten sie sich für eine gemeinsame Suite entschieden.

Sie drehte sich zu Jan um, der mit einem Kissen im Rücken im Bett saß und die Ermittlungsakten studierte. »Willst du jetzt duschen?«

Jan legte den Ordner zur Seite und stand auf. »Suchen wir uns nachher ein schönes Restaurant? Ich habe schon im Internet etwas gefunden.«

»Warum nicht«, sagte Hanna lächelnd. »Zu Mittag hatten wir ja nur eine gemeinsame Portion Pommes und eine Bratwurst.«

Jan griff nach dem großen Badetuch und ging ins Bad. Hanna schaute ihm hinterher. Als die Dusche zu hören war, schloss sie die Augen. Sie fragte sich, warum sie so müde war. Die Ermittlungen hatten nicht mehr Kraft als üblich gefordert, das Lingener Team war anstrengend, aber auch das hatte nicht den Ausschlag gegeben. War es ihr ungeklärtes Verhältnis zu Jan? Gab es überhaupt Klärungsbedarf? Oder war das einzig und allein ihr Problem?

Sie schreckte auf und wusste im ersten Augenblick nicht, wo sie sich befand. Erst als sie Jan neben sich im Bett sitzen saß, fiel ihr ein, dass sie sich ein Hotelzimmer in Meppen genommen hatten. Jan musste sie zugedeckt haben.

»Du hast geschlafen«, sagte Jan. »Ich konnte dich nicht aufwecken.«

Hanna richtete sich im Bett auf und zog die Decke mit hoch. »Wie spät ist es?«

»Kurz vor sieben. Du hast eine Stunde geschlafen.«

Sie rückte näher an Jan heran, der in Shorts und T-Shirt im Bett saß und jetzt den Laptop zuklappte und zur Seite legte.

»Darf ich?«, fragte Hanna und legte ihren Kopf, ohne auf die Antwort zu warten, an seine Schulter.

»Geträumt?«, fragte Jan. »Du warst sehr unruhig im Schlaf.«

»Ja.« Sie sah zu Jan hoch. »Kannst du mich in den Arm nehmen? Nur kurz?«

Jan nickte, legte seinen Arm um ihre Schulter und zog sie fest an sich.

»Ich weiß nicht, was es ist«, flüsterte Hanna. »Du bist mir so nah, aber auch so fern. Ich kann mir nicht vorstellen, dass wir nach dem Fall wieder getrennte Wege gehen, will aber manchmal vor dir wegrennen.« *Und daran, dass du wieder nach London ziehen könntest, will ich gar nicht erst denken*, fügte sie im Stillen hinzu.

»Was ist das, Herr Psychologe?«, fragte sie.

»Das musst du jemand anderen fragen. Ich kann dir das nicht beantworten.«

»Kannst oder willst du es nicht?«

»Ich würde nie Freunde psychologisch beraten. Da bin ich zu nah dran und es würde unserer Freundschaft nicht guttun. Und das will ich auf keinen Fall.«

Hanna knuffte ihn spielerisch in die Seite. »Das will ich auch hoffen.«

»Warum?«, fragte Jan.

Hanna löste sich von ihm und sah ihn mit zusammengekniffenen Augen an. »Ist das jetzt dein Ernst?«

Ein kleines Schmunzeln lag in seinem Gesicht. »Und wenn?«

Mit einer schnellen Bewegung schob Hanna die Decke zur Seite, schwang sich auf Jans Bauch und hielt mit den Händen seine Arme fest. »Dann muss ich leider andere Maßnahmen ergreifen.« Jan bewegte sich hin und her, als wollte er sie abschütteln, sie verlagerte ihr Gewicht nach vorne, um nicht zur Seite zu fallen.

»So leicht mache ich es dir nicht«, lachte Hanna und rutschte weiter nach unten. Dabei kam sie Jans Gesicht bis auf wenige Zentimeter näher. Beide verharrten für einen langen Augenblick in der Stellung. Jan beugte sich leicht vor, ihre Lippen waren nur noch Millimeter voneinander entfernt. In diesem Moment wurde Hanna bewusst, dass sie vollkommen nackt war. Das Handtuch hatte sich gelöst. Sie schreckte zurück und ließ sich von Jans Körper abrollen.

»Sorry, ich wollte …« Sie verschluckte den Rest des Satzes.

»Alles ist gut«, sagte Jan leise.

»Nein, ist es nicht«, antwortete sie nach einer gefühlten Ewigkeit.

Jan glitt in die Waagerechte, angelte nach der Decke und zog sie Hanna bis zur Schulter.

»Gefühle haben ein Eigenleben und lassen sich ungern kontrollieren. Mir geht es ähnlich wie dir. Ich weiß nicht, ob ich näher an dich heranrücken oder mich so weit wie möglich von dir fernhalten soll.«

»Haben wir zumindest etwas gemeinsam«, sagte Hanna und lächelte matt.

»Ich habe mich unglaublich gefreut, als du mich gefragt hast, ob wir zusammen nach London fahren.«

»Aber du hast auch Angst, was Violet sagt.«

»Ja, vielleicht. Dabei ist es lächerlich und hat mit uns nichts zu tun.« Jan zog Hanna an sich. Sie spürte seine Wärme und ließ sich fallen. Alles schien plötzlich einfach und klar.

»Ich freue mich auf London«, flüsterte Hanna.

»Die Stadt ist groß und dreckig.«

»Ich weiß, aber das schreckt mich nicht ab.«

»Fliegen wir oder fahren wir mit dem Wohnmobil?«

»Wir fliegen. Ich hoffe, du hast ein vernünftiges Bett in deiner Wohnung. Sonst gibt es Ärger.«

»Ich weiß«, sagte Jan und strich ihr zärtlich über die nackte Schulter.

»Gute Wahl«, sagte Hanna und fischte sich geschickt mit den Stäbchen ein Stück der Sushi-Rolle vom gemeinsamen Teller. »Ich liebe die Teile mit Lachs. Und die mit Avocado.« Sie warf einen Blick auf die letzten Stücke. »Bist du schon satt?«

»Ja, der Rest ist für dich. Oder soll ich noch mehr be…«

»Auf keinen Fall«, fiel Hanna ihm lachend ins Wort.

Sie fragte sich an diesem Abend nicht zum ersten Mal, warum sie so gut gelaunt war. Die Antwort kannte sie nicht und beließ es dabei.

»Ein schöner Abend«, sagte sie und stieß mit Jan an. Die erste Flasche Weißwein war leer, aber ihre Gläser waren noch gut gefüllt.

»Ja, absolut. Ich habe schon fast vergessen, was wir hier im Emsland eigentlich machen.«

»Gut so!« Hanna aß das letzte Sushi-Stück und legte die Stäbchen zur Seite. »Bekommt man hier auch einen Kaffee oder müssen wir da weiterziehen?«

»Auf dem Weg habe ich eine Bar gesehen. Die hatte ein großes Angebot.«

»Perfekt!«

Hanna öffnete die Augen einen Spaltbreit und schloss sie gleich wieder. Sie tastete nach Jan und fand seine Schulter. Er schien schon angezogen zu sein.

»Bist du schon lange auf?«, fragte sie und stöhnte leise vor sich hin.

»Ja, eine Weile.« Er sah sie an. »Was ist? Der Kopf?«

»Alles tut weh. Ich hätte den zweiten Whisky nicht trinken sollen.«

»Nein, vermutlich nicht. Es war übrigens der vierte.«

»Erbsenzähler, elender«, murmelte Hanna.

Jan lachte leise. »Ja, das bin ich manchmal. Ich habe dir Kopfschmerztabletten besorgt.« Er stand auf, ging ins Bad und kam kurz darauf mit einem Glas Wasser zurück. »Zwei?«

Hanna streckte die Hand auf. »Fünf.«

»Zwei sollten erst mal reichen, um dich fit zu bekommen.«

Hanna richtete sich im Bett auf, schluckte die Tabletten und trank das Glas leer. »Danke!« Mit Erleichterung hatte sie festgestellt, dass sie Top und Slip trug. »Habe ich viel Blödsinn erzählt?«

»Nein.«

»Aber? Jetzt rück schon damit raus.«

»Dein Mali-Einsatz. Du hast davon gesprochen.«

Hanna hielt die Luft an. »Was genau?«

»So einiges. Du warst ja fast ein Jahr vor Ort.«

»Was genau?«, wiederholte Hanna.

»Dein Kamerad ist bei einem Einsatz getötet worden. Kamerad und Freund, wenn ich das richtig verstanden habe.«

»Mein Freund. Lukas. Wir waren ein Paar.«

»Ja, so hatte ich es gestern auch verstanden«, sagte Jan.

»Habe ich noch etwas erzählt?«

»Nicht so viel.«

»Ganz sicher?« Hanna sah Jan direkt in die Augen.

»Es war da noch etwas. Aber ich habe nicht verstanden. Das war bereits auf dem Rückweg und da hast du … nun gut, ich musste dich hin und wieder stützen.«

»Und hier?«, fragte Hanna. Sie war erleichtert, dass Jan nicht die ganze Geschichte gehört hatte. Das war ihr Geheimnis und sollte es auch bleiben.

»Was meinst du? Ich habe dich ausgezogen und ins Bad begleitet. Im Bett bist du dann sofort eingeschlafen.«

Hanna warf Jan einen fragenden Blick zu.

»Es ist nichts passiert. Oder glaubst du etwa, ich würde …«

»Sorry, blöde Frage.« Hanna drückte ihm einen Kuss auf die Wange und stand auf. Im ersten Augenblick wankte der Raum, aber mit jedem Schritt stabilisierte sie sich. Sie stand lange unter der Dusche und ließ den gestrigen Abend noch einmal vor ihrem geistigen Auge ablaufen. Soweit sie sich inzwischen erinnerte, hatte Jan die Wahrheit gesagt. Ohnehin würde sie es merken, wenn er sie anlügen würde.

Gegen neun Uhr gingen sie zum Frühstücksraum des Hotels und bedienten sich an dem reichhaltigen Büfett. Nach drei Tassen Latte macchiato fühlte sich Hanna wie neu geboren.

»Was liegt heute an?«

Einundzwanzig

Jan

Gegen zehn Uhr trafen Jan und Hanna im Kommissariat ein, in dem ein hektisches Treiben herrschte. Auf dem Weg in ihr Büro trafen sie Nina Röttger, die ihnen erzählte, dass Dennis Schlömer gegen Mittag dem Haftrichter vorgeführt werden würde.

»Der Staatsanwalt ist der Meinung, dass es reicht«, beendete sie ihren Bericht. Sie zeigte den Flur hinunter. »Ich muss jetzt weiter. Übrigens, ich glaube, die Chefin hat euch gesucht.« Nina Röttger nickte ihnen zu und eilte weiter.

»Chefin«, äffte Hanna Nina Röttger nach. »Sollen wir verabschiedet werden?«

Jan schloss ihr Büro auf. »Wolltest du das nicht ohnehin?«

»Das war gestern. Selbst wenn Schlömer in U-Haft kommt, beim nächsten Haftprüfungstermin ist er wieder draußen.«

»Es sei denn, die Kollegen finden Beweise, dass Dennis Schlömer zur fraglichen Zeit am Tatort war oder Ähnliches.«

»Glaubst du das?«

»Schwierig zu sagen, wir durften ja noch nicht einmal mit Schlömer sprechen. Im Moment gebe ich dir recht – die Beweise reichen lange noch nicht. Und nach einem Geständnis sah mir das gestern auch nicht aus.«

Jans Handy klingelte. Er nahm das Gespräch an. Maria Ahlers bat ihn und Hanna, in ihr Büro zu kommen. Jan sagte zu und stand auf.

»Willst du wirklich gleich losrennen, wenn sie nach uns pfeift?«, fragte Hanna. »Lass uns vorher in der Kriminaltechnik vorbeischauen. Mich interessiert, was genau auf dem Laptop gefunden wurde.«

Achim Finke, der Leiter der Kriminaltechnik, bat sie nach kurzem Zögern in sein Büro.

»Ich habe von der Aktion auf der Straße gehört. Respekt, dass Sie so schnell reagiert haben«, sagte Finke. »Es geht um den Laptop, den wir geknackt haben?«

Hanna nickte. »Wir haben die Vernehmung gestern live verfolgt. Uns interessiert, wie genau der Account von Lisa Kramer aussah.«

»Er ist zwei Tage nach ihrem Tod deaktiviert worden. Was nicht heißt, dass alle Daten automatisch gelöscht werden. Das passiert erst zwei Monate nach der Deaktivierung. Zum Glück für uns.«

»Es sind also noch alle Fotos und Filme vorhanden?«

»Ja und nein. Wir kamen um einen Tag zu spät an den Account. Inzwischen sind diese Daten archiviert worden. Sprich, sie müssen von dem Betreiber, also *Only4you*, wieder freigegeben werden. Aber wir können die Fotos in geringer Auflösung sehen und das Startbild der Videos. So haben wir zumindest einen Eindruck, was dort gelaufen ist.«

»Keine Chance, dass sie von der Plattform freigegeben werden?«

»Sicher, der Antrag läuft auch, aber die Erfahrung sagt uns, dass es viele Monate dauern kann. Manchmal stellen die sich auf stur und verzögern das so lange, dass die Daten niemand mehr braucht.«

»Wie muss ich mir das aus Kundensicht vorstellen«, fragte Jan. »Ich bezahle das Monatsabo und habe dann Zugriff auf alle Daten?«

»Nicht unbedingt. Es gibt auch exklusive Fotos oder Videos, die extra bezahlt werden müssen beziehungsweise nur für ein ganz bestimmtes Publikum freigegeben sind.«

»Auch für einzelne Kunden?«

»Klar, wenn der Preis stimmt.«

»Und unter diesen Fotos oder Videos kann der Kunde dann mit der Person kommunizieren?«, fragte Jan weiter.

»So sollte es sein. Aber ob am anderen Ende immer – wie in unserem Fall – Lisa Kramer geantwortet hat, wage ich zu bezweifeln. Das wurde wohl zum Teil von Dennis Schlömer oder wem auch immer gemanagt.«

»Viel Arbeit, oder?«, warf Hanna ein. »Er hatte nicht nur einen Account zu betreuen.«

»Jeden Furz wird der Typ auch nicht beantwortet haben. Es reicht doch, bei den wirklich guten Kunden die Hände mit im Spiel gehabt zu haben.«

»Um diese Männer anzuheizen?«, fragte Jan.

Achim Finke grinste breit. »Genau. Sie richtig scharfzumachen. Nur so kann man die Männer auf dem eigenen Account halten. Es gibt ja ein großes Angebot. Warum sollte man da immer bei einem Account bleiben?«

»Haben Sie Zugriff auf diese Kommunikation?«, fragte Jan.

»Auf die der letzten drei Monate schon. Wenn wir dann die zwei Wochen nach dem Tod der jungen Frau abziehen – da ist ja nichts mehr gelaufen – kommen wir auf zehn Wochen.«

»Die würden wir gerne sehen«, sagte Hanna.

Der Kriminaltechniker hob entschuldigend die Hände. »Sorry, das kann ich nicht entscheiden. Dafür brauche ich eine Freigabe der Chefin.«

»Zunächst einmal möchte ich Ihnen für Ihren Einsatz im Namen des ganzen Teams danken«, sagte Maria Ahlers. »Ihre Ermittlungen haben die entscheidenden Impulse für den Erfolg gebracht.«

Jan stöhnte innerlich auf. Zuerst ein Lob und dann der Tadel oder die Kritik. Eine der Grundregeln der Kommunikation. Er ahnte, was jetzt kommen würde.

»Wir sind an einem Punkt, der nicht mehr zwingend Ihrer Unterstützung bedarf. Von daher habe ich Kriminaldirektor Hagemann gebeten, Sie abzuberufen.«

Auch das hatte Jan geahnt und nach Absprache mit Hanna mit Hagemann telefoniert. Zu dem Zeitpunkt hatte die SoKo-Leiterin bereits mit ihm gesprochen und ihm ihre Bitte übermittelt. Jan hatte einige Mühe gehabt, den Kriminaldirektor davon zu überzeugen, sie weiter ermitteln zu lassen.

»Wir sind übereingekommen, dass Sie nach dem Wochenende nicht mehr ins Team zurückkehren.«

»Vielen Dank für Ihr Lob«, sagte Jan. »Wir nehmen es gerne an. Habe ich das richtig verstanden, dass Sie und das Team davon ausgehen, mit Dennis Schlömer den Täter gefunden zu haben?«

»Im Moment sieht alles danach aus.« Sie schaute auf ihre Armbanduhr. »In etwas mehr als einer Stunde ist der Haftprüfungstermin. Der Staatsanwalt geht davon aus, dass Herr Schlömer in U-Haft überführt wird. Die Ermittlungen laufen natürlich auf Hochtouren weiter. Solange wir kein Geständnis haben, müssen wir dem Beschuldigten die Tat lückenlos nachweisen. Aber das ist Ihnen ja zur Genüge bekannt.«

Jan überlegte fieberhaft, wie er Maria Ahlers erklären sollte, dass sie auf dem falschen Weg waren. Die direkte Konfrontation würde sie nicht weiterbringen – im Gegenteil: Die SoKo-Leiterin würde auf Verteidigung umschalten und auf ihr Ausscheiden bestehen.

»Wir haben vorhin mit Kollege Finke gesprochen, der uns ein wenig in die *Only4you*-Geheimnisse eingeweiht hat. Er sagte uns, dass umfangreiche Chatverläufe zwischen den Kunden und Lisa Kramer vorhanden sind.«

»Das ist richtig.«

»Aus der Sicht meines Fachgebiets halte ich diese Kommunikation für elementar wichtig für die Beweislage später vor Gericht. Ich würde Sie und das Team in dem Punkt gerne kriminalpsychologisch beraten. Ich denke, dass das in den nächsten zwei bis drei Arbeitstagen zu bewältigen ist. Sind Sie damit einverstanden, dass ich die Unterlagen analysiere? Mit Kriminaldirektor Hagemann habe ich das bereits abgesprochen. Er war ausgesprochen angetan von meiner Initiative.«

»Sie haben …« Maria Ahlers brach ab und atmete einmal tief durch. »Was versprechen Sie sich genau davon?«

»Der Kunde – ich nenne ihn mal weiter so – ist bei dem Chat mit Lisa Kramer davon ausgegangen, dass nur sie es sieht und beantwortet. Dabei ist erst mal unwichtig, ob Dennis Schlömer mit den Männern kommuniziert hat. Entscheidend ist, was der Kunde angenommen hat. Es könnte sich dabei um sehr private Nachrichten handeln, die viel über den jeweiligen Kunden verraten haben.«

»Uns interessieren Lisa Kramers Kunden nur sekundär«, warf Maria Ahlers ein. »Wir haben unseren Täter und müssen nicht weiter in diesem Sumpf herumstochern.«

Jan hatte geahnt, dass sie so reagieren würde und ihr auch aus diesem Grund die Vorlage für den Einwand geliefert. »Im Prinzip richtig. Aber ich gehe davon aus, dass Dennis Schlömer an der anderen Seite der Leitung saß. Und genau deshalb wird er im Fokus meiner Analyse stehen. Wir werden viel über ihn erfahren und dadurch Informationen in der Hand haben, die für weitere Vernehmungen von Vorteil sein werden.«

Maria Ahlers zögerte lange. Überlegte sie ihre Optionen und wägte ab, welcher Weg mit den wenigsten Konflikten im Team verbunden sein würde?

»Zwei bis drei Arbeitstage, sagten Sie?«

Jan nickte.

»Und Sie konzentrieren sich auf die Chatverläufe?«

»Das ist mein Plan«, sagte Jan ausweichend.

»Okay, ich sage Kollege Finke Bescheid. Er wird Ihnen die Daten gleich übermitteln. Brauchen Sie sonst noch etwas?« Sie schaute zwischen Jan und Hanna hin und her.

»Nein, im Moment nicht.«

»Das ist ein fauler Kompromiss«, sagte Hanna, als sie wieder in ihrem Büro saßen. »Glaubst du wirklich, dass wir so weiterkommen? Oder ist das nur ein Ablenkungsmanöver, damit wir freie Hand haben?«

»Die Chatverläufe sind im Moment unser einziger Anhaltspunkt. Wenn wir davon ausgehen, dass der Täter Lisa über ihren Account gefunden hat, ist die Wahrscheinlichkeit groß, dass er in den letzten zehn Wochen vor ihrem Tod Kontakt zu ihr hatte. Das wird unser Ansatzpunkt sein. Was wir letztlich daraus machen und wem wir es wann weitergeben, liegt doch in unserer Verantwortung.«

»Wir hätten Ahlers direkt angehen und ihr die Pistole auf die Brust setzen sollen«, sagte Hanna.

»Hätten wir nicht. Das wäre nach hinten losgegangen und wir wären jetzt auf dem Weg nach Oldenburg. Ihr wäre gar keine andere Wahl geblieben.«

Hanna stöhnte theatralisch. »Dann glaube ich dir mal. Ich hole uns Kaffee und du wartest auf die Daten.«

Zweiundzwanzig

Hanna

Hanna richtete sich auf und schob den Papierstapel zur Seite. »Das ist ja schlimmer, als ich es mir in meinen schlimmsten Albträumen vorgestellt habe.«

»Was hast du erwartet?«, sagte Jan. »Ich sehe haufenweise Einsamkeit, Verzweiflung und Angst.«

»Und ich lese da nur elenden männlichen Chauvinismus heraus. Lisa wird als Ware angesehen, für die man bezahlt und die dann so agieren soll, wie bestellt.«

»Lass uns das Thema doch bitte ausblenden und uns darauf konzentrieren, ob einer der Männer eine besondere Beziehung zu Lisa oder Laura, wie sie sich bei *Only4you* nennt, aufgebaut hat. Und achte darauf, ob du jemanden findest, dessen Wortwahl auf einen Mann Mitte zwanzig hinweist.«

»Weiß ich doch alles, Herr Kriminalpsychologe«, murmelte Hanna.

»Das habe ich gehört«, rief Jan ihr von seinem Platz aus zu, wurde aber gleich wieder ernst. »Hast du denn schon Personen gefunden, die in das Raster passen?«

»Zwei. Soll ich den Mist vorlesen, den sie geschrieben haben?«

Jan nickte.

»Zuerst der junge Mann: *Hey Laura, alles gut bei dir heute? Ich bin gut drauf und muss dir jetzt einfach mal sagen, wie krass ich dich finde.* Ich lasse mal die Antworten aus. Die ähneln sich ohnehin bei den meisten. Also weiter geht's: *Ich habe das Gefühl, als wenn wir uns schon lange kennen. Du siehst wirklich stark aus, mit dem neuen Haarschnitt. Echt top! Ich weiß jetzt nicht, ob ich das überhaupt hier fragen darf. Aber ich kann einfach nicht anders. Ich habe einen Riesenwunsch, der wahrscheinlich nicht in Erfüllung gehen kann. So gerne würde ich dich einmal im realen Leben treffen. Ja, ich weiß, dass ich sicher nicht der Einzige bin, der den Wunsch hat. Verrätst du mir wenigsten, in welcher Region du wohnst? Norden, Süden oder Osten?*« Hanna rollte mit den Augen. »So geht das immer weiter. Ich habe schon drei Stellen gefunden, an denen er seine Bitte wiederholt.« Hanna las weitere Chatverläufe von Johannes2000 vor. »Warum geht der Typ nicht einfach auf die Straße und sucht sich eine Frau, die zu ihm passt?«

»Unsicherheit. Er wird schlechte Erfahrungen gemacht haben oder gar keine. Weil die Angst, abgewiesen zu werden, größer ist, als der Wunsch, eine Frau kennenzulernen.«

»Sein Nickname ist übrigens: Johannes2000. Er wird also vierundzwanzig sein oder dieses Jahr werden. Passt er zu Hajo Maatje oder Paul Lammers?«

»Hajo Maatje kann ich so spontan nicht beurteilen. Lassen wir ihn auf der Liste. Paul Lammers würde ich allerdings ausschließen. Nicht wegen des Nicknamens, aber er würde anders reagieren. Offensiver, ein Stück weit aggressiver. Es geht um die Demütigung, die er meint, damals durch sie erfahren zu haben. Gleichzeitig will er wieder etwas gutmachen, weil er immer noch Sehnsucht nach seiner großen Liebe hat. Und er ist wütend, weil sich Lisa anderen Männern so zeigt und mit ihnen in Kontakt tritt. Vielleicht geht er sogar davon aus, dass sie auch Männer im realen Leben für Geld trifft. Das alles ist eine gefährliche Mischung.«

»Also Paul Lammers ist nicht Johannes2000.«

»Nein, das passt nicht«, bestätigte Jan.

»Dann habe ich hier, nach den Fragen zu urteilen, noch einen älteren Herrn, der sich sehr zu Lisa hingezogen fühlt. Er schmeichelt ihr, schreibt kurze Gedichte, in denen er ihre Schönheit lobt. Und er steht darauf, dass sie sich nicht schminkt. Er spricht von Naturschönheit, meint aber wohl ihr jugendliches oder gar kindliches Auftreten. Allerdings endet die Kommunikation acht Wochen vor Lisas Tod ganz abrupt.«

»Was fragt er so? Oder wozu fordert er sie auf?«, fragte Jan.

»Er ist eher zurückhaltend, höflich. Er will wissen, wie alt sie ist, und bekommt zur Antwort, dass sie das nicht sagen möchte.«

»Geschickt! So wird die Fantasie des Mannes angeregt. Hat er Privataudienzen?«

»Ich gehe davon aus. Zumindest klingt der Ton manchmal anders, intimer. Und etwas fordernder. Einmal fragt er, ob sie sich im Intimbereich rasieren müsse oder ob noch keine Schamhaare bei ihr wachsen würden.«

»Relativ eindeutig«, sagte Jan. »Wie ist sein Nickname?«

»Peter23. Ich glaube kaum, dass die Zahl auf sein Alter hindeutet. Der ist nicht dreiundzwanzig oder war es, als er sich angemeldet hat.«

»Peter mit dem entsprechenden Geburtsjahr war vielleicht schon vergeben, also musste der Mann etwas hinzufügen. Warum nicht das Jahr, in dem er sich angemeldet hat. Dann wäre er noch nicht lange dabei.«

»Lünnemann heißt mit Vornamen Hans«, warf Hanna ein.

Jan nickte und tippte etwas in seinen Laptop ein. »Er hat einen zweiten Vornamen. Rate mal!«

»Hans Peter Lünnemann?«

Jan nickte. »Schickst du mir die Chats, in denen sein Name auftaucht? Ich gehe sie noch einmal durch.«

»Wird einen Augenblick dauern. Bisher habe ich schon zehn zeitlich auseinanderliegende Chateinträge gefunden. Kann ich Peter per Suchfunktion herausfiltern?«

»Sollte gehen.«

Hanna begann von vorne, gab den Namen ein und kopierte alle Einträge mit dem Namen Peter23 und die Antworten, soweit sie vorhanden waren. Am Schluss hatte sie für die zwei Wochen dreiundvierzig kurze oder längere Fragen oder Anmerkungen gefunden. In den letzten Tagen vor dem plötzlichen Abbruch der Kommunikation war Peter23 fordernder geworden und hatte bei einer der zwei Privatsitzungen gefragt, ob sie sich mit Männern treffen würde. Keine seiner Fragen bezog sich auf Lisa Kramers Wohnort oder ihre Lebensumstände.

Hanna druckte den Chatverlauf aus und reichte Jan die Seiten. »Habe ich dir auch per Mail geschickt. Das könnte tatsächlich Lünnemann sein. Komisch ist nur, dass der Chat acht Wochen vor Lisas Tod abrupt endet. Ich habe da keinen Grund für gefunden. Sollte das Lünnemann sein, werden wir ihm das so schnell nicht nachweisen können.«

»Er wird kaum anonym bezahlt haben, sondern direkt mit seiner Kreditkarte.«

»Da kommen wir genauso wenig dran«, sagte Hanna. »Dieser ganze Mist hier …« Sie zeigte auf ihren Laptop. »… bringt doch nichts.«

»Abwarten«, sagte Jan und blätterte bereits die Ausdrucke durch.

Hanna wandte sich wieder den Chatverläufen zu. Auffallend war, dass die Antworten von Lisas Account unterschiedlich ausfielen. Die einen waren eher zurückhaltend, aber freundlich, die anderen ausgesprochen offensiv und darauf ausgelegt, die Kunden sexuell anzusprechen. Nur die Aufforderungen, die darauf hinausliefen, dass Lisa vor der Kamera Sex mit einem Mann haben sollte, wurden sehr deutlich abgelehnt. Hanna vermutete, dass sich Schlömer und Lisa die Arbeit im Chat aufgeteilt hatten. Wenn Schlömer mehrere Frauen in seinem Sinne betreute, würde die Zeit auch gar nicht ausgereicht haben, um alle Accounts zu bedienen.

Aus der Chatkommunikation waren die Motivationen der Männer gut herauszulesen. Es gab Kunden, bei denen Hanna heraushörte, dass ihr Abo bereits länger lief und andere, die bereits nach kurzer Zeit wieder weiterzogen. Hanna war klar, dass die erste Männergruppe finanziell interessant war. Sie wurde dementsprechend auch enger betreut. Manche Fragen und Antworten wirkten, als wenn die Männer Lisa schon Monate oder Jahre kennen würden.

»Die meisten Kunden scheinen über fünfzig Jahre zu sein«, sagte Hanna. »Zumindest lässt sich das an den Formulierungen herauslesen. Eine Zielgruppe, die Geld und Zeit hat.«

»Und nicht auf der Suche nach strafbaren Inhalten ist«, fügte Jan hinzu.

»Was nicht ist, kann noch werden«, meinte Hanna.

»Ja, durchaus. Es ist verdammt schwer, pädophile Neigungen im Griff zu haben. Ich will damit kriminelle Pädophile nicht verteidigen, aber es gibt viele, die sich an die Gesetze halten und auch gar nicht so wenige, die sich professionelle Unterstützung suchen.«

»Ich gebe zu, dass ich da Schwierigkeiten habe, Unterschiede zu machen.« Als Jan etwas entgegnen wollte, hob Hanna beschwichtigend die Hand. »Ich will nicht alle über einen Kamm scheren. Schon gar nicht als Polizistin. Das war mehr eine sehr persönliche Bemerkung.«

»Ja, leicht ist es nicht, bei dem Thema zu differenzieren. Aber wenn wir das als Gesellschaft nicht schaffen, treiben wir automatisch diese Menschen in die Isolation und bereiten den Boden dafür, dass sie ihre sexuellen Neigungen nicht im Griff haben. Und nein, damit will ich niemanden, der sich an Kindern oder Jugendlichen vergreift, in Schutz nehmen.«

»Lisas Account ist quasi ein Durchlauferhitzer in Bezug auf pädophile Neigungen?«, warf Hanna ein.

»Könnte man so sehen«, antwortete Jan. »Aber es ist nun mal nicht strafbar. Auch im Chat wird nie auf die Frage geantwortet, wie alt Lisa ist.«

»Was bedeutet, Schlömer und vielleicht auch Lisa waren sich sehr wohl bewusst, was sie da treiben.«

»Das bringt uns jetzt nicht weiter«, sagte Jan und hielt die Ausdrucke hoch. »Peter23 könnte tatsächlich Lünnemann sein. Wir werden uns mit dem pensionierten Lehrer beschäftigen müssen.«

»Wie?«

»Schwierig. Es wird uns wohl nichts anderes übrig bleiben, als ihn unter Druck zu setzen.«

»Wenn die Chefin das mitbekommt – und sie wird es irgendwann erfahren – wird es richtig Stress geben.«

»Hast du einen besseren Vorschlag?«

Hanna schüttelte den Kopf.

»Hast du übrigens den Eintrag gelesen, in dem Lisa – oder wahrscheinlich Schlömer als Lisa – danach fragt, wo Peter23 wohnt?«

»Muss ich übersehen haben. Hat er geantwortet?«

»Ja, aber nur geschrieben, dass er im hohen Norden leben würde. Lisa beziehungsweise Schlömer haben das so stehen gelassen und nicht weiter nachgehakt.«

»Merkwürdig, oder? Warum sollte …« Hanna legte den Kopf in den Nacken. »Doch nicht Erpressung? Hast du in anderen Chatverläufen ähnliche Fragen gefunden? Ich zumindest nicht.«

»Nein, ich auch nicht. Aber wir haben nur einen Zehn-Wochen-Ausschnitt. Es könnte durchaus vorher passiert sein.«

»Kein Mensch mit etwas Verstand gibt den Klarnamen und die Adresse heraus«, warf Hanna ein.

»Und wenn es zu einem angeblichen Treffen kommen soll? Lisa oder vermutlich eher Schlömer gibt vor, in der Gegend zu sein, und will sich mit der Person treffen. Dazu kommt es natürlich nicht, Schlömer beobachtet den Mann und verfolgt ihn nach Hause. Herauszubekommen, wer in einem bestimmten Haus oder einer Wohnung wohnt, ist kein großes Problem. In aller Regel findet man das einfach im Internet.«

»Lünnemann ist dann eher raus. Im Chat haben wir keine Hinweise gefunden, dass er zu einem Treffen aufgefordert wurde«, sagte Hanna.

Jan nickte.

»Und Paul Lammers hast du in den Chatverläufen auch nicht entdeckt?«

»Nein, ich konnte ihm keinen Chat zuordnen. Aber deshalb ist er nicht unbedingt aus dem Spiel. Wie hat dein Kollege vom LKA Lisas Account gefunden? Über geteilte Fotos. Bei Lammers könnte es genauso gelaufen sein.«

»Willst du auch ihn unter Druck setzen?« Hanna schmunzelte. »Das war doch bisher immer meine Aufgabe.« Sie stand auf. »Ich gehe mal für kleine Mädchen. Soll ich uns anschließend noch einen Kaffee besorgen?«

Auf der Toilette traf Hanna auf Maria Ahlers, die ihr berichtete, dass der Haftrichter Dennis Schlömer in U-Haft geschickt habe.

»Ohne Bedenken?«, fragte Hanna.

»Nun gut, es werden sich in den nächsten Tagen weitere Indizien und Beweise finden. Wichtig war erst einmal, dass der Beschuldigte sie nicht zur Seite schaffen kann. Von Schlömers Suche nach einem neuen Alibi einmal ganz abgesehen.«

»Ist die nächste Vernehmung schon geplant?«

»Montag um zehn Uhr. Bis dahin laufen die Ermittlungen auf Hochtouren weiter.« Maria Ahlers wusch sich die Hände. »Und bei Ihnen? Sind Sie weitergekommen?«

»Trotz der kurzen Zeit sind es viele Seiten Chatverläufe. Es geht aber gut voran. Definitiv hat nicht nur Lisa Kramer geantwortet, sondern auch eine andere Person. Mutmaßlich Dennis Schlömer. In diesen Chatbeiträgen werden die Kunden deutlich mehr angegangen.«

»Angegangen?«, fragte die SoKo-Leiterin nach.

»Es geht darum, mit Lisas angeblicher Unschuld zu spielen, aber gleichzeitig zu suggerieren, dass sie auch zu mehr bereit wäre. Interessant könnte sein, dass einmal nach dem Wohnort gefragt wurde.«

»Hat der Kunde …«

»Nein, er hat nur von hohem Norden gesprochen. Mein Kollege und ich schließen aber nicht aus, dass es in diesem Fall nur ein Anfang war und eventuell doch zu Treffen gekommen sein könnte.«

»Zwischen Frau Kramer und dem Kunden?« Maria Ahlers richtete inzwischen ihre ganze Aufmerksamkeit auf Hanna.

»Kollege de Bruyn glaubt nicht, dass Lisa Kramer dazu bereit gewesen wäre. Nein, wir haben darüber nachgedacht, ob …«

»Erpressung, meinen Sie«, unterbrach Maria Ahlers Hanna.

»Das wäre eine Möglichkeit. Ein Treffen, der Kunde kommt, Schlömer folgt ihm und erpresst ihn später.«

»Aber was sollte das mit dem Tod von Frau Kramer zu tun haben?«

Auf die Frage war Hanna vorbereitet. »Entweder ist Frau Kramer hinter die Machenschaften von Dennis Schlömer gekommen und wollte ihn auffliegen lassen. Oder es sollte tatsächlich zu Treffen kommen und Frau Kramer hat sich geweigert und ein Streit ist eskaliert.«

»Glauben Sie, dass Schlömer das finanziell nötig hatte? Wenn wir davon ausgehen, dass Frau Kramer nicht die einzige Frau war, die für ihn gearbeitet hat, sollte es eigentlich für ihn gereicht haben.«

»Wir wissen nicht, wie viel Geld ihm die anderen Frauen eingebracht haben, noch wissen wir, wie viel er ausgegeben hat«, antwortete Hanna.

»Ja, das ist richtig.« Maria Ahlers nickte nachdenklich. »Sie recherchieren weiter?«

»Wir suchen nach Personen, die von Dennis Schlömer erpresst worden sind. Das wäre ein Anknüpfungspunkt für ein Tatmotiv. Wenn ich das richtig sehe, hapert es genau an dieser Stelle, oder?«

Die SoKo-Leiterin antwortete nicht auf Hannas Frage. »Der Ansatz ist gut. Verfolgen Sie das mit Hochdruck weiter. Ich informiere Kollege Plagge. Eventuell gibt es ja schon am Montag neue Erkenntnisse in dieser Richtung.« Sie sah Hanna auffordernd an. »Sie arbeiten auch das Wochenende durch?«

»Selbstverständlich«, sagte Hanna und wusch sich die Hände.

Zurück im Büro erzählte Hanna Jan von dem Gespräch. »Die wird uns so schnell nicht mehr in die Quere kommen.«

»Geschickt. Dann sollten wir uns zu Hans Peter Lünnemann aufmachen. Ich habe uns bereits angekündigt.«

»Und der Kaffee?« Hanna war mit zwei gefüllten Bechern zurückgekommen.

Jan zeigte auf die Uhr. »Der muss leider kalt werden.«

Dreiundzwanzig

Jan

»Vielen Dank Herr Lünnemann, dass Sie noch einmal Zeit für uns haben«, sagte Jan.

Lünnemann hatte sie wieder in die Küche des Hauses geführt und Ihnen Kaffee angeboten.

»Was kann ich noch für Sie tun?«, fragte der pensionierte Lehrer.

»Unser Anliegen ist nicht so einfach zu erklären«, antwortete Jan. »Sie kennen das Internetportal *Only4you*?«

Hans Lünnemann hatte bereits bei der ersten Befragung gezeigt, dass er sich nicht so leicht aus der Ruhe bringen ließ und seine Emotionen im Griff hatte. Auf Jans Frage hob er jetzt nur leicht die Augenbrauen, als wolle er sein Erstaunen ausdrücken. Aber Jan hatte den kurzen Moment bemerkt, in dem Lünnemanns Miene erstarrt war. »Kennen, würde ich nicht gerade sagen. Aber ich habe natürlich in den Medien hier und da mal von dieser Seite gehört. Ich kann Ihnen in dieser Hinsicht nicht wirklich weiterhelfen.«

Jan hätte erwartet, dass Lünnemann nachhaken würde, was das Internetportal mit Lisa Kramers Tod zu tun hatte. Entweder war er zu erstaunt über die Frage oder zu erschrocken, dass das Thema so offen angesprochen wurde.

»Ich müsste Sie, bevor ich mein Anliegen weiter ausführe, um Ihre Diskretion bitten«, sagte Jan.

»Selbstverständlich«, sagte Hans Lünnemann, dem Jan seine Erleichterung ansah. In diesem Augenblick war ihm klar, dass der pensionierte Lehrer weit mehr in den Fall verstrickt war, als er bisher zugegeben hatte. »Sie können sich vollständig auf mich verlassen«, fuhr Lünnemann fort.

»Vielen Dank!« Jan zögerte, als ob er überlegen würde, was er Lünnemann anvertrauen dürfe. Schließlich nickte er. »Es ist so, dass wir inzwischen wissen, dass Lisa Kramer auf *Only4you* einen Account betrieben hat, der auch Bezahlabos beinhaltete.«

Hans Lünnemann gab sich erschrocken. »Sie wollen damit doch nicht sagen, dass Lisa …« Er brach ab und schaute zwischen Jan und Hanna hin und her. »Das kann ich mir jetzt aber wirklich nicht vorstellen.«

»Frau Kramer hat dort recht freizügige Fotos und Videos angeboten, die zum Teil auch als pornografisch bezeichnet werden können«, sagte Jan und behielt dabei Lünnemann fest im Auge.

Lünnemann atmete tief durch und sah ihn erschrocken an. Jan war überzeugt, dass er sein Entsetzen nur spielte. Die Reaktion wirkte gekünstelt und eingeübt. »Das kommt jetzt sehr überraschend für mich. Ich wusste zwar, dass Lisa nicht mehr in ihrem erlernten Beruf arbeitete, aber dass es finanziell für sie so eng war, dass sie …« Er schluckte schwer. »Sie wollen jetzt sicher von mir wissen, ob ich etwas geahnt habe oder mir etwas zugetragen wurde. Ich kann Ihnen aber versichern, dass weder das eine noch das andere zutrifft. Bis vor zwei Minuten war ich vollkommen ahnungslos.« Er sah Jan fragend an. »Hat denn diese … Sache etwas mit Lisas Tod zu tun? Dieses dumme Kind, warum hat sie mich nicht um Hilfe gebeten, wenn sie finanziell so in Bedrängnis war? Ich hätte ihr selbstverständlich ausgeholfen. Eventuell hätte ich ihr sogar eine Arbeitsstelle vermitteln können. Ich habe noch immer viele Kontakte in der Gemeinde.«

»Ihnen ist also nichts aufgefallen?«, fragte Hanna, der Jan einen zuvor abgesprochenen Wink gegeben hatte. Sie hatte sich leicht vorgebeugt und den pensionierten Lehrer fixiert. Ihre Stimme klang dabei eine Spur zu aggressiv, als dass es Lünnemann ignorieren könnte.

»Nein. Das sagte ich doch schon.«

Jan warf Hanna einen Blick zu, den Lünnemann als missbilligend ansehen sollte. »Sie haben ja ihr gesamtes Berufsleben mit Menschen zu tun gehabt, Herr Lünnemann. Da haben Sie sicher einen guten Blick für Ihre Mitmenschen, wenn ich das mal so formulieren darf.«

»Durchaus, das braucht man als Lehrer.«

»Und Lisa Kramer lag Ihnen, wie Sie mir erzählt haben, sehr am Herzen«, fuhr Jan fort. »Auch deshalb sind wir noch einmal zu Ihnen gekommen. Sie würden uns sehr helfen, wenn Sie sich Lisas Verhalten noch einmal vor Augen führen würden.«

»Ich helfe Ihnen gerne, natürlich«, beteuerte Lünnemann. »Aber im Moment weiß ich nicht genau, was Sie von mir erwarten.«

Hanna stöhnte leise, aber für Lünnemann hörbar. Sie räusperte sich, als wolle sie ihre vorherige Reaktion überspielen. »Es ist ganz einfach. Wir suchen nach Männern, die Lisa eventuell im Internet gefunden und sich ihr genähert haben«, sagte Hanna. »Sie haben doch einige Männer in ihrer Gruppe. Ist Ihnen da etwas aufgefallen?« Hanna hatte eindringlich gesprochen und Lünnemann dabei nicht aus den Augen gelassen.

»Meine Kollegin meint …«, übernahm wieder Jan mit seiner ruhigen Stimme, »… dass Sie Lisa über viele Jahre gekannt haben. Da sind Ihnen vielleicht Veränderungen aufgefallen, über die andere Menschen hinweggeschaut hätten.«

Jan sah Hans Lünnemann an, wie unangenehm ihm die Fragen waren. Er zögerte lange und Jan dachte einen Augenblick, dass er die Befragung abbrechen würde, aber schließlich zuckte der ehemalige Lehrer mit den Schultern. »Das ist nicht so einfach. Jeder Mensch, gerade wenn er noch jung ist, verändert sich doch kontinuierlich. Lisa wurde selbstbewusster, aber ob das mit ihrer …« Er legte eine kurze Pause ein und schien zu überlegen. »… also ihrer neuen Arbeit zu tun hatte, kann ich nicht sagen.«

»War Sie freizügiger angezogen?«, fragte Hanna.

»Freizügiger? Das mag sein. Lisa war eine schöne, junge Frau. Und es war sicher so, dass sie den ein oder anderen männlichen Blick auf sich gezogen hat. Aber dabei habe ich mir doch nichts gedacht. Woher sollte ich wissen, dass Lisa … nun ja, eben diese Sache da im Internet angefangen hat.« Er sah Jan an. »Sagten Sie, dass Sie Geld dafür genommen hat?«

»Ja, die Kunden müssen monatliche Abogebühren bezahlen, wenn sie den Account von bestimmten Frauen ansehen möchten.«

»Oder mit ihr chatten wollen«, fügte Hanna hinzu. »Zum Beispiel, um Anweisungen an Lisa zu geben, wie sie sich auf Fotos und Videos präsentieren soll.«

»Schrecklich!« Hans Lünnemann schüttelte mit irritierter Miene den Kopf. »Das klingt ja fast wie …«

»Prostitution«, beendete Hanna Lünnemanns Satz. »Ja, manche Experten nennen die Kunden auch Onlinefreier und bezeichnen die Frauen als Prostituierte.«

»Das sind aber nur vereinzelte Meinungen«, fuhr Jan dazwischen. »Das lässt sich sicher nicht verallgemeinern.« Er sah Hans Lünnemann an. »Sie hatten doch von Lisa einen ganz anderen Eindruck, oder?«

Lünnemann schwieg und senkte den Kopf, als ob er nachdenken müsste. Jan vermutete, dass er sich eine Verschnaufpause verschaffen musste, um sich eine Strategie zurechtzulegen. »Meinen Eindruck von Lisa, meinen Sie? Ja, der war tadellos.«

»Sie hatte also zu keinem der männlichen Chormitglieder näheren Kontakt?«, fragte Hanna, die Lünnemann mit ihren Augen zu durchbohren schien. »Sehr nahen Kontakt?«

»In unserem Chor singen nur anständige Männer. Fast alle sind verheiratet und würden niemals auf die Idee kommen …« Er schien wieder einmal nach Worten zu suchen. »Sie wissen schon, was ich meine.«

»Nein, weiß ich nicht«, fuhr Hanna ihn an.

»Verheiratet, habe ich gesagt. Die Menschen in meiner Heimat sind sehr bodenständig und ehrlich. Die katholischen Kirchen sind nicht wie anderorts sonntags leer, sondern nach wie vor gut besucht. Hier bedeutet die Ehe noch, dass man treu ist.«

»Aber Sie waren nie verheiratet«, sagte Hanna und ließ es klingen, als habe sie mehr zu sich selbst gesprochen.

Lünnemann sah sie wütend an. »Was wollen Sie damit sagen?«

Wieder schritt Jan ein. »Meine Kollegin hat nur laut gedacht. Es besteht kein Zusammenhang mit dem eigentlichen Thema.« Jan warf Hanna einen strengen Blick zu. »Das ist doch richtig, oder?«

Hanna reagierte nicht und ließ sich Zeit für eine Antwort.

»Sorry, Herr Lünnemann, wenn meine letzten Worte falsch rübergekommen sind.« Hanna lächelte matt. »Manchmal spreche ich das aus, was ich gerade denke.«

»Sie haben recht, Herr Lünnemann«, übernahm wieder Jan. »Wir waren auch verwundert, dass Lisa überhaupt dieser Tätigkeit nachgegangen ist und auch darüber, wie freizügig sie sich den Kunden gezeigt hat.«

»Und mit ihnen gechattet hat«, warf Hanna ein.

»Sie haben Zugriff auf all diese Sachen?«, fragte Lünnemann.

»Inzwischen ja. Wir sind noch an der Auswertung, aber leider nutzen die allermeisten Kunden nicht ihren richtigen Namen im Internet«, sagte Jan. »Auch deshalb sind wir hier. Wir vermuten, dass einer der Kunden Lisa wiedererkannt hat. Es liegt nahe, dass dieser Mann im näheren Umfeld von Lisa zu finden ist.«

»Da kann ich Ihnen wirklich nicht helfen. Keines der Chormitglieder ist Lisa – in welcher Weise auch immer – zu nahe getreten. Das wäre mir aufgefallen.«

»Gab es Gerüchte über Lisas Tätigkeit?«, fragte Hanna.

»Nein.«

Jan stand auf. »Vielen Dank, Herr Lünnemann, dass Sie sich die Zeit genommen haben. Sollten Sie noch weitere Informationen für uns haben, können sie uns jederzeit unter dieser Telefonnummer erreichen.« Er reichte Lünnemann eine Visitenkarte. »Zögern Sie nicht, wenn Ihnen noch etwas einfällt. Wir werden Ihre Informationen auch absolut vertraulich behandeln.«

Lünnemann nickte, stand auf und begleitete Jan und Hanna bis zur Haustür. Als Jan sich noch einmal zu ihm umdrehte und ihm die Hand reichte, hatte er den Eindruck, als ob Lünnemann noch etwas sagen oder fragen wollte. Aber der pensionierte Lehrer nickte ihnen nur zu und schloss die Tür.

»Hat das gereicht?«, fragte Hanna, als sie außer Hörweite des Hauses waren. »Oder haben wir zu dick aufgetragen?«

»Schwer zu sagen. Er war am Schluss ziemlich durcheinander. An der Haustür wollte er noch etwas sagen oder fragen.«

»Ist mir gar nicht aufgefallen. Was könnte das sein?«

»Vielleicht ist ihm klar geworden, dass wir ihn über die Chatprotokolle finden können. Eventuell weiß er nicht, wie schwierig es ist, an die Daten ranzukommen.«

»Oder er hat Angst, dass wir alle anderen Chormitglieder befragen und jemandem aufgefallen ist, wie vertraulich er sich gegenüber Lisa verhalten hat.«

»Mag sein, aber das ist jetzt wirklich im Bereich der Spekulation. Wir haben ihn unter Druck gesetzt und …«

»Was würdest du machen …«, unterbrach Hanna ihn, »… wenn du Angst hättest, als *Only4you*-Nutzer aufzufliegen, der auch für Lisas Account bezahlt hat?«

»Meinen Laptop entsorgen.«

»Genau. Und wo?«

»Entweder würde ich die Festplatte ausbauen und verschwinden lassen oder – wenn das nicht geht – den ganzen Laptop.«

»Und wo entsorgen? Im eigenen Garten vergraben?«

Jan schüttelte den Kopf. Erst jetzt verstand er, worauf Hanna hinauswollte. »Entweder im Hausmüll …«

»Zu gefährlich. Wenn das bei der Abholung auffällt, wird die Tonne nicht entleert und eventuell nehmen die Müllmänner das Gerät als Beweismittel mit.«

»Verbrennungsanlage?«, schlug Jan vor.

»Da kann man selbst nichts abgeben. Die Zeiten sind vorbei. Der Müll wird sortiert.«

»Wertstoffhof. Da schöpft niemand Verdacht. Das Gerät wird fachmännisch entsorgt und selbst wenn es auffällt, kann man immer noch sagen, dass er defekt gewesen sei und man sich einen neuen gekauft habe.« Jan schüttelte den Kopf. »Wir können Lünnemann nicht vierundzwanzig Stunden observieren. Rechtlich nicht und …«

»Ich bringe einen Tracker unter seinem Auto an und stelle die App so ein, dass ich benachrichtigt werde, wenn er mit dem Fahrzeug fährt.«

Jan wandte sich zum Haus um. In der Einfahrt stand ein Ford Kuga. »Gehört der Hans Lünnemann?«

»Ja, ich habe das im Büro schon kontrolliert.«

»Und wie willst du den Tracker anbringen?«

»Das lass mal meine Sorge sein.«

Vierundzwanzig

Hanna

Hanna öffnete die Fahrertür des Wohnmobils und stieg ein. »Hat funktioniert. Als ich ankam, hat Lünnemann gerade das Haus verlassen und ist zum Glück in die andere Richtung gegangen.«

Sie griff nach ihrem Handy, öffnete die Tracker-App und kontrollierte die Einstellungen. »Alles okay. Jetzt wissen wir zumindest, wo er hinfährt.«

»Ich habe den Wertstoffhof im Internet gefunden. Er ist in Meppen. Laptops können dort kostenlos abgegeben werden. Heute, am Freitag, ist er aber schon geschlossen. Montag ab acht Uhr.«

»Schade. Besser wäre eine spontane Aktion. Aber vielleicht braucht Lünnemann auch eine Weile, bis er sich dazu entscheidet.«

»Sollte es wirklich dazu kommen, wird er vorher die Daten löschen oder den Laptop anderweitig zerstören«, sagte Jan.

»Abwarten.« Hanna startete den Motor. »Dann mal auf zu Kandidat Nummer zwei.«

Paul Lammers fuhr fast gleichzeitig mit ihnen auf den Hof des elterlichen Betriebs. Sie stiegen aus und baten ihn um ein weiteres Gespräch. Lammers führte sie in das gleiche Büro, in dem sie am Dienstag bereits gesessen hatten.

»Mit Ihnen habe ich jetzt gar nicht gerechnet«, sagte der junge Mann. »Ich dachte, ich hätte Ihnen alles gesagt, was ich weiß.«

»Die Ermittlungen haben neue Hinweise ergeben«, sagte Hanna. »Ist Ihnen die Plattform *Only4you* ein Begriff?«

Lammers grinste. »Klar. Kann man doch ständig in den Medien drüber lesen. Wieso fragen Sie?«

»Sie haben dort auch einen Account?«

Paul Lammers lachte. »Nee! Das ist nicht so mein Ding. Wenn ich Pornos gucken will, bekomme ich die auch umsonst im Netz.«

»Sie waren dort auch nie Mitglied?«, fragte Hanna weiter.

»Nochmals nein. Wieso fragen Sie? Was hat das mit Lisas Tod zu tun?«

»Haben Sie Bekannte, die einen Account auf der Plattform haben?«

»Kann sein. Über so was redet man ja nicht unbedingt offen.« Er grinste. »Ich kann mich aber gerne mal umhören. Keine Ahnung, wie meine Kumpels darauf reagieren würden.« Er wurde ernst. »Jetzt sagen Sie doch endlich, worum es wirklich geht.«

»Frau Kramer hat oder hatte dort einen Account, über den sie Fotos und Videos angeboten hat.«

»Lisa? Quatsch. Sie doch nicht.« Er fuhr sich mit der Hand durch die Haare und schien zu überlegen. »Echt jetzt? Hätte ich wirklich nicht gedacht.« Er sah Hanna an. »Und damit hat sie ihr Geld gemacht? Irre! Da muss man erst mal draufkommen.«

»Lisa Kramer hat bei Ihrem Treffen keinerlei Andeutungen gemacht?«, fragte Jan. »Überlegen Sie bitte genau: Vielleicht haben Sie zu dem Zeitpunkt Lisas Bemerkungen nicht richtig zugeordnet.«

»Keine Ahnung. Kann natürlich sein. Aber ich erinnere mich nicht.«

»Und bei Ihren Telefongesprächen, die Sie nach dem Treffen mit Lisa geführt haben?«, fragte Hanna in deutlich schärferem Ton.

Paul Lammers zuckte zusammen. »Woher wiss…« Ihm schien schlagartig klar geworden zu sein, dass die Polizei seine Telefonnummer auf Lisa Kramers Anrufliste entdeckt hatte.

»Worüber haben Sie bei den Telefonaten gesprochen?«, fragte Jan.

Paul Lammers zögerte die Antwort hinaus. »Das war privat.«

»Tut mir leid Herr Lammers, aber Lisa ist ermordet worden. Wenn Ihr Name in diesem Zusammenhang fällt, ist nichts mehr privat. Natürlich können Sie die Aussage verweigern, wenn Sie sich ansonsten belasten würden.«

Paul Lammers funkelte sie wütend an. »Belasten? Was soll denn der Quatsch? Ich habe nichts mit Lisas Tod zu tun.«

»Dann können Sie uns ja auch erzählen, weshalb Sie Frau Kramer entgegen Ihrer ersten Aussage mehrfach angerufen haben«, sagte Jan.

»Warum wohl. Lisa ging mir nicht aus dem Kopf. Wir sind irgendwie blöd auseinandergekommen. So richtig dumm und als ich sie wiedergetroffen habe, ist mir klar geworden, warum ich mich damals in sie verliebt habe und … Na ja, wir haben ein paarmal telefoniert. Sie hat nicht wirklich Interesse gezeigt und ich habe dann klein beigegeben. Ich habe es damals versaut – das habe ich dann eingesehen.«

Hanna legte ein Plastikröhrchen auf den Tisch. »Wären Sie bereit, einen freiwilligen DNA-Abstrich zu machen und uns Ihre Fingerabdrücke zur Verfügung zu stellen?«

Paul Lammers warf ihr einen entsetzten Blick zu. »Warum?«

»Um sie mit im Haus von Frau Kramer gefundener DNA und Fingerabdrücken zu vergleichen. Sie waren doch nie im Haus von Frau Kramer?«

»Früher schon. Aber das ist viele Jahre her.«

»Die Spuren sind alle aus den letzten Wochen und Monaten. Waren Sie zu der Zeit bei Frau Kramer im Haus?«

»Nein, verdammt. Ich habe keinen Bock auf dieses Spiel. DNA und so. Da mache ich nicht mit.«

»Es ist Ihr gutes Recht, sich zu weigern«, sagte Jan. »Sie müssen allerdings damit rechnen, dass Sie von der Staatsanwaltschaft vorgeladen werden und ein Richter anordnet, dass Sie Ihre DNA und Fingerab…«

»Ist mir egal. Machen Sie, was Sie wollen.« Er stand auf. »Haben Sie noch Fragen? Ich muss noch einmal dringend bei einer Baustelle vorbeischauen.«

»Feierabend?«, fragte Jan, als sie wieder im Wohnmobil saßen.

»Kannst du jetzt einfach so abschalten? Was sagst du zu Lammers?«

»Er hat anders reagiert, als ich erwartet habe. Vorschlag: Ich lade dich zum Essen in das Restaurant mit Seeblick und anschließend gehen wir eine große Runde.«

»Und wenn Lünnemann mit dem Auto irgend…«

»Hanna«, unterbrach Jan sie. »Wollen wir jetzt die nächsten achtundvierzig Stunden auf Abruf bleiben? Ich nicht. Wenn er das Gerät entsorgen will, werden wir es mitbekommen. Wenn er es zum Beispiel in der Ems versenkt, kommen wir in jedem Fall zu spät. Wir sehen aber auf der App, wo er gehalten hat, und können dann immer noch die Taucher auf die Suche schicken.«

»Du bezahlst?«

»Eigentlich eher mein Erzeuger. Ohne ihn wäre ich arm wie eine Kirchenmaus.«

Hanna grinste. »Wer benutzt heutzutage noch diesen Spruch?«

»Ich.«

Zweieinhalb Stunden später standen sie vor dem Restaurant Deichkrone am Speichersee, das sie gerade verlassen hatten.

»Danke fürs Essen«, sagte Hanna, beugte sich vor und wollte ihn auf die Wange küssen. In diesem Augenblick schaute Jan zur Seite und ihr Kuss landete direkt auf seinem Mund. Hanna schreckte zurück. »Sorry, das war nicht beabsichtigt.«

»Das weiß ich doch. Ich sollte nicht immer so rumzappeln.«

»Nein, ich sollte mit der Küsserei aufhören.« *Oder endlich mit dir schlafen*, fügte sie in Gedanken hinzu.

»Das wäre schade. Ich verspreche auch, beim nächsten Mal ruhig zu halten.«

Hanna lachte. »Wenn uns hier jemand hören könnte, würde er uns für verrückt halten. Vielleicht sind wir das sogar.«

»Zwei einsame Seelen auf der Suche nach Halt?«

»Schön formuliert«, sagte Hanna leise.

»Entschuldige, ich hätte nicht für dich sprechen dürfen.«

»Doch, ich erlaube es dir ausnahmsweise. Und jetzt hören wir auf mit diesem Entschuldigungsblödsinn und entscheiden, ob wir rechts oder links um den See gehen.«

Eine Weile liefen sie schweigend nebeneinanderher, bis Hanna stehen blieb. »Was sagst du jetzt zu Paul Lammers?«

»Er ist ein guter Schauspieler und war darauf vorbereitet, dass wir noch einmal kommen. Er hat keinen eigenen *Only4you*-Account, wusste aber von Lisas Arbeit. Nicht Lisa hat ihn angesprochen, sondern er hat die Begegnung mit Lisa arrangiert und das Treffen als Anlass genommen, den Kontakt wieder aufleben zu lassen. Ich glaube ihm, dass Lisa nicht interessiert war, aber nicht, dass er sich damit zufriedengegeben hat. Es wäre denkbar, dass er sie weiter beobachtet hat, was unter

Umständen in ein Stalking übergegangen wäre, wenn Lisa nicht getötet worden wäre.«

»Wow! Perfekte Analyse des jungen Mannes. Wie sicher bist du dir?«

»Der SoKo hätte ich das so nicht vorgetragen. Mehr als meine Intuition und die Analyse seiner Antworten und seines Verhaltens habe ich nicht. Wir können ihm gar nichts nachweisen. Er muss nicht mal unsere Fragen beantworten und eine Vorladung über die Staatsanwaltschaft werden wir im Moment sicher nicht bekommen. DNA und Fingerabdrücke von ihm können wir absolut vergessen.«

»Das klingt nicht sehr optimistisch«, sagte Hanna und zeigte auf den Weg am See entlang. »Lass uns weitergehen.«

Sie setzten sich wieder in Bewegung und liefen eine Weile schweigend nebeneinander. Nur hin und wieder warf Jan ihr einen Blick zu, den Hanna erwiderte. *Urlaubsstimmung*, dachte Hanna. Ein Mini-Kurzurlaub, ein paar Minuten Ruhe mit einem Menschen an der Seite, dem man vollkommen vertrauen kann. An nichts denken, nur einen Fuß vor den anderen setzen, atmen, die Natur genießen. Freiheit.

»An was denkst du?«, fragte Jan in die entstandene Stille hinein.

»An nichts.«

»Geht das?«

»Ganz selten gelingt es mir. Wie in den letzten Minuten.«

»Ja, mir ging es ähnlich. Eine kurze Auszeit von allem.«

Hanna lächelte ihm zu und griff nach seiner Hand, die sich warm und kräftig in ihrer anfühlte.

Fünfundzwanzig

Jan

Jan reckte sich vorsichtig im Bett. Hanna lag dicht neben ihm und hatte einen Arm um seinen Körper geschlungen. Er drehte sich langsam vom Rücken auf die Seite und sah Hanna an. Sie schlief ruhig und tief. Diese Frau, die er erst wenige Monate kannte, war ihm so nahegekommen wie kaum jemand zuvor. Aber vor dem nächsten Schritt hatte er Angst. Er konnte nicht genau definieren, warum er nicht weitergehen wollte, ihre Beziehung genau auf dem Stand einfrieren wollte. Ihm war klar, dass das nur – wenn überhaupt – eine kurze Zeit möglich war, aber er weigerte sich, dabei an Wochen oder gar Tage zu denken. Dabei wusste er nur zu gut, dass es in Beziehungen keinen Stillstand gab.

Hanna bewegte sich, ihre Augenlider zitterten leicht. Im Halbschlaf schmiegte sie sich näher an ihn. Nur noch wenige Zentimeter trennten jetzt ihre Augen und Lippen voneinander.

Jan strich Hanna eine Haarlocke aus dem Gesicht, sie öffnete ihre Augen einen Spaltbreit und lächelte. »Guten Morgen«, flüsterte sie.

»Hallo. Gut geschlafen?«

»So gut wie lange nicht. Und du?«

»Ich auch.«

»Es ist Samstag. Wochenende. Wir bleiben einfach hier liegen.«

»Wie lange?«, fragte Jan.

»Den ganzen Tag?«

Sie strich ihm zärtlich über die Wange. »Du bist noch nicht so weit, oder? Du brauchst nicht antworten. Es ist in Ordnung. Ich warte. Es ist alles gut so, wie es ist.«

Jan schluckte. Hanna hatte genau die richtigen Worte gefunden. Einfach und klar. *Es ist alles gut so, wie es ist*. Er beugte sich vor und küsste sie auf die Wange. »Danke.«

»Wie machen wir weiter?«, fragte Hanna. »Mit dem Fall, meine ich.«

Sie saßen auf der Terrasse des Restaurants Deichkrone, hatten sich am Frühstücksbuffet bedient und sich einen Latte macchiato bringen lassen.

Jan biss in sein Brötchen und kaute.

»Doch Wochenende?«, fragte Hanna schmunzelnd.

Jan schüttelte den Kopf. »Nein. Wir lösen den Fall in den nächsten vier oder fünf Tagen und fliegen anschließend nach London.«

»Guter Plan«, sagte Hanna. »Und was ist der nächste Schritt?«

»Wir werden mit allen männlichen Chormitgliedern sprechen. Das sind nach meiner Liste sieben. Dabei werden wir nicht sehr diskret in Hinblick auf Hans Lünnemann vorgehen.«

»Was ist mit den Frauen im Chor?«

»Es sind zwölf Frauen. Zwei sind unter dreißig, vier über vierzig, die anderen um die sechzig Jahre. Wir werden bei den Befragungen der Männer heraushören müssen, wer von den Frauen …«

»… die Klatschtante ist«, ergänzte Hanna.

»Wenn du es so ausdrücken willst. Ich hatte gerade nach einer eleganteren Formulierung gesucht.«

»Okay, es ist glücklicherweise Samstag. Da werden die meisten gut erreichbar sein. Am Sonntag sollten wir die Leute in Ruhe lassen.«

Jan nickte. »Es gibt weitere Arbeit: Kollegin Ahlers hat vorerst die eigentlich angesetzte Durchsicht der bisherigen Befragungen ausgesetzt. Es sollte ja nach Hinweisen gesucht werden, ob Lisas Freunde und Bekannte Kenntnis von ihrer Tätigkeit rund um die Plattform *Only4you* hatten. Wir werden nicht umhinkommen, uns selbst die Arbeit zu machen.«

»Wunderbar«, murmelte Hanna. »Sind die Befragungen zumindest aufgenommen worden?«

»Ja, Tonaufzeichnungen gibt es.«

»Dir ist klar, dass das Stunden, wenn nicht Tage dauern wird?«

»Wir konzentrieren uns auf die Männer, lesen die Protokolle und gehen dann gezielt die Tonaufnahmen an.«

Hanna stand auf. »Ich hole mir noch etwas vom Büfett. Das wird ja offensichtlich ein langer Arbeitstag.«

»Das war wieder nichts«, sagte Hanna, nachdem sie das Haus eines der männlichen Chormitglieder verlassen hatten. Der Mann, Mitte vierzig, verheiratet und Vater von drei Kindern, hatte kaum Kontakt zu Lisa gehabt. Als sie ihm von Lisas Aktivitäten auf *Only4you* erzählten, war er sichtbar geschockt und versicherte ihnen, zum ersten Mal davon zu hören. Auch er hatte, wie die drei zuvor befragten Chormitglieder, nicht mitbekommen, dass sich jemand mehr als zuvor um Lisa gekümmert hätte.

»Da waren es nur noch drei«, fügte Hanna hinzu. »Oder sprechen wir erst mal mit Elke Nüssen, der Klatschtante des Chors?« Bei den Befragungen war mehrfach auf Elke Nüssen verwiesen worden, mit dem Hinweis, dass sie am besten Bescheid wisse.

»Da habe ich auch schon drüber nachgedacht. Sie wohnt hier in Dalum, gleich zwei Straßen weiter.«

Eine mollige Frau Mitte fünfzig öffnete ihnen die Tür des kleinen Siedlungshauses am Rande von Dalum. Hanna stellte sich und Jan vor und erklärte ihr Anliegen.

»Kommen Sie rein. Ich habe schon davon gehört, dass die Polizei alle befragt, die etwas mit Lisa zu tun hatten.«

Sie führte sie in eine gemütliche Wohnküche und bot ihnen Tee an, den Hanna und Jan gerne annahmen.

»Ich war vollkommen entsetzt, als ich gehört habe, dass Lisa ertrunken ist. Und das auch noch im Kanal. Mir war gleich klar, dass das nicht stimmen konnte. Wer badet denn schon da. Ist doch viel zu gefährlich und sauber ist das Wasser auch nicht. Ausgeschlossen, habe ich zu meiner Freundin Ute gesagt. Und genau so stand es zwei Tage später in der Zeitung. Das war ein wirklicher Schock, das kann ich Ihnen sagen.« Elke Nüssen schenkte Jan und Hanna Tee ein und setzte sich zu ihnen an den Tisch.

»Sie singen schon länger im Chor?«, fragte Jan.

»Oh ja. Seit ich zwanzig bin. Das sind schon ein paar Jährchen. Sie müssen wissen, ich singe für mein Leben gern. Gäbe es hier keinen Chor, würde ich auch nach Lingen fahren. Aber das brauche ich ja zum Glück nicht.«

»Sie waren also schon im Chor, als Lisa seinerzeit dazugekommen ist?«, fragte Hanna.

»Selbstverständlich. Ich fand Lisa von Anfang an sehr sympathisch und habe sie unterstützt, wo es nur ging.«

»Ihr Chorleiter hat sich, so sagte er uns, auch sehr um Lisa bemüht.«

Elke Nüssen zögerte einen Moment zu lange, als dass Jan es nicht bemerkt hätte. »Wir alle haben Lisa ein wenig bemuttert.

Dass sie ihre Eltern verloren hat, war ja allgemein bekannt. Da ist es ja selbstverständlich, dass sich alle bemühen.«

»Herr Lünnemann besonders?«, fragte Hanna.

Elke Nüssen warf ihr einen irritierten Blick zu. »Wie meinen Sie das? Vielleicht fragen Sie da unseren Chorleiter lieber selbst.«

»Sie haben dazu keine Meinung?«

Jan hielt bei Hannas Frage die Luft an. Sie hatten abgesprochen, dass Hanna deutlich werden sollte, aber Hanna war sehr schnell und heftig vorgeprescht.

Elke Nüssen schwieg und schien zu überlegen, wie sie reagieren sollte. »Nun gut, dann reden wir mal Tacheles. Ich gehe einmal davon aus, dass Sie alles, was ich Ihnen erzähle, absolut vertraulich behandeln?«

»Selbstverständlich«, sagte Jan. »Darauf können Sie sich hundertfünfzigprozentig verlassen.«

»Für meinen Geschmack war Hans immer etwas zu bemüht um Lisa. Ich bin keine Feministin oder so was, aber ich mag es nicht, wenn ältere Männer junge Frauen anglotzen oder ihre Finger nicht von ihnen lassen können. Nicht, dass Sie mich falsch verstehen. Unser Chorleiter hat sich nichts zuschulden kommen lassen. Es gehört sich aber nicht – gerade als Leiter des Chors – einer jungen Frau zum Beispiel den Arm um die Schulter zu legen und ihr über den Kopf zu tätscheln. Von seinen Blicken einmal ganz abgesehen. Sie wissen schon, was ich meine.«

»Ja, das können wir uns vorstellen«, sage Jan.

»Ich gebe gerne zu, dass ich mit Hans nicht immer einer Meinung bin. Er ist ein guter Chorleiter, aber das sagt ja noch nichts darüber aus, was für ein Mensch er ist.« Elke Nüssen erschrak. »Sie sind ja wegen Lisas Tod hier. Ich hoffe doch, dass Sie meine Worte jetzt nicht in den falschen Hals bekommen haben. Damit hat Hans ganz sicher nichts zu tun.«

»Sie haben schon einmal von dem Internetdienst *Only4you* gehört?«, fragte Hanna und kam damit zum entscheidenden Thema.

»Das ist ja heutzutage kaum mehr zu verhindern. Selbst in unserer Tageszeitung liest man ja hier und da davon. Diese Freundin des Sängers, der in Amerika lebt, hat die sich da nicht ausgezogen gezeigt und sogar mit Schwangerschaftsbauch?«

Hanna nickte. »Ist unter den Chormitgliedern auch über diesen Internet-Webdienst gesprochen worden?«

Elke Nüssen seufzte schwer. »Sie wissen es also.«

»Was wissen wir?«, fragte Jan.

Elke Nüssen senkte den Kopf und schwieg. Jan hatte zuvor den Eindruck gehabt, als wenn die Frau über ihre eigenen Worte erschrocken war. Wollte sie es eigentlich verheimlichen?

»Frau Nüssen«, sagte Jan. »Wir brauchen Ihre Hilfe. Lisa wurde ermordet. Eine junge Frau ist mitten aus dem Leben gerissen worden. Der Täter muss gefunden werden, allein schon, damit er seine Tat nicht wiederholen kann.«

Elke Nüssen nickte nachdenklich. »Ja, da haben sie vollkommen recht. Ich habe tatsächlich mitbekommen, dass Lisa im Internet angeblich Fotos hochlädt, auf denen sie nur leicht bekleidet ist, und damit ihr Geld verdient.«

»Wie haben Sie davon erfahren?«, fragte Jan.

»Ich habe es nur zufällig gehört und möchte niemanden in irgendeiner Weise anschwärzen.«

»Wissen Sie noch, wann Sie das gehört haben?«, fragte Jan weiter.

»Das ist schon eine ganze Weile her. Lisa war zu dem Zeitpunkt bestimmt schon ein Jahr oder länger nicht mehr bei den Chorabenden gewesen. Da haben sich zwei Chormitglieder darüber unterhalten und ich habe zufällig etwas von dem Gespräch mitbekommen.«

»Dass Sie die Namen nicht nennen wollen, verstehen wir. Aber Sie können uns doch sicher anvertrauen, ob es Chorkolleginnen oder Chorkollegen von Ihnen waren, die sich darüber unterhalten haben.«

»Ich würde lieber nichts dazu sagen. Ich hätte gleich schweigen sollen. Das war doch nur Gerede, was ich da gehört habe. Das hat nichts mit Lisas Tod zu tun.«

»Es tut mir leid, Frau Nüssen. Wir müssen das wissen. Waren es Frauen oder Männer, die darüber gesprochen haben?«

Elke Nüssen zögerte lange, bevor sie antwortete: »Zwei Chorfrauen. Aber die Namen werde ich Ihnen nicht sagen.«

»Für die Inhalte, über die wir sprechen, interessieren sich wohl in erster Linie Männer«, sagte Hanna. »Es wundert mich, dass gerade Frauen über Lisa Kramers Tätigkeit informiert waren. Denken Sie, dass mehr Chormitglieder über das Thema Bescheid wussten?«

»Ich habe es nur durch Zufall gehört. Offen hat mir das niemand erzählt. Ob es sich im Chor bereits rumgesprochen hatte, was Lisa da gemacht hat, weiß ich nicht.«

»Sie haben es nicht weiterverbreitet?«, fragte Hanna schärfer, als Jan es sich gewünscht hätte.

»Ich verbreite solche Schmuddelsachen nicht weiter. Darauf können Sie sich verlassen. Schon gar nicht, wenn sie aus zweiter oder gar dritter Hand kommen.«

»Eine andere Frage«, übernahm wieder Jan die Gesprächsführung. »Zumindest zwei Chormitglieder waren über Lisa informiert. Haben Sie nach Lisas Rückkehr in den Chor bemerkt, dass Lisa anders als zuvor entgegengetreten wurde?«

»Kann ich die Frage wirklich beantworten?«, sagte Elke Nüssen. »Ich bin doch parteiisch. Ich wusste davon.« Jan war erstaunt. Hatte er die Frau unterschätzt?

»Da gebe ich Ihnen recht«, sagte Jan. »Aber vielleicht ist Ihnen genau deshalb etwas aufgefallen, weil Sie von Lisas *Only4you*-Arbeit wussten. Überlegen Sie noch einmal. Haben die Chormitglieder distanzierter auf Lisa reagiert als vor ihrer Pause?«

»Sie wollen doch jetzt wissen, wer es war. Habe ich recht?«

»Sie würden uns zumindest sehr in unserer Arbeit unterstützen, wenn Sie uns Namen nennen«, sagte Jan. »Ich gebe Ihnen mein Wort darauf, dass die Betroffenen nicht erfahren werden, von wem wir die Information haben.«

»Ich möchte auch nicht, dass überhaupt jemand erfährt, dass Sie bei mir waren. Garantieren Sie mir das beide?«

Jan und Hanna nickten. »Wir werden uns daran halten und weder ein offizielles Protokoll erstellen noch Sie in anderen Befragungen erwähnen«, sagte Jan.

»Thorsten Böhmer. Ich bin mir sehr sicher, dass er Lisa mit anderen Augen angeschaut hat.«

»Fahren wir jetzt zu Böhmer?«, fragte Hanna.

Jan nickte. Sie standen inzwischen vor dem Wohnmobil. Hanna reichte Jan den Schlüssel und setzte sich auf die Beifahrerseite.

»Adresse?«, fragte Jan und startete den Motor.

»Osterbrock, Fasanenweg 13. Das ist von uns aus gesehen hinter der Autobahn. Wir müssen durch Geeste durchfahren.« Hanna suchte im Internet nach dem Ort. »Tausendachthundert Einwohner, eine Schule, Dorfladen und sicherlich auch die eine oder andere Gaststätte. Der Ort ist noch nicht so alt. Hat irgendwas mit einem Gut Geeste zu tun und einer Siedlungsgesellschaft, die hier in den Dreißigerjahren des letzten Jahrhunderts Neubauer angesiedelt hat. Vorher haben dort nur wenige Menschen gelebt. Sehr spannend alles.«

»Spotte nicht schon wieder«, sagte Jan mit einem gespielt strengen Blick. »Wissen wir etwas über Böhmer?«

Hanna griff nach ihrem Laptop und loggte sich ins System der Polizei ein. »Keine Vorstrafen, vierundvierzig Jahre, verheiratet, ein Kind. Augenblick, ich schaue mal auf Facebook, ob ich ihn da finde.« Nach zwei Minuten fuhr Hanna fort. »Er hat im AKW gearbeitet und ist dort weiter angestellt. Rückbau, vermute ich oder was auch immer. Dauert das nicht Jahrzehnte?«

»Nicht ganz. Ich meine gelesen zu haben, dass es zehn bis fünfzehn Jahre sind.«

»Reicht trotzdem nicht bis zur Rente. Sicher deprimierend, wenn man seinen eigenen Arbeitsplatz verschrotten muss.« Hanna zeigte nach vorne. »Die Brücke über die Hase. Gleich sind wir da.«

Sie fuhren an dem Gebäude der Raiffeisengenossenschaft vorbei und erreichten kurz darauf das Ortsschild von Osterbrock.

»Weiter geradeaus. Ich sag Bescheid, wenn wir nach links abbiegen müssen.« Hanna sah sich um. »Nett hier.«

Sechsundzwanzig

Hanna

»Wussten letztlich alle im Chor, was Lisa Kramer im Internet machte?«, fragte Hanna, als sie an der Straße parkten.

»Das glaube ich nicht. Wir wissen bis jetzt von zwei Frauen, die darüber gesprochen haben, und Elke Nüssen, die zufällig mitgehört hat.«

»Wenn es denn zwei Frauen waren …«, sagte Hanna und warf einen Blick zum Haus von Thorsten Böhmer. »Sind wir gleich nett oder nicht so nett?«

»Wir haben nichts gegen ihn in der Hand«, antwortete Jan. »Ein Eindruck eines Chormitglieds, den wir nicht einmal offenlegen können.«

»Können wir nicht?«

»Nein. Es könnte sein, dass wir Frau Nüssen noch als Zeugin brauchen. Außerdem sollten wir uns schon an ein paar Regeln halten. Sie hat es uns im Vertrauen gesagt. Für sie würde eine Welt zusammenbrechen, wenn sie aus dem Chor rausgeekelt würde. Und das könnte durchaus passieren, wenn herauskommt, was sie uns erzählt hat.«

»Ist ja schon gut«, meinte Hanna. »Also nett?«

»Nein, wir müssen alles auf eine Karte setzen. Entweder haben wir Glück oder er blockt von vornherein ab. Viele Optionen sehe ich nicht für uns.«

»Gut, du bestimmst, wenn ich etwas deutlicher werden soll.«

Sie stiegen aus und gingen auf das alte Siedlungshaus zu, das in den letzten Jahren wohl einen neuen Anstrich bekommen hatte. Auch die Fenster sahen relativ neu aus, nur die Eingangstür schien noch die ursprüngliche Holztür zu sein. Der lieblos angelegte, aber gepflegte Vorgarten trennte mit einem kniehohen Zaun das Grundstück von der Straße.

Hanna klingelte, eine Frau öffnete ihnen die Tür und sah sie fragend an. Hanna stellte sich vor und fragte, ob sie Thorsten Böhmer sprechen könnten.

»Mein Mann kommt jeden Augenblick vom Einkauf zurück. Worum geht es denn?«

»Wir ermitteln im Fall von Lisa Kramer und befragen alle Personen, die mit ihr Kontakt hatten.«

»Ach, der Chor. Verstehe. Ich glaube nicht, dass mein Mann Ihnen da helfen kann, aber kommen Sie rein.«

Frau Böhmer führte sie ins Wohnzimmer und bot ihnen einen Platz auf dem Sofa an. Hanna und Jan hatten sich kaum gesetzt, als die Haustür zu hören war.

»Da ist er schon«, sagte Frau Böhmer, stand auf und lief aus dem Zimmer. Kurz darauf erschien ein schlanker großer Mann in der Tür, kurze dunkle Haare, Dreitagebart und ein freundliches Gesicht.

»Sie wollten mich wegen Lisa sprechen?«, fragte er, trat auf sie zu und begrüßte Hanna und Jan mit Handschlag.

Sie setzten sich, Jan leitete das Gespräch wie schon einige Mal zuvor ein, stellte unverfängliche Fragen und bekam nichtssagende Antworten. Hanna beobachtete Böhmer aufmerksam. Normalerweise reagierten Zeugen nervös und abwartend, wenn sie unverhofft von der Polizei aufgesucht wurden. Nicht so Thorsten Böhmer. Er antwortete ruhig und sachlich auf Jans Fragen, als ob er sie erwartet oder zuvor einstudiert hätte. Er sprach flüssig und schien nicht nachdenken zu müssen.

»Waren Sie überrascht, als Lisa nach der langen Pause wieder zu den Chorabenden kam?«, fragte Jan.

»Nein, warum? Da ich der Kassenwart des Vereins bin, wusste ich natürlich, dass sie noch Mitglied ist. Gut, manchmal vergisst man zu kündigen, aber sicher nicht über eine so lange Zeit.«

»Sie kannten Lisa Kramer näher?«

»Näher? Sie meinen, ob meine Frau und ich mit ihr privat befreundet waren? Nein, so würde ich das nicht bezeichnen. Man kennt und grüßt sich, wenn man sich hier und da begegnet. Ansonsten waren wir nur im gleichen Chor. Hin und wieder sitzen wir ja abends noch auf ein Bier zusammen. Da wechselt man schon mal ein paar Worte. Nein, näher kannte ich Lisa nicht.«

Hanna beugte sich leicht vor. »Sie surfen auch hin und wieder auf den Seiten von *Only4you*?«, fragte sie unvermittelt und ließ es wie beiläufig klingen.

Thorsten Böhmer sah sie erschrocken an, hatte sich aber kurz darauf wieder im Griff. »Nein, ich wüsste nicht, was ich da zu suchen hätte.«

»Lisa Kramer, zum Beispiel«, sagte Hanna. »Wir gehen davon aus, dass unter den Chormitgliedern bekannt war, dass Frau Kramer auf der Plattform Fotos und Videos veröffentlicht hat. Mit sogenannten expliziten Inhalten.«

Thorsten Böhmer zögerte lange, zuckte schließlich mit den Schultern und sah Jan statt Hanna an. »Das muss mir wohl entgangen sein. Tut mir leid, da kann ich Ihnen wirklich nicht helfen.«

»Sie wirken nicht erstaunt«, ließ Hanna nicht locker.

Langsam wandte sich Böhmer wieder zu Hanna. »Wenn Sie das sagen. Ich bin nicht prüde oder streng katholisch. Mir ist egal, was andere Leute so in ihrer Freizeit treiben. Wenn sich jemand halb nackt dort präsentieren möchte, soll sie es doch machen. Das Internet ist doch voll mit pornografischen Inhalten. Ist mir sowieso ein Schleier, wie man mit solchen Fotos Geld machen kann.«

Thorsten Böhmer schien zum ersten Mal ins Schleudern zu kommen.

»Sie wussten also bisher nichts von Frau Kramers Angeboten auf der Plattform?«, setzte Hanna nach.

»Nein.«

»Sind Sie sich ganz sicher, dass Sie in Gesprächen mit Ihren Chorkollegen nichts davon gehört haben? Keine Andeutungen oder schlüpfrigen Bemerkungen?«

Thorsten Böhmer schwieg. Ihm war anzusehen, wie ihn die letzten Fragen verunsichert hatten. Überlegte er gerade, doch etwas zurückzurudern?

»Das kann ich nicht ausschließen«, sagte Böhmer. »Ich mag solche Gespräche unter Männern nicht. Meistens höre ich einfach weg.«

»Sie werden Ihre Zeugenaussage mit einer Unterschrift bestätigen müssen«, sagte Hanna. »Anfang der Woche bekommen Sie das Aussageprotokoll.« Sie fixierte ihn. »Vielleicht überlegen Sie doch noch einmal, ob Sie etwas gehört haben?«

»Nein. Ich meine, mir war das nicht bekannt. Selbst wenn, hätte es mich nicht interessiert.«

»Wir sind gerade dabei, alle Chormitglieder zu befragen.«

»Tun Sie das. Ich zumindest habe nicht bewusst wahrgenommen, dass Lisa auf dieser Plattform etwas einstellt.«

»Sie kennen das Haus von Frau Kramer?«, übernahm wieder Jan. »Sehr weit von Ihnen wohnte sie ja nicht entfernt.«

»Ich war nie bei Lisa im Haus, wenn Sie das meinen. Wo sie wohnt, weiß ich ungefähr. Ich glaube, Lisa hat es mir einmal erzählt.«

»Wären Sie bereit, einen freiwilligen DNA-Abstrich zu machen und Ihre Fingerabdrücke abnehmen zu lassen?«, fragte Hanna.

»Stehe ich etwa unter Verdacht?«, fuhr Thorsten Böhmer sie scharf an. »Übertreiben Sie nicht etwas? Ich habe mit Lisa im Chor gesungen. Nicht mehr und nicht weniger. Mir wird das hier alles zu viel.« Er stand auf. »Wenn Sie keine Fragen mehr haben, würde ich Sie bitten, mein Haus zu verlassen.«

»Too much?«, fragte Hanna, als sie am Steuer sitzend Richtung Dalum fuhr.

»Nein. Erst deine letzte Frage hat Böhmer wirklich aus der Fassung gebracht.«

»Warum sollte er das nicht freiwillig machen?«, fragte Hanna.

»Es gibt schon Gründe, die ich nachvollziehen kann. Viele haben Angst, dass ihre DNA auf Ewigkeit in unseren Datenbanken bleibt. Bei den Fingerabdrücken dasselbe. Trotzdem hätte ich an seiner Stelle zumindest darüber nachgedacht.«

»Hat er. Und zwar bevor wir gekommen sind. Und jetzt sag mir nicht, dass du das nicht gemerkt hast. Er hatte auf alle Fragen eine schnelle, klare Antwort. Das klang alles wie einstudiert.«

»Das habe ich schon bemerkt. Aber vielleicht ist Böhmer so strukturiert und kann schnell reagieren.«

»Und ich heiße Hase«, sagte Hanna. »Verdammt, wir stecken fest und das, weil die SoKo sich nicht mit dem Chor beschäftigt hat. Die ganze Chorgemeinschaft hätte viel früher befragt werden müssen. Einige hatten viel zu viel Zeit, um sich alles zurechtzulegen. Und wir sollen den Karren jetzt aus dem Dreck ziehen.«

»Wir befragen jetzt noch die beiden letzten männlichen Chormitglieder und fahren dann nach Lingen zurück, schreiben die Protokolle und machen dann Feierabend.«

»Ja, Papa«, murmelte Hanna.

Sie erkannte sich selbst kaum wieder. Warum frustrierte sie die Arbeit an dem Fall so? Normalerweise würde sie jeden kleineren oder auch größeren Rückschlag wegstecken und im nächsten Moment mit voller Kraft weitermachen. War es der Fall einer jungen Frau, die sich nicht aus dem Strudel ihrer Vergangenheit befreien konnte und in die Fänge eines Onlinezuhälters geraten war, der ihr die große Liebe vorgegaukelt hatte? Der Fall war tragisch und er berührte sie emotional, aber er belastete sie nicht mehr als die bisherigen Fälle. Hatte sie zu viel Tod und Leid erlebt, ohne zwischendurch wieder Kraft zu tanken? Hatte sie ihre Vergangenheit eingeholt? Stand Mali zwischen ihr und Jan? War es nicht er, der zögerte, sondern sie? Sie hatte damals keine Hilfe gesucht, weil sie mit niemandem über Lukas' Tod und vor allem nicht über das, was danach passiert war, sprechen wollte. Psychologen waren für sie Quacksalber, die alles nur noch schlimmer machten. Sie hatte sich eingebildet, dass die Zeit ihre Wunden heilen würde, wie so oft zuvor. Ihre Beziehungen zu Männern hatten sich seit diesem Zeitpunkt aber verändert, waren nur flüchtig und kurz gewesen. Sie hatte bestimmt, wann sich ein Mann ihr nähern durfte und wann er wieder zu gehen hatte. Niemand sollte ihr je wieder so nahekommen wie Lukas. Niemand.

Siebenundzwanzig

Jan

In Dalum hielten sie vor einer Pizzeria und aßen anschließend die Pizza im Wohnmobil. Knapp eine Dreiviertelstunde, nachdem sie das Haus von Thorsten Böhmer verlassen hatten, bogen sie in die Straße ab, in der eines der beiden Chormitglieder wohnte, die sie noch nicht befragt hatten.

»Hausnummer?«, fragte Jan, der am Steuer saß.

»Dreiundvierzig. Das sollte ziemlich am Ende sein.«

Jan fuhr langsam durch die Wohnstraße und wollte gerade nach einem Parkplatz Ausschau halten, als Hanna nach vorne zeigte. »Das ist doch …« Sie zog mit einer schnellen Bewegung ihr Handy aus der Tasche und fotografierte den VW Golf, der in die entgegengesetzte Richtung fuhr.

Jan stoppte das Wohnmobil. »Kennst du das Auto?«

»Wenn mich nicht alles täuscht, ist das der Golf von Böhmer. Fahr hinterher.«

Jan nickte und setzte sich langsam in Bewegung.

»Da sitzt doch jemand auf der Beifahrerseite«, sagte Hanna. »Ist er zusammen mit Daniel Klumper unterwegs?«

»Ein Mann?«

»Nach der Silhouette zu urteilen, auf jeden Fall.«

Der Golf fuhr am Ende der Straße nach links, Jan verlangsamte das Wohnmobil und ließ dem Golf einige Sekunden Vorsprung, bevor er ihm hinterherfuhr.

»Bingo!«, sagte Hanna, die mit ihrem Laptop auf den Beinen zuvor etwas recherchiert hatte. »Halter ist Thorsten Böhmer. War er die ganze Zeit bei Daniel Klumper?« Als Jan nicht reagierte, beantwortete sie sich die Frage selbst. »Wo sonst.«

Jan konzentrierte sich darauf, dem Golf nicht zu nahe zu kommen und ihn gleichzeitig nicht aus den Augen zu verlieren.

»Carsten Meyer wohnt auch in Dalum«, sagte Hanna und suchte die Adresse in der Chorliste, um sie anschließend in das Navi einzugeben. »Noch eineinhalb Kilometer. Wetten, dass Böhmer und Klumper zu ihm fahren?«

Kurz darauf bog der Golf nach rechts ab. »Fahr weiter geradeaus. Das ist die Straße, in der Meyer wohnt.«

Jan hielt auf einem Parkplatz in der Ortsmitte und stellte den Motor ab. »Böhmer spricht sich mit den beiden anderen Chormitgliedern ab. Beziehungsweise, hat sich schon mit einem abgesprochen.«

»Klasse, zu denen brauchen wir gar nicht mehr hin.«

»Zumindest jetzt nicht«, bestätigte Jan. »Was passiert da gerade? Wussten die drei von *Only4you* oder steckt da noch mehr dahinter?«

Er griff nach dem Handy und wählte die Nummer von Elke Nüssen. Sie meldete sich nach dem zweiten Klingelton.

»Hier ist Jan de Bruyn. Ich war heute zusammen mit meiner Kollegin bei Ihnen und habe noch eine Zusatzfrage, Frau Nüssen.«

»Um was geht es?«, fragte Elke Nüssen mit einer Stimme, die deutlich angespannt klang.

»Sind Ihre Chormitglieder Böhmer, Klumper und Meyer befreundet?«

»Ja, sie kennen sich wohl schon aus der Schule, wenn ich mich richtig erinnere. Warum fragen Sie?«

»Wie gesagt, es ist nur eine Zusatzinformation. Vielen Dank für Ihre Hilfe, Frau Nüssen.« Er verabschiedete sich von der Frau und legte das Handy zur Seite.

»Die drei sind alte Schulfreunde«, sagte Jan zu Hanna.

»Die stecken alle drei mit drin! Oder ist das vollkommen abwegig?«

Jan schüttelte den Kopf. »Nein. Aber unser Problem wird dadurch nicht kleiner. Wie können wir ihnen etwas nachweisen, was zumindest zu einer Hausdurchsuchung führen würde?«

»Das können wir vergessen«, sagte Hanna. »Wir haben nichts außer Vermutungen, die in der Polizeiarbeit eigentlich so nichts zu suchen haben. Die Klatschtante des Chors meint, ein Chormitglied habe Lisa anders angeschaut als zuvor. Ja und? Sie hatte zwei Jahre ausgesetzt, sich verändert, war attraktiver geworden. Böhmer hat zu Hause Probleme und schaut plötzlich anderen Frauen hinterher, war vielleicht auf der Suche nach einer Affäre.«

»Und fährt nach unserem Besuch gleich seine Freunde ab? Warum?«, warf Jan ein.

»Er wollte sie warnen. Ja, vielleicht wussten die drei von *Only4you* und haben darüber gesprochen, vielleicht sogar nicht ganz so nett. Was soll's. So sind viele Männer.«

»Deine Einwände sind alle richtig. Wir haben noch nichts, also sollten wir sehen, dass wir etwas finden. Büro – Recherche zu den dreien – Protokolle schreiben – Feierabend. Einverstanden?«

Als Hanna nickte, startete Jan den Motor.

Thorsten Böhmer hatte nach der Mittleren Reife eine Ausbildung als Elektriker gemacht und einige Jahre als Geselle gearbeitet, bevor er sich im AKW beworben und dort im Rahmen seiner Tätigkeit eine Weiterbildung als Anlagenoperateur durchlaufen hatte. Bis zur Stilllegung des AKWs war er dort in dieser Funktion tätig und arbeitete inzwischen mit einem Dreijahresvertrag im AKW-Team, das den Rückbau der Anlage organisierte und durchführte. Seit fünfzehn Jahren war er mit Sonja Böhmer verheiratet, die als Bürokauffrau bei einem Lingener Immobilienverwalter arbeitete. Ihr vierzehnjähriger Sohn ging in Meppen aufs Gymnasium. Thorsten Böhmer war Mitglied der Freiwilligen Feuerwehr und schrieb regelmäßig auf seinem Facebook-Account. Neben Urlaubsfotos und Witzen fand Hanna geteilte Beiträge aus dem Bereich der Verschwörungstheorien.

»Zweieinhalb Stunden für diese mageren Informationen«, sagte Hanna, die Jan gerade ihre Rechercheergebnisse mitgeteilt hatte.

»Keine Anhaltspunkte, die uns weiterbringen.«

»Er war im letzten Herbst mit Klumper und Meyer auf Mallorca. Fünf Tage Ballermann. Er hat aber nur zwei Strandfotos gepostet. Den Rest müssen wir uns denken.«

»Daniel Klumper ist wie Böhmer vierundvierzig. Geschieden, ein Kind. Er ist Maurer und arbeitet bei einer Firma in Meppen. Accounts in den sozialen Medien hat er nicht. Eine Vorstrafe wegen Körperverletzung. Als junger Mann hat er Streit auf dem Schützenfest bekommen und zu hart zugeschlagen, was ihm eine Geldstrafe eingebracht hat. Zweimal ist er wegen Alkohol am Steuer zur Rechenschaft gezogen worden. Seinen Führerschein musste er für ein halbes Jahr abgeben.«

»Maurer und im Chor. Ungewöhnlich.«

»Sind das nicht Vorurteile, Frau Hauptkommissarin?«, warf Jan ein.

Hanna hob entschuldigend die Hände. »Ich bekenne mich schuldig. Hast du auch noch Carsten Meyer geschafft?«

»Ja, er ist ein paar Monate älter als seine Freunde und gerade fünfundvierzig geworden. Nicht verheiratet, keine Kinder. Er ist Optiker und arbeitet bei einem bekannten Filialunternehmen in Lingen. Keine Vorstrafen. Wohnt im Haus seiner Adoptiveltern, die vor zehn Jahren kurz hintereinander gestorben sind.«

»Mit wie viel Jahren ist er zu ihnen gekommen?«

»Mit acht. Zunächst als Pflegekind, zwei Jahre später haben sie ihn adoptiert. Leiblicher Vater unbekannt, Mutter war drogenabhängig und ist ein Jahr, nachdem ihr Sohn in die Pflegefamilie kam, an einer Überdosis verstorben. Übrigens sind auch Klumper und Meyer bei der Feuerwehr.«

»Soziale Medien?«, fragte Hanna.

»Facebook und Instagram. Die Mallorca-Tour ist hier etwas ausführlicher dokumentiert. Das volle Programm: Nächte durchfeiern, viel Alkohol und zumindest für Carsten Meyer auch wechselnde Frauenbekanntschaften.«

»Das Letzte hat er auch herausposaunt?«

»Nein, das habe ich zwischen den Zeilen herausgelesen.«

»Was haben wir also: drei Männer vom Land, einer verheiratet, einer geschieden, einer ledig. Bis auf Daniel Klumper, der nur in jungen Jahren über die Stränge geschlagen hat, ganz normale Bürger, die hart arbeiten, auch mal feiern und sich für ihre Mitbürger als Feuerwehrmänner engagieren. Sprich, wir haben nichts.« Hanna stand auf. »Wir machen Schluss. Die Protokolle der Befragungen müssen warten.«

»Wir übersehen etwas«, sagte Jan, als sie am Abend vor dem Wohnmobil saßen, jeder ein Glas Wein in der Hand.

»Was sollte das sein?«, fragte Hanna.

»Das weiß ich nicht.« Jan trank einen Schluck aus seinem Weinglas. »Inzwischen gehen wir doch davon aus, dass der Chor eine wesentliche Rolle spielen könnte, oder?«

»Definitiv!«

»Frage eins: Weshalb hat Lisa den Chor verlassen?«

Hanna zuckte mit den Schultern. »Schlömer hat sie dazu genötigt.«

»Warum?«

»Je isolierter die Frauen sind, desto besser kann er sie lenken und für seine Zwecke einsetzen.«

»Oder Lisa hat sich da nicht mehr wohlgefühlt«, schlug Jan vor. »Sie war eine attraktive junge Frau ohne Freund. Ist sie von einem Chormitglied sexuell bedrängt worden und deshalb ausgestiegen?«

»Möglich. Aber warum ist sie wieder zurückgekommen?«, fragte Hanna.

»Genau darauf will ich hinaus. Spielen wir es einmal durch. Eine Möglichkeit wäre, dass sie sich langsam aus Schlömers Fängen befreien wollte. Ein Schritt dazu wäre gewesen, wieder unter Leute zu gehen.«

»Aber wären das die richtigen Menschen für so einen Schritt gewesen? Hätte sie nicht eher professionelle Hilfe von einer Beratungsstelle für Frauen oder Ähnliches gesucht? Selbst die katholische Kirche bietet so was an.«

»Das eine schließt das andere nicht aus«, sagte Jan.

»Die Beratungsstellen und Therapeuten werden ohne richterlichen Beschluss keine Informationen herausgeben. Einen Richter zu finden, der uns einen solchen Beschluss ausstellt, wird ebenfalls schwierig.«

Hanna nickte.

»Dann schauen wir uns mal die zweite Möglichkeit an: Lisa wurde von einem oder mehreren Chormitgliedern belästigt – würde sie deshalb zurückkommen?«, fragte Jan. »Um die Männer damit zu konfrontieren? Um was zu erreichen?«

»Sie unter Druck zu setzen, damit sie …« Hanna hob verzagt beide Hände. »Keine Ahnung. Das ergibt alles keinen Sinn.«

Jan raufte sich die Haare. »Und wenn Schlömer sie geschickt hat?« Er hatte die Frage spontan ausgesprochen, ohne lange darüber nachzudenken.

»Warum sollte er? Gerade haben wir noch darüber nachgedacht, dass er sie vom Chor abgehalten hat.«

»Erpressung. Lisa sollte dem Mann oder den Männern direkt in die Augen sehen und ihnen Angst machen.«

»Zu viel der Spekulation«, sagte Hanna. »Das hieße, dass Lisa bei der mutmaßlichen Erpressung dabei war und sie unterstützt hat.«

»Nicht unbedingt. Sie hat durch die Chats herausbekommen, dass ein Mann oder mehrere aus dem Chor ihre Angebote abonniert haben, Schlömer hat davon erfahren und den Mann oder die Männer erpresst.«

»Okay, auf Hans Lünnemann könnte das zutreffen. Allerdings hat er so viel zu verlieren, dass er umgehend die geforderte Summe bezahlt hätte. Warum dann noch unter Druck setzen.«

»Und Böhmer, Klumper und Meyer?«

Hanna schüttelte den Kopf. »Gleich drei, die Lisa abonniert haben?«

»Eher nicht. Aber irgendetwas verbindet die drei. Dass Böhmer gleich losgefahren und zusammen mit Klumper zu Meyer gefahren ist, muss einen Grund haben.« Jan trank sein Glas leer und schenkte sich nach. »Noch einmal von vorne. Lisa kommt nach einer Pause zurück in den Chor. So, als wenn es keine Pause gegeben hätte.«

»So stellt es sich für uns dar.«

»Dann …« Jan stutzte. »Was hat Elke Nüssen gesagt, wann sie das Gespräch belauscht hat?«

»Vor mindestens einem halben Jahr.«

»Also weit, bevor Lisa zurück in den Chor gekommen ist.«

»Richtig«, sagte Hanna.

»Und wenn sie gar nicht zwei Chorfrauen belauscht hat?«

»Sondern zwei Männer? Das habe ich gleich vermutet.«

Jan nickte. »Sie hatte Angst, dass wir weiterfragen, wenn es Männer gewesen wären.«

»Gut, gehen wir einmal davon aus. Was würde das bedeuten?«

»Dass wir viel weiter in der Vergangenheit suchen müssen. Dass schon mindestens ein halbes Jahr vor Lisas Tod bei manchen bekannt war, was Lisa im Internet macht.«

»Was unserer Theorie widersprechen würde, dass jemand aus Lisas Umfeld zeitnah vor ihrem Tod von ihrem *Only4you*-Kanal erfahren und sich Lisa dann genähert hat.«

»Genau! Das war unser Fehler. Wir können in den Chats der letzten zehn Wochen vor Lisas Tod den oder die Täter gar nicht finden. Das Motiv der Tat liegt zeitlich viel weiter zurück.«

Hanna schenkte sich Wein nach. »Was ist ein halbes Jahr vor Lisas Tod passiert? Das wäre also die richtige Frage.«

»Ja. Oder Hans Lünnemann hat von dem Account erfahren und wollte mehr von Lisa.«

»Das Gleiche bei Paul Lammers. Somit haben wir fünf Verdächtige. Vier aus dem Chor, einen aus Lisas Vergangenheit.«

Jan lehnte sich im Stuhl zurück. »Ja. Wir sind auf dem richtigen Weg, Hanna. Die Frage ist jetzt, ob wir Maria Ahlers davon überzeugen können.«

Achtundzwanzig

Hanna

Hanna lehnte sich auf dem Stuhl zurück. Sie hatte sich bisher im Gespräch mit Maria Ahlers zurückgehalten.

Nach dem Frühstück waren sie ins Kommissariat gefahren, hatten auf die SoKo-Leiterin gewartet und sich in ihrem Büro mit ihr zusammengesetzt.

»Das ist alles sehr dünn«, sagte Maria Ahlers. »Wie soll ich dem Staatsanwalt klarmachen, dass wir aufgrund von Vermutungen unbescholtene Bürger vorladen sollen?«

»Sie sind sich sicher, mit Dennis Schlömer den Täter zu haben?«, fragte Hanna.

»Zumindest gibt es bei ihm Indizien und Beweise, die ihn stark belasten. Er hat ein falsches Alibi angegeben und weigert sich, mit uns zu kooperieren.«

»Wir gehen davon aus, dass Dennis Schlömer ein oder auch alle drei Chormitglieder erpresst hat«, übernahm wieder Jan.

»Weil sie sich auf der Internetplattform schlüpfrige Fotos angeschaut haben?«, fragte Maria Ahlers. Ihre Stimme klang spöttisch. »In welcher Welt leben Sie denn? Deshalb lässt sich doch niemand erpressen.«

Jan fiel es wie Schuppen von den Augen. Die SoKo-Leiterin hatte recht. Hans Lünnemann hätte sich vielleicht dem Erpresser gebeugt, aber die drei Männer sicher nicht. Zwei von ihnen waren nicht einmal verheiratet beziehungsweise in einer Beziehung – zumindest hatte Jan dafür keine Anzeichen gefunden. Thorsten Böhmer hätte sich vor seiner Frau sicher auch herausreden können, mit einer Wette unter Freunden oder Ähnlichem. Es war etwas anderes passiert, eine Straftat, die im Zusammenhang mit Lisa Kramer stand.

»Nein, deshalb nicht«, sagte Jan mit fester Stimme. »Wir gehen davon aus, dass die drei Männer eine schwere Straftat begangen haben und sie deshalb erpresst wurden.«

»Von wem? Dennis Schlömer?«, fragte Maria Ahlers.

»Gemeinsam mit Lisa Kramer.«

Maria Ahlers starrte Jan an. »Können Sie das beweisen?«

»Nein, und genau deshalb brauchen wir Ihre Hilfe. Laden Sie die drei gleichzeitig vor. Sollte bei den Vernehmungen nichts herauskommen, übernehme ich die Verantwortung.«

»Niemand außer mir trägt in diesen Ermittlungen die Verantwortung. Und deshalb werde ich mich nicht auf die staatsanwaltlichen Vorladungen einlassen.« Maria Ahlers stand auf. »Sollte es nichts weiter geben, sind wir hier fertig.«

»Diese dumme Kuh!«, fluchte Jan, als sie in ihrem Büro standen.

Hanna schmunzelte. »Und das aus deinem Munde.« Sie hob warnend den Zeigefinger. »Was war das übrigens gerade? Von wegen schwere Straftat und so. Das hatten wir aber nicht abgesprochen.«

»Tut mir leid. Mir ist erst in dem Augenblick klar geworden, wie der Ablauf gewesen sein könnte. Die drei haben bereits vor ungefähr einem halben Jahr gewusst, was Lisa auf *Only4you* anbietet. Sie kannten sie aus ihren ersten Jahren im Chor. Nach allem, was wir über Lisa erfahren haben, wird sie zu der Zeit keinesfalls offen dafür gewesen sein, mit den Männern zu flirten und schon gar nicht, sich auf eine Affäre oder einen One-Night-Stand einzulassen. Das wirkt auf manche Männer schnell so, als würde die Frau auf sie hinabschauen, arrogant sein und meinen, die Männer seien nun mal nicht gut genug für sie. Als sie dann erfahren haben, dass – ich sehe es jetzt mal aus deren Brille – Lisa sich prostituiert, sind bei ihnen sämtliche Dämme gebrochen.«

»Du meinst, sie sind bei ihr ins Haus eingebrochen und haben sie … ja was? Vergewaltigt?«

»Das wäre eine Möglichkeit. Sie könnten sie anders erniedrigt haben. Das ist im Moment nicht so wichtig.«

»Und dann ist Lisa Monate später wieder zurück in den Chor gegangen? Was soll das gewesen sein? Eine Konfrontationstherapie? Das glaubst du doch nicht wirklich, oder? Und die Erpressung soll sie mit Schlömer zusammen durchgezogen haben? Da passt doch was nicht zusammen.«

Jan ging nicht auf Hannas Einwände ein. »Wir müssen noch einmal zurück in ihr Haus. Ich habe zwar ein Buch aus dem Regal in Lisas ehemaligem Kinderzimmer kurz in der Hand gehabt, aber nicht wirklich auf den Inhalt geachtet. Es waren psychologische Themen, da bin ich mir sicher.«

»Wir wollten doch sowieso noch mal in Lisas Haus. Den Schlüssel habe ich ja nicht mehr. Also müssen wir wohl oder übel einen anderen Weg finden.«

Hanna durchbrach das Siegel, nachdem sie in zehn Sekunden das Türschloss überwunden hatte. Sie gingen ins Haus, Hanna blieb unten, um die Straße im Auge zu behalten. Sie hatten das Wohnmobil ungefähr einen Kilometer entfernt abgestellt und waren zu Fuß gegangen.

Nach wenigen Minuten rief Jan Hanna nach oben.

»Und?«, fragte sie, als sie in das alte Kinderzimmer trat.

»Ich habe sechs Sachbücher gefunden. Ein Thema ist relativ allgemein zum Aufbau von Selbstbewusstsein, in den anderen Büchern geht es auf die eine oder andere Weise um sexualisierte Gewalt und deren diverse psychologische Aspekte.«

»Sind das Fachbücher?«

Jan schüttelte den Kopf. »Populärwissenschaftliche Bücher, aber durchaus aussagekräftig und anspruchsvoll. Zwei von ihnen habe ich auch gelesen.«

»Und sie eignen sich auch für Betroffene?«

Jan wiegte den Kopf hin und her. »Im Prinzip ja, allerdings sind sie definitiv kein Ersatz für eine Therapie. So sind sie nicht angelegt, können aber natürlich so gelesen werden. Niemand kann sich nach einem traumatischen Erlebnis wie zum Beispiel einer Vergewaltigung selbst therapieren.«

Hanna erschrak. War der Rat auch für sie gedacht? Hatte Jan von ihrem Geheimnis erfahren? Hatte sie doch mehr im Traum verraten, als Jan zugegeben hatte? Oder interpretierte sie etwas in Jans Worte hinein, was er gar nicht meinte.

»Ja, das geht wohl eher nicht so gut aus«, murmelte sie.

Jan machte Fotos von den Buchcovern. »Ich bin so weit fertig. Die Bücher lade ich mir später als E-Book herunter und schaue sie noch einmal durch.«

Sie verließen das Haus und überklebten das Siegel mit einem neuen. Hanna setzte sich ans Steuer des Wohnmobils und sah Jan fragend an.

»Wohin jetzt?«

»Gute Frage. Ich weiß es nicht. Ein Teil in mir schreit danach, aufzugeben, ein anderer sträubt sich dagegen.«

»Aufgeben ist nach der Ansage der Möchtegern-Chefin keine Option mehr. Wir bringen das zu Ende – auf die eine oder andere Weise.«

Hannas Handy machte sich bemerkbar. Sie zog es aus der Tasche und aktivierte das Display. »Sieh an. Herr Chorleiter macht sich auf den Weg. Ein kleiner Spaziergang? Oder will er zur Sonntagsmesse?« Sie reichte Jan ihr Handy. »Behalte ihn im Auge. Ich fahre Richtung Dalum.«

»Und?«, fragte Hanna, als sie auf die Dalumer Straße einbog. »Wo fährt er hin?«

»Richtung Westen.«

»Was ist da?«

»Eine Auffahrt zur A 31.«

»Kein See oder ein Fluss?«

»Nein. Einige Ortschaften und irgendwann nach zehn Kilometern kommt die Grenze zu den Niederlanden.«

»Also geht es auf die Autobahn.«

»Werden wir gleich sehen.«

Hanna konzentrierte sich aufs Fahren. Was hatte Lünnemann vor? Ein Sonntagsausflug, um sich die Beine zu vertreten? Jagten sie gerade einem weiteren Phantom hinterher, weil sie den Fall nicht in den Griff bekamen? Nein, zusammen mit Jan hatte sie bisher jeden ihrer Fälle aufgeklärt und jedes Mal hatten sie mit Widerständen aus den Reihen der Kollegen zu kämpfen gehabt. Sie waren überall ein Fremdkörper, schoss es Hanna durch den Kopf. In der Arbeit wie im Leben. Kamen sie deshalb so gut miteinander aus? Zwei verlorene Seelen, die nach ihrer Erlösung suchten? Hatte Jan es nicht so ähnlich formuliert?

»Er fährt nicht auf die Autobahn«, holte Jan sie zurück aus ihren Gedanken.

»Sondern?«

»Warte!«

Sie passierte gerade Dalum. Hanna fuhr den Schildern Richtung Autobahnauffahrt nach.

»Nach Süden. Er fährt nach Süden«, sagte Jan.

»Was ist da?«, fragte Hanna.

»Eine Straße, die parallel zur Autobahn führt und auf der man auf Höhe von Lingen über die Autobahn fahren kann.«

»Da muss noch etwas sein«, sagte Hanna.

»Ein Moorgebiet. Es steht unter Naturschutz. Ehemals wurde hier im großen Stil Torf abgebaut, aber inzwischen wird es renaturiert.«

»Ein Hochmoorgebiet? Da kann man doch wunderbar einen Laptop abtauchen lassen.«

Hanna erreichte die Autobahnauffahrt, fuhr an ihr vorbei und folgte Jans Anweisungen.

»Jetzt biegt er tatsächlich ins Moor ab«, sagte Jan. »Es gibt da eine kleine Straße oder einen Weg hinein. Da scheint eine Art Aussichtsplattform zu sein. Da kann man sicher das Auto abstellen. Ich sag Bescheid, wenn du nach rechts abbiegen musst. Fahr einfach weiter geradeaus.«

Kurz darauf gab Jan das Zeichen, Hanna setzte den Blinker, fuhr ab. Die Straße führte sie zunächst wieder zurück nach Norden, bog aber nach etwa zweihundert Metern nach links ab und mündete in einen Feldweg, an dessen beiden Seiten Bäume und Büsche standen.

»Etwa in einem Kilometer erreichen wir die Plattform. Lünnemann ist gerade stehen geblieben.«

Hanna parkte hinter dem Fahrzeug des pensionierten Lehrers, sprang aus dem Wagen und lief in Richtung der Aussichtsplattform, die einige Meter übers Moor hinausragte. Jan folgte ihr. Oben angekommen, suchten sie nach Hans Lünnemann. Er lief geradeaus ins Hochmoor hinein. Hanna griff nach dem Fernglas, das Jan in der Hand hielt, und schaute in Lünnemanns Richtung.

»Er hat eine Tasche dabei«, sagte Hanna. »Da passt spielend ein Laptop rein.« Ohne Jans Reaktion abzuwarten, rannte sie von dem kleinen Erdhügel in Lünnemanns Richtung. Sie erreichte ihn, als er vor einem der größeren Moortümpel stand und gerade den Laptop aus der Tasche zog und ihn mit einer ausholenden Bewegung ins Wasser werfen wollte. Hanna griff mit einer Hand nach seinem Arm und mit der anderen nach dem Laptop.

Neunundzwanzig

Jan

Zweieinhalb Stunden später betrat Jan zum zweiten Mal den Vernehmungsraum des Lingener Kommissariats. Hans Lünnemann hatte sich an dem Aussichtspunkt bereit erklärt, mit nach Lingen zu kommen. Jan hatte sich angeboten, ihn in Lünnemanns Auto zu fahren, und hatte später mit ihm vor Ort die erste Befragung durchgeführt.

»Sie möchten immer noch keinen Anwalt hinzuziehen?«, fragte Jan, nachdem er sich an den Tisch gesetzt und die Aufnahme gestartet hatte.

»Nein, ich benötige keinen Anwalt. Wozu auch. Haben Sie noch Fragen oder kann ich jetzt endlich gehen?«

»Ich habe weitere Fragen. Unser Techniker hat inzwischen die gelöschten Dateien wieder sichtbar gemacht.«

Hans Lünnemann zuckte leicht zusammen, senkte seinen Kopf und schien in dieser Position zu erstarren.

»Wir haben auf dem Laptop unzählige Fotos und Videos gefunden, auf denen Lisa Kramer leicht bekleidet oder auch nackt vor der Kamera sitzt.«

Jan legte bewusst eine Pause ein. Nach einer gefühlten Ewigkeit sah Hans Lünnemann auf. »Das war vollkommen legal. Ich habe dafür bezahlt.«

»Ihr zweiter Vorname ist Peter. Haben Sie sich als Peter23 bei *Only4you* angemeldet?«

Lünnemann ließ sich Zeit für seine Antwort. Er schien verzweifelt nach einem Ausweg zu suchen. Schließlich beugte er sich leicht vor und sprach mit fester Stimme. »Das ist meine Privatangelegenheit. Es wäre mir neu, dass man deshalb von der Polizei verfolgt wird. Ich dachte, dass Deutschland diese Zeiten lange hinter sich gelassen hätte.«

»Selbstverständlich war und ist es legal, ein Abo auf der Plattform abzuschließen. Sie verstehen sicher, dass wir in diesem Fall etwas genauer hinschauen müssen.«

»Nein, das verstehe ich nicht.« Der pensionierte Lehrer sah Jan herausfordernd an. »Ich verstehe überhaupt nicht, was diese ganze unglaubliche Aktion zu bedeuten hat. Sie verfolgen mich und greifen mich mitten in einem Naturschutzgebiet an.«

»Sie waren im Begriff, Ihren Laptop zu versenken.«

»Das mag so ausgesehen haben. Ist aber nicht der Fall.«

»Sondern?«, fragte Jan. »Was haben Sie mit dem Laptop dort vorgehabt?«

»Ich wollte etwas nachschauen. Ich bin sehr interessiert an dem Hochmoorgebiet.«

»Herr Lünnemann, zwei Kriminalbeamte bezeugen, dass Sie kurz davor waren, den Laptop in den Moortümpel zu werfen. Sie hatten keinesfalls vor, ihn aufzuklappen.«

»Sie und Ihre Kollegin sind nicht unfehlbar«, fuhr Lünnemann Jan an.

»Das ist richtig. Aber wir sind erfahren genug, um diese relativ einfache Situation einzuschätzen. Sie wollten den Laptop verschwinden lassen.«

»Und wenn. Das ist allenfalls eine Ordnungswidrigkeit. Sitze ich deshalb hier? Soll ich mir deshalb einen Anwalt dazuholen?«

»Nein, deshalb sind Sie nicht hier. Im Moment vernehme ich Sie noch als Zeugen. Das kann sich aber im Verlauf unseres Gespräches schnell ändern und Sie könnten als Beschuldigter gelten.«

»Tun Sie, was sie nicht lassen können.«

»Seit wann war Ihnen bekannt, was Frau Kramer auf der Plattform angeboten hat?«

»Ich habe zufällig davon gehört«, sagte Lünnemann.

»Wo haben Sie davon gehört?«

»Das ist mir entfallen. Ich habe es erst nicht ernst genommen, bis ich zufällig auf die Seite gestoßen bin.«

»Zufällig?«, schob Jan gleich die nächste Frage nach. »Sie waren also schon vorher Kunde bei *Only4you*?«

»Das habe ich nicht gesagt.«

»Wann hat sich dieser Zufall ereignet?«

»Das kann ich nicht mehr genau sagen.«

Jan beugte sich leicht vor. »War es vor Lisas Rückkehr oder danach?«

Hans Lünnemann schwieg.

»Herr Lünnemann, würden Sie mir bitte antworten.«

»Vorher.«

»Wie lange vorher?«

»Das weiß ich nicht mehr.«

»Vielleicht kann ich Ihnen helfen. Unser Techniker hat Daten gefunden, die auf ihr erstes Einloggen auf der Seite hindeuten. Das war vor genau sechs Monaten und zwei Tagen. Also weit vor Lisas Rückkehr.«

»Wenn Sie das sagen. Ich kann mich nicht erinnern.«

»Herr Lünnemann, ich kann nur noch einmal erwähnen, dass …«

»Ich bin kein dummer Schuljunge«, fuhr Lünnemann ihn an.

»Davon bin ich auch nicht ausgegangen«, sagte Jan in betont ruhigem Tonfall. »Haben Sie mit Frau Kramer im Chat der Plattform kommuniziert?«

»Das kann sein.«

»Haben Sie sich zu erkennen gegeben?«

Lünnemann schwieg wieder.

»Unser Techniker hat eine Nachricht gefunden, die Sie mutmaßlich aus dem Chat kopiert haben. Wir vermuten, dass die Nachricht auf Frau Kramers Seite kurz nach Erscheinen wieder gelöscht wurde.« Jan machte eine Pause und wartete, ob der pensionierte Lehrer reagieren würde. »Diese Nachricht ist sehr eindeutig. Sie werden aufgefordert, zehntausend Euro an einem bestimmten Ort zu deponieren. Ihnen wird dort gedroht, dass Ihr gesamter Chatverlauf ansonsten veröffentlicht wird. Ist diese Nachricht über Frau Kramers Chatroom gekommen?«

Lünnemann starrte stumm an Jan vorbei an die Wand und antwortete nicht.

»Haben Sie den geforderten Betrag dort hinterlegt?« Als Lünnemann weiter die Fragen ignorierte, beschloss Jan, deutlicher zu werden. »Wir werden Einsicht in Ihre Bankkonten erhalten, Herr Lünnemann. Dann wird sich schnell zeigen, ob Sie den geforderten Betrag abgehoben haben.«

Lünnemann richtete sich auf. »Warum verfolgen Sie das Opfer und nicht die Täter? Ja, ich bin erpresst worden. Von Lisa Kramer. Und ja, ich habe bezahlt. Damit war die Sache für mich erledigt.«

»Was haben Sie gedacht, als Lisa wieder zu den Chorabenden kam?«

»Was sollte ich denken? Ich habe mir nichts anmerken lassen. Es war ihr gutes Recht, im Chor mitzusingen.«

»Verstehe ich das richtig. Sie haben sich nett mit einer mutmaßlichen Erpresserin unterhalten?«

»Wenn Sie es so ausdrücken wollen«, murmelte Hans Lünnemann.

»Ihre letzten Chat-Einträge sind acht Wochen vor Lisa Kramers Tod geschrieben worden. Sind Sie zu dem Zeitpunkt erpresst worden?«

Hans Lünnemann nickte.

»Könnten Sie das bitte laut sagen«, forderte ihn Jan auf.

»Ja, das ist richtig.«

»Gab es weitere Erpressungsversuche?«

»Ich habe kein Geld mehr bezahlt«, sagte Lünnemann.

»Das war nicht meine Frage.«

»Aber meine Antwort.«

»Sind Sie ein weiteres Mal erpresst worden?«

Hans Lünnemann schwieg.

»Ich benötige die Angabe, wo Sie sich zum Todeszeitpunkt von Frau Kramer aufgehalten haben.« Jan nannte ihm den Zeitraum, um den es ging.

Hans Lünnemann holte aus seiner Umhängetasche einen Kalender und blätterte darin herum. »Ich hatte keinen Termin. Also gehe ich einmal davon aus, dass ich am Abend zu Hause war und wie immer gegen dreiundzwanzig Uhr ins Bett gegangen bin. Da ich alleine wohne, gibt es dafür keine Zeugen.«

»Haben Sie an dem Abend telefoniert?«

»Das weiß ich nicht. Normalerweise tätige ich um diese Zeit keine Anrufe mehr und nehme auch keine an.«

»Ich unterbreche hier die Vernehmung für eine Viertelstunde. Darf ich Ihnen etwas zu trinken oder essen bringen lassen?«

Hans Lünnemann nickte. »Ein Kräutertee wäre angenehm.«

Jan lief den Gang entlang zu ihrem Büro, in dem Hanna und Maria Ahlers die Vernehmung über Video mitverfolgt hatten.

Hanna reichte ihm ein Glas Wasser. »Danke.«

»Wie gehen wir weiter vor?«, fragte Hanna mit Blick auf Maria Ahlers.

»Die Beweislage ist dünn, aber vorhanden. Ich telefoniere sofort mit dem Staatsanwalt und werde ihn bitten, in der nächsten Stunde einen Durchsuchungsbeschluss für das Haus und das Fahrzeug zu erwirken. Ich habe ihn bereits vorgewarnt und er hat den zuständigen Richter informiert.«

»Sehr gut«, sagte Jan. »Anschließend sehen wir vielleicht klarer.«

»Sie glauben nicht an seine Täterschaft?«, fragte die SoKo-Leiterin.

»Ich glaube vor allem nicht, dass er Frau Kramer alleine aus dem Haus zum Kanal bringen konnte. Gleichzeitig kann ich mir niemanden vorstellen, der oder die Hans Lünnemann beim Transport unterstützt hätte.«

»Ein Motiv wäre vorhanden«, warf Hanna ein. »Dass Lisa zurück in den Chor gekommen ist, muss ihn ungemein provoziert haben. Sollte es zu einem zweiten Erpressungsversuch gekommen sein – und danach sieht es beim jetzigen Stand der Aussage aus –, könnte ich mir zumindest eine Kurzschlussreaktion vorstellen.«

Maria Ahlers stand auf. »Wir werden sehen. Morgen wird Dennis Schlömer vernommen. Ich kann mir nicht vorstellen, dass Frau Kramer die Erpressung alleine durchgezogen hat. Er wird sich unseren Fragen stellen müssen.«

»Unter Umständen wusste Lisa Kramer überhaupt nichts von der Erpressung«, sagte Jan. »Das würde zumindest ihre Rückkehr in den Chor erklären.«

»Wir sollten auch die drei anderen Chormitglieder nicht vergessen«, sagte Hanna mit Nachdruck. »Thorsten Böhmer, Daniel Klumper und Carsten Meyer.«

Maria Ahlers, die bereits den Türgriff in der Hand hatte, drehte sich zu Hanna um. »Das Thema haben wir doch bereits geklärt, Frau Hauptkommissarin.« Sie nickte Hanna zu und verließ das Büro.

Dreißig

Hanna

»Gehen wir noch einmal zu Lünnemann rein?«, fragte Hanna.

»Nein, ich glaube nicht, dass wir im Moment weiterkommen. Herr Lünnemann muss warten, bis der Durchsuchungsbeschluss hier ist. Ich erkläre es ihm.«

»Mach das«, sagte Hanna, ging zum Fenster und öffnete es. Aus dem Augenwinkel sah sie, wie Jan ihr kleines Büro verließ. Sie schloss die Augen und atmete langsam tief ein und aus. Stimmungsschwankungen war vermutlich der richtige Begriff für das Hoch und Runter, das sie seit Tagen begleitete. Sie musste sich endlich in den Griff bekommen, klar darüber werden, was sie so runterzog. Nach Lukas' Tod und dem Unglück danach hatte sie Monate gebraucht, um wieder auf die Beine zu kommen, und sich damals geschworen, dass sich das nicht wiederholen würde. Es war ihr gelungen. Bis jetzt. *Darum geht es nicht*, schwor sie sich ein. Es war der Fall, der ihr zu schaffen machte. Die SoKo Lisa hatte es versaut und sie sollten es richten. Wieder einmal. Diese Arbeit war im Moment nichts für sie. Kindermädchen spielen, aufräumen, nett sein und alle Schläge wegstecken. Ohne Jan wäre sie längst über alle Berge.

Hanna lachte. Welche Berge. Hier gab es nicht einmal einen kleinen Hügel. Flaches Land, so weit das Auge reichte. Und Menschen, die sie nicht verstand und nicht verstehen wollte. Die in der Zeit stecken geblieben waren und ihr kleines überschaubares Leben nicht auf die Reihe bekamen.

So wie sie?

Hanna schloss das Fenster und verließ das Büro. Auf dem Weg nach draußen schrieb sie Jan, dass sie einen vernünftigen Latte macchiato brauche und auf dem Weg in die Innenstadt sei.

Der Marktplatz der Stadt mit seinen historischen Gebäuden hob sich von den übrigen schmucklosen roten Backsteinhäusern ab. Die Geschäfte waren geschlossen, nur Sonntagsspaziergänger kamen ihr entgegen. Manche grüßten mit einem kurzen *Moin*, was Hanna jedes Mal zusammenzucken ließ. Sie kannte hier niemanden und wollte auch niemanden kennenlernen.

Auf der Terrasse eines örtlichen Cafés legte sie einen Stopp ein, bestellte einen Latte macchiato und aß dazu ein Croissant. Nach dem zweiten Becher Kaffee wollte sie gerade aufstehen, als jemand zwischen sie und die Sonne trat. Sie sah auf.

»Ist hier noch Platz, Frau Hauptkommissarin?«, fragte Jan.

Hanna lächelte und zeigte auf den zweiten Stuhl am Tisch. »Extra für dich frei gehalten.«

Jan zog den Stuhl vor und setzte sich.

»Der Beschluss ist durch, drei Kollegen sind mit Lünnemann auf dem Weg zu seinem Haus. Ich habe sie eingehend instruiert. Ich glaube nicht, dass wir da erforderlich sind.«

»Sie werden nichts finden. Der Laptop war das Letzte, was der alte Schleimer verschwinden lassen wollte.«

»Schleimer?«, fragte Jan. Eine junge Servicekraft kam auf ihren Tisch zu und stellte einen Latte macchiato ab. Jan bedankte sich.

»Können die hier schon Gedanken lesen?«, wunderte sich Hanna.

»Nein, ich habe bestellt, bevor ich zu dir gekommen bin.«

»So sicher warst du dir, dass du bei mir sitzen darfst?«

»Hätte ich zweifeln sollen?«, fragte Jan.

Hanna seufzte. »Nein, natürlich nicht. Ich rede dummes Zeug daher. Der Latte ist übrigens ausgezeichnet. Warum haben wir das Café nicht schon eher entdeckt?«

»Wir hatten anderes zu tun«, sagte Jan und trank einen Schluck.

»Wir haben immer etwas anderes zu tun.«

Jan nickte schweigend.

»Du sagst nichts?«, fragte Hanna in die entstandene Stille hinein. »Du bist doch der Klügere von uns beiden.«

Jan schüttelte den Kopf. »Ganz sicher nicht.«

»Wollen wir uns darüber jetzt streiten?«

»Nein.«

»Wäre aber vielleicht an der Zeit.«

»Überspringen wir dann nicht etwas?«, warf Jan ein.

Hanna zuckte mit den Schultern. »Wie lange fliegt man eigentlich nach London?«

»Was willst du noch von ihr?«, fragte Hanna, als sie das Wohnmobil vor dem Haus von Elke Nüssen parkte.

»Wissen, wen sie belauscht hat.«

»Sie wird kein Protokoll unterschreiben. Was nützt uns das?«

»Klarheit. Ich weiß nicht mehr, ob wir bei den drei Chor-Männern auf dem richtigen Weg sind oder ob wir uns verrannt haben.«

»Du gehst alleine?«

Jan nickte.

»Viel Spaß mit der Dame«, sagte Hanna mit spöttischem Unterton.

Der vorwurfsvolle Blick, den Hanna von Jan erwartet hatte, blieb aus. »Okay, Elke Nüssen ist ganz in Ordnung.«

Sie schaute Jan hinterher, ihm wurde die Tür geöffnet und er verschwand im Haus. Hanna wechselte in den rückwärtigen Raum des Wohnmobils und legte sich aufs Bett. Unweigerlich drehten sich ihre Gedanken um den Fall. Hans Lünnemann, der erpresst worden war und gezahlt hatte. Und vermutlich ein weiteres Mal zur Kasse gebeten werden sollte. Hätte Lisa die Erpressung unterstützt? Nach allem, was sie bisher in Erfahrung gebracht hatten, hatte sich der pensionierte Lehrer rührend um Lisa gekümmert. Dabei kam es nicht darauf an, welche Motivation dahinterstand, sondern darauf, wie Lisa es wahrgenommen hatte. War Lünnemann sogar zu einer Art Vaterersatz geworden? Warum hatte Jan diese Theorie nicht aufgeworfen? War sie zu abwegig? Hanna glaubte nicht, dass Lünnemann Lisa sexuell belästigt hatte. Dazu war seine Angst aufzufliegen viel zu groß. Er war schon einmal mit einem blauen Auge davongekommen. In seiner katholischen Heimat würde das sicher nicht so glimpflich ausgehen. Schon gar nicht, wenn es sich, wie bei Lisa – zumindest in den ersten Jahren ihrer Chormitgliedschaft – um eine Minderjährige gehandelt hätte. Also Vaterersatz? Wenn es so gewesen sein sollte, hätte Lisa niemals der Erpressung zugestimmt. Aber Lünnemann war davon ausgegangen, dass sie hinter der Aktion steckte. War die Enttäuschung so groß gewesen, dass Lünnemann sich zu einer Kurzschlussreaktion hatte hinreißen lassen?

Paul Lammers stand für Hanna nach wie vor weit oben auf der Verdächtigenliste. Der junge Mann war ihr nicht ganz geheuer. Ihre bisherigen Recherchen und die Befragungen hatten ein Bild von einem Mann ergeben, der Probleme mit Frauen hatte, der aggressiv auf Demütigungen – oder das, was er dafür hielt – reagierte, nachtragend war und bereits mutmaßlich eine Frau vergewaltigt hatte. Seine Eltern hatten ihn aus der Schusslinie genommen, aber ohne professionelle Hilfe würde er mit hoher Wahrscheinlichkeit immer wieder in die gleichen Verhaltensmuster zurückfallen.

Unwillkürlich musste Hanna schmunzeln. Sie dachte bereits in denselben psychologischen Kategorien wie Jan. Allerdings würde sie ohne seine Erfahrung und den wissenschaftlichen Background nicht weit über küchenpsychologische Theorien hinauskommen.

Und die drei Chor-Männer, wie Hanna Thorsten Böhmer, Daniel Klumper und Carsten Meyer in Gedanken nannte? War es denkbar, dass sie durch die Fotos und Videos auf *Only4you* animiert worden waren, Lisa privat anzugehen? Nach Jans Theorie und Täterprofil wäre das durchaus denkbar.

Die Beifahrertür des Wohnmobils wurde geöffnet.

»Jan?«

»Ja, wo bist du?«

»Hier hinten.«

Jan kam zu ihr und setzte sich auf die Bettkante. »Es waren die drei Männer, die sich über Lisa Kramers *Only4you*-Kanal unterhalten haben.«

»Wird sie es auch unterschreiben?«

»Wenn es hart auf hart kommt, wird Frau Nüssen es machen. Vorher hat sie mich gebeten, die Information nicht weiterzugeben.«

»Und jetzt?«

»Fahren wir nach Lingen und warten auf die Ergebnisse der Durchsuchung.«

Zwei Stunden später saßen sie mit Achim Finke, dem Leiter der Kriminaltechnik, zusammen, der kurz zuvor aus Dalum zurückgekehrt war.

»Nach dem ersten Überblick haben wir nichts gefunden, was wir nicht wussten. In einem Geheimversteck unter den Dielen im Hauswirtschaftsraum lagen fast alle Fotos als Farbausdrucke, die wir auf dem Laptop schon wiederhergestellt hatten.«

»Das war's?«, fragte Hanna.

»Nein, noch nicht ganz. Wir haben die ordentlich abgehefteten Kontoauszüge von Herrn Lünnemann gefunden. Er hat zum fraglichen Zeitpunkt der Erpressung zehntausend Euro von seinem Sparkonto abgehoben.«

»Keinen weiteren hohen Betrag?«, fragte Jan.

Achim Finke schüttelte den Kopf. »Wir haben dann noch hier und da Fingerabdrücke genommen und sogar ein paar blonde kurze Haare gefunden. Ob sie von unserem Opfer stammen, müssen wir morgen überprüfen. Ansonsten war alles sehr übersichtlich und aufgeräumt. Dem alten Herrn schien es übrigens ausgesprochen peinlich zu sein, dass wir da angerückt sind. Da wir aber in Zivilautos unterwegs waren, wird wohl kaum einer der Nachbarn etwas mitbekommen haben.«

»Da wäre ich mir nicht so sicher«, warf Hanna ein.

Achim Finke sah sie verwundert an, schien aber dann zu verstehen, worauf Hanna hinauswollte. »Ich komme auch aus einem Dorf. So schlimm, wie immer gesagt wird, ist es da gar nicht. Eine kleine Gemeinschaft hat auch Vorteile.« Er stand auf. »So, jetzt werde ich zumindest den Restsonntag mit meiner Familie verbringen. Oder gibt es noch Fragen?«

Hanna klappte den Stuhl auf und setzte sich vors Wohnmobil in die Sonne. Sie hatten sich nach dem Gespräch mit dem Kriminaltechniker dazu entschieden, den Rest des Tages freizunehmen, und waren zurück zum Stellplatz am See gefahren.

Jan gesellte sich zu Hanna. »Es ist kein wirklicher Durchbruch in Sicht.«

»Meine Rede«, sagte Hanna. »Als ich vor Elke Nüssens Haus auf dich gewartet habe, ging mir Paul Lammers nicht aus dem Kopf. Für mich steht er ganz oben auf unserer Verdächtigenliste.« Sie erklärte ihm ihre Theorie. »Oder?«

»Durchaus. Paul Lammers hat seine Impulskontrolle nicht im Griff. Ich will nicht so weit gehen, dass er keine hat, aber im Verhältnis zu Frauen scheint er so einige Schwierigkeiten zu haben.«

»So nennst du neuerdings eine Vergewaltigung?«, fragte Hanna mit skeptischem Blick.

»Natürlich nicht. Sollte er Lea Uhlen vergewaltigt haben, geht das weit über Probleme mit der Impulskontrolle hinaus.«

»Hat er. Warum sollte sie uns nicht die Wahrheit gesagt haben?«

»Gut, gehen wir einmal davon aus, dass er Lea Uhlen vergewaltigt hat …«

»… und eventuell weitere Frauen in und um Leer«, unterbrach Hanna Jan.

»Was wir bisher nicht weiterverfolgt haben.«

»Steht auf meinem Zettel. Fange ich heute noch mit an.«

»Gut. Gehen wir von einer Vergewaltigung aus. Es gibt verschiedene Motive und Gründe, weshalb Männer Frauen vergewaltigen. Paul Lammers ist unsicher und verklemmt, wenn es um Beziehungen und Sex geht. Seine Reaktion auf das missglückte erste Mal mit Lisa Kramer ist ein deutliches Zeichen dafür. Gleichzeitig hat er nicht gelernt, mit Schwächen und Rückschlägen umzugehen. Ich glaube nicht, dass er Gewaltfantasien hat oder es für ihn eine Macht- oder Dominanzfrage ist. Eher noch geht es hier um Rache oder Wut auf die Frau, die ihn bloßgestellt hat oder stellen könnte. Das trifft auf Lisa Kramer zu und auch auf Lea Uhlen. Paul Lammers hat ein geringes Selbstwertgefühl in Bezug auf Frauen. Das mag mit seinem Verhältnis zur Mutter zusammenhängen oder anderen Erfahrungen in der Kindheit. Zum Beispiel in der Schule. Er kann einfühlsam wie bei Lisa Kramer sein, aber sobald es zu ernsthaften Problemen und vor allem Ablehnung kommt, fehlt ihm das Instrumentarium, damit umzugehen.«

»Eine tickende Zeitbombe, sozusagen.«

»Wenn du es so nennen willst«, sagte Jan. »Ich bin mit solchen Vergleichen immer etwas vorsichtig.«

»Was wäre passiert, wenn Lisa ihm nach dem Aufeinandertreffen am Telefon oder bei einem erneuten Treffen schroff deutlich gemacht hätte, dass sie ein für alle Mal nichts mehr mit ihm zu tun haben möchte?«

»Er würde sich im ersten Augenblick zurückziehen, aber kurz darauf wieder aktiv werden. Ein solches *Nein* demütigt ihn zutiefst.«

»Stalken und mehr?«

Jan nickte. »Es könnte sein, dass er mit Blumen vor ihrem Haus gestanden hat.«

»Lisa wurde in der Badewanne ertränkt. Ich kann mir kein Szenario vorstellen, das passen würde. Sie lässt ihn herein und geht dann baden?«

»Nein, aber vielleicht hat sie vergessen abzuschließen, oder Paul Lammers war im Besitz eines Hausschlüssels.«

»Lassen wir das«, schlug Hanna vor. »Wir sollten lieber überlegen, wie es jetzt weitergeht. Was passiert morgen bei der Vernehmung?«

»Dennis Schlömers Anwalt wird sich eine Strategie überlegt haben, um seinen Mandanten wieder freizubekommen. Vielleicht sagt er ja die Wahrheit und sollte er sie auch belegen können, wird es schwierig für die Kollegen.«

»Was bedeutet das für uns?«

»Wir gehen aufs Ganze. Zunächst werde ich noch heute Maria Ahlers eine Mail schreiben mit ausführlichen Informationen über unsere Ermittlungen zu Paul Lammers.

Inklusive einer ersten psychologischen Einschätzung des jungen Mannes. Gleichzeitig werde ich vorschlagen, dass er vonseiten des Staatsanwaltes vorgeladen und erkennungsdienstlich behandelt wird. Wenn er bei ihr im Haus war, ist die Wahrscheinlichkeit groß, dass er Spuren hinterlassen hat.«

»Sie wird es wieder abschmettern«, warf Hanna ein.

»Dann sind wir raus aus dem Spiel.«

»Ohne Wenn und Aber?«

Jan nickte.

Einunddreißig

Jan

Jan wachte auf und tastete mit geschlossenen Augen nach Hanna. Sie musste aufgestanden sein. Er setzte sich auf und sah den Zettel auf dem kleinen Esstisch liegen. *Bin laufen.*

Er kroch aus dem Bett, wusch sich und zog sich an. Montag. Sie waren bereits eine Woche im Emsland. Würden sie heute abbrechen? Vor sechzehn Stunden hatte Jan die Mail an Maria Ahlers verschickt. Neben den ausführlichen Ermittlungsergebnissen rund um die Person Paul Lammers hatte Jan ein psychologisches Profil des jungen Mannes erstellt und um eine staatsanwaltliche Vorladung nach Lingen gebeten.

Jan öffnete die Tür des Wohnmobils und schaute nach draußen. Auf dem Handy hatte er zuvor kontrolliert, wo Hanna sich befand. Sie musste jeden Augenblick wieder am Stellplatz auftauchen. Er griff nach dem Klappstuhl und setzte sich vors Wohnmobil.

»Na, du Schlafmütze!«, begrüßte sie ihn wenige Minuten später.

»Hättest mich wecken können. Ich wäre mitgelaufen.«

»Morgen. Heute brauchte ich ein paar Kilometer ganz für mich alleine.« Sie ging auf die Tür zu. »Gib mir zehn Minuten.

Dann können wir frühstücken gehen. Das Restaurant hat gerade geöffnet.«

»Gehen wir rein?«, fragte Hanna.

Sie standen vor dem Gebäude der Lingener Polizeiinspektion. In einer halben Stunde würde die Vernehmung von Dennis Schlömer beginnen.

»Ich bin gespannt, wie Maria Ahlers auf meine Mail reagiert«, sagte Jan und setzte sich in Bewegung.

Hanna deutete auf den Eingangsbereich, in dem die SoKo-Leiterin auf sie zu warten schien. »Das werden wir gleich erleben.«

»Guten Morgen«, begrüßte sie Maria Ahlers. »Gehen wir kurz in mein Büro?«

Sie folgten der SoKo-Leiterin und nahmen an dem Besprechungstisch Platz.

»Ich habe Ihre Mail gelesen«, sagte Maria Ahlers mit Blick auf Jan. »Und mich gewundert, dass ich erst heute von Ihren Ermittlungen zu Paul Lammers erfahre. Warum haben Sie das so lange zurückgehalten?«

»Das hat sich so ergeben«, sagte Jan. »Zunächst waren wir uns nicht über die Relevanz sicher, später überschlugen sich die Ereignisse etwas. Die zweite Befragung von Paul Lammers war erst am Freitag.«

Maria Ahlers ließ sich viel Zeit für ihre Reaktion auf Jans Erklärung. »Nun gut, wir beide wissen, dass Sie kein wirklicher Teil des Teams sind. Nur so viel: Hätte einer meiner Leute so agiert, wäre er oder sie von den Ermittlungen ausgeschlossen worden und hätte mit disziplinarischen Konsequenzen rechnen müssen. Für mich wird immer deutlicher, dass Ihr Einsatz hier nicht so verlaufen ist, wie wir uns das erwünscht hatten.«

»Werden Sie dem Staatsanwalt unsere Empfehlung weiterleiten?«, fragte Jan, ohne auf ihre Kritik einzugehen.

»Das habe ich noch nicht entschieden.« Maria Ahlers sah auf die Uhr. »Wir sehen uns dann nach der Vernehmung bei der Teamsitzung.« Sie stand auf und nickte Jan und Hanna zu, als sie neben ihr standen.

»Ich sag jetzt mal nichts dazu«, murmelte Hanna, als sie außer Hörweite waren.

»Sie ist sauer. Das ist verständlich, aber wenig professionell.«

»So kann man es auch beschreiben.«

Jan schloss die Tür ihres Büros auf, ging direkt auf den großen Bildschirm zu und stellte ihn an. Die Aufnahme lief bereits, aber es saß noch niemand am Vernehmungstisch.

»Sind wir heute mal pünktlich zugeschaltet?«, kommentierte Hanna die Bilder. »Oder gibt es zwei Vernehmungsräume?«

Jan kommentierte Hannas bissige Bemerkung nicht. Ihm war klar, dass sie bei der Rüge von Maria Ahlers kurz davor gewesen sein musste, den Raum zu verlassen und ihren Einsatz zu beenden. Bei Jan hatte es den gegenteiligen Effekt gehabt. Er brannte darauf, Paul Lammers und im besten Fall die drei Männer aus dem Chor zu vernehmen.

Im Raum tat sich was. Dennis Schlömer wurde von einem uniformierten Beamten hereingeführt, ihm folgte sein Anwalt Dr. Wenzel. Fünf Minuten später betraten Ralf Plagge und Nina Röttger den Raum. Plagge eröffnete die Vernehmung und betete die üblichen Erklärungen herunter.

»Mein Mandant möchte eine Aussage machen«, preschte der Anwalt vor, als Plagge gerade zur ersten Frage ansetzen wollte.

»Bitte«, sagte Plagge und lehnte sich auf seinem Stuhl zurück.

»Mein Mandant hat bezüglich seines Alibis falsche Angaben gemacht. Das ist aus Unkenntnis der Situation entstanden und auf den verständlicherweise hohen Stresspegel zurückzuführen. Er bittet dafür ausdrücklich um Entschuldigung.«

Plagge nickte und forderte den Anwalt durch eine Handbewegung auf weiterzusprechen.

Hanna grinste. »Jetzt wird es mal richtig spannend.«

»Mein Mandant hatte die Befürchtung, dass er mit dem Tod von Frau Kramer in Verbindung gebracht würde«, fuhr Dr. Wenzel fort. »Hinzu kommt, dass er sich zur fraglichen Zeit auf einer nicht ganz legalen Veranstaltung aufgehalten hat.«

»Sag ich doch«, warf Hanna ein.

»Er hat an einer Pokerrunde teilgenommen, bei der um hohe Summen gespielt wurde«, fuhr der Anwalt fort.

Hanna stieß einen Pfiff aus.

»Die Teilnehmer der Runde wären erfahrungsgemäß nicht so erfreut, wenn ihre Namen den Ermittlungsbehörden bekannt würden. Um es präziser zu formulieren: Mein Mandant hat um sein Leben gefürchtet, sollte er die Personen als Zeugen benennen müssen.«

»Was ist das denn für ein billiger Trick?«, entfuhr es Hanna.

»Abwarten«, meinte Jan, der sich sicher war, dass der Anwalt noch etwas zurückhielt.

»Allerdings ...«, fuhr Wenzel fort, »... ist mein Mandant zusammen mit seinem Freund unterwegs gewesen. Der besagte Freund war zwar kein Teilnehmer der Spielrunde, aber die ganze Zeit anwesend.«

»Name, Adresse«, forderte ihn Ralf Plagge auf.

Der Anwalt schob ein vorbereitetes DIN-A4-Blatt über den Tisch. »Hier finden Sie alles Notwendige. Herr Walter ist zu einer vollumfänglichen Aussage bereit.« Er holte tief Luft und lächelte. »Aber vielleicht darf ich erst mal die weitere Aussage meines Mandanten darlegen.« Wenzel hielt kurz inne. »Nach der Pokerrunde, die bis gegen zwei Uhr in der Nacht dauerte, sind mein Mandant und sein Freund von Osnabrück nach Geeste gefahren. Hier haben sie Frau Kramer tot in der Badewanne vorgefunden. In Panik hat sich mein Mandant zu einer fatalen Entscheidung hinreißen lassen. Zusammen mit seinem Freund hat er die Leiche außer Haus geschafft und … nun gut, den Rest brauche ich hier nicht weiter auszuführen.«

Ralf Plagge, der bisher geschwiegen hatte, beugte sich vor. »Was genau ist passiert?« Jan hörte der Stimme seines Kollegen an, dass er diese Wendung in der Aussage nicht erwartet hatte. Er klang frustriert und aggressiv.

»Mein Mandant und sein Freund Herr Walter haben den Leichnam in der Hase …« Der Anwalt brach ab und schien nach den richtigen Worten zu suchen.

»Entsorgt«, half Nina Röttger ihm aus. Sie schien, anders als ihr Kollege, weniger entsetzt über die Entwicklung zu sein, aber in ihrer Stimme schwang auch eine latente Aggressivität mit.

»Wenn Sie es so ausdrücken wollen«, sagte der Anwalt, der, wie Jan vermutete, bewusst den Satz abgebrochen hatte. »Herr Walter ist bereit, auch diese Aussage zu bestätigen. Meinem Mandanten und Herrn Walter ist inzwischen bewusst, dass sie sich strafbar gemacht haben. Allerdings weisen wir ausdrücklich den Vorwurf des Mordes zurück. Mein Mandant hat Frau Kramer nicht getötet. Im Übrigen ist Herr Walter auf dem Weg ins Kommissariat, um seine Aussage zu machen.«

»Wow!«, stieß Hanna hervor, die die Ausführungen des Anwalts aufmerksam verfolgt hatte. Jetzt sah sie Jan an. »Hältst du das für glaubwürdig?«

»Lass uns erst hören, wie die Kollegen reagieren.«

Ralf Plagge stellte einige Fragen, auf die der Anwalt allesamt eine Antwort parat hatte, und unterbrach daraufhin die Vernehmung.

Hanna stand auf und reckte sich. »Da wird jetzt nicht mehr viel passieren. Bleiben wir hier oder machen wir einen kleinen Spaziergang durch die Stadt? Ich könnte noch einen guten Latte gebrauchen.«

Jan schaltete den Bildschirm aus und folgte Hanna, die bereits an der Tür stand.

»Und?«, fragte Hanna. »Hast du damit gerechnet?«

Sie saßen im Außenbereich desselben Cafés, in dem Jan Hanna am Tag zuvor gefunden hatte. »Nein, nicht in dieser Form. Wenn der Zeuge seine Aussage bestätigt – und davon gehe ich mal aus – wird seine Aussage aber schwer zu widerlegen sein.«

»Und die Erpressung?«

»Die wird Schlömer sicher auch zugeben und die Hauptschuld auf Lisa schieben. Die kann sich ja nicht mehr wehren. Nützen wird es ihm nicht viel. Er wird auch deshalb vor Gericht kommen.«

»Du glaubst ihm also?«, hakte Hanna nach.

»Wir beide haben kein Motiv für ihn gefunden. Schlömer wird noch erklären müssen, warum er Tage nach der Tat in Lisa Kramers Haus eingebrochen ist. Der gefundene Teilabdruck konnte ihm zugeordnet werden. Aber vermutlich wird der Anwalt auch dafür eine Erklärung parat haben.«

»Das Handy nicht zu vergessen«, warf Hanna ein.

Jan nickte und wollte gerade antworten, als sich sein Handy bemerkbar machte. Er griff danach und las eine Nachricht von Nina Röttger.

»Kollegin Röttger schreibt, dass die Teamsitzung in einer Stunde beginnt.«

»Sieh an, hat die Chefin sie damit beauftragt?«, fragte Hanna.

»Vermutlich. Ein Zeichen, wo sie uns einordnet. Aber immerhin hat sie uns informiert.«

Hanna legte den Kopf in den Nacken und ließ sich mit geschlossenen Augen die Sonne ins Gesicht scheinen. »Ehrlich gesagt, finde ich es hier ganz angenehm.«

Zweiunddreißig

Hanna

Maria Ahlers eröffnete die Sitzung und fasste die neue Entwicklung kurz zusammen, bevor sie an Ralf Plagge übergab.

»Jannik Walter hat die Angaben von Dennis Schlömer beziehungsweise seines Anwalts bestätigt und zugegeben, dass er zusammen mit Schlömer bei der illegalen Pokerrunde in Osnabrück war und anschließend seinem Freund geholfen hat, die Leiche von Lisa Kramer in der Hase zu – ja sagen wir ruhig, wie es ist – zu entsorgen. Beide verweigern weitere Auskünfte über die Pokerrunde. Sie kennen nur die Vornamen der Männer und befürchten, Probleme mit ihnen zu bekommen, wenn sie weitere Informationen preisgeben.«

»Ist das nicht nur eine Finte?«, fragte Dirk Timmers.

»Wir werden die Handydaten von Jannik Walter noch auswerten und sehen, ob er zu der Zeit in Osnabrück eingeloggt war. Dennis Schlömer hatte kein Handy dabei, da das Voraussetzung für die Teilnahme an der Pokerrunde war. Angeblich war Jannik Walter dieser Umstand nicht bekannt. Er hat ja – laut Aussage – auch nicht an der Runde teilgenommen, sondern war lediglich anwesend. Ich habe mich bei Kollegen in Osnabrück erkundigt.

Das ist durchaus eine übliche Vorgehensweise in diesen Kreisen, um neue Teilnehmer zu akquirieren.«

»Hat Schlömer denn gewonnen?«, fragte ein Kommissar, an dessen Name sich Hanna nicht mehr erinnerte.

»Ja, das gehört wohl auch zur Masche, dass die Teilnehmer, die einen Gast mitbringen, gewinnen«, antwortete Plagge. »Es handelte sich zwar nur um tausend Euro, aber das scheint zu ziehen.« Er hielt kurz inne. »Um noch einmal auf Osnabrück zurückzukommen. Jannik Walter hat dem Zugriff auf sein Navigationssystem zugestimmt. Die beiden Männer waren mit seinem Wagen in Osnabrück. Achim hat es ausgelesen und bestätigt, dass zumindest Walters Auto zum fraglichen Zeitpunkt in Osnabrück stand und anschließend vor dem Haus von Lisa Kramer.«

Ein Raunen ging durch die Gruppe.

»Ja, die Daten im Navi sind schwer bis überhaupt nicht zu fälschen. Wir müssen im Moment wohl davon ausgehen, dass die beiden die Wahrheit sagen.«

»Warum hat Schlömer die Leiche in der Hase entsorgt?«, fragte einer der jüngeren Kommissare.

»Darauf haben wir aus meiner Sicht noch keine zufriedenstellende Antwort. Sein Anwalt hat von Panik gesprochen und der Angst, er würde für Lisa Kramers Tod verantwortlich gemacht werden«, sagte Maria Ahlers. »Ich gehe davon aus, dass er seine Rolle bei den *Only4you*-Aktivitäten vertuschen wollte. Außerdem steht noch im Raum, ob Nutzer der Plattform erpresst wurden – mutmaßlich von Denis Schlömer.«

Hanna räusperte sich hörbar. »Was hat Schlömer zu seinem Einbruch in Lisa Kramers Haus gesagt? Warum war er noch einmal da?«

»Er hatte einen Ring verloren und befürchtete, dass er im Haus liegen würde. Was nicht der Fall war, da die Kollegen der Spurensicherung ihn dann ja gefunden hätten.«

»Und wieso war er im Besitz von Lisas Handy?«, fragte Nina Röttger.

»Angeblich war das eine Strafmaßnahme«, sagte Ralf Plagge. »Er hat es ihr zwei Tage vor ihrem Tod abgenommen. Es war tatsächlich seitdem ausgeschaltet. Die Zeiträume stimmen überein. Es untermauert also seine Aussage.«

»Und Lisa Kramers Laptop?«, fragte ein weiterer Kriminalbeamter.

»Schlömer hat ihn entsorgt. Er hatte Angst, dass er wegen seiner Aktivitäten rund um die Plattform *Only4you* in Verdacht geraten würde. Der Laptop ist mit dem Hausmüll entsorgt worden. Wir haben keine Chance, den noch zu finden.«

»So sieht es leider aus«, übernahm wieder Maria Ahlers die Gesprächsführung. »Der Staatsanwalt hat die Vernehmung live verfolgt und ich bin anschließend mit ihm übereingekommen, dass er dem zuständigen Haftrichter vorschlägt, Dennis Schlömer aus der U-Haft zu entlassen.«

Ein erneutes Raunen schwebte durch den Raum.

»Der Staatsanwalt wird wegen Vertuschung einer Straftat Anklage gegen Dennis Schlömer erheben. Inwieweit Schlömer an einer oder mehreren Erpressungen beteiligt war, müssen wir ihm noch nachweisen«, sagte Maria Ahlers. »Ja, Kollegen, das ist ein Rückschlag. Nicht unser erster bei Ermittlungen und ganz sicher auch nicht unser letzter. Wir werden den Fall noch einmal vollkommen neu aufrollen müssen. Und damit fangen wir gleich heute an. Jede einzelne Zeugenaussage wird noch einmal geprüft und vor allem danach durchforstet, ob eine der Personen von Lisa Kramers Tätigkeit auf *Only4you* Kenntnis hatte. Ich weiß, das Thema stand bereits auf der Tagesordnung, aber die Ereignisse haben sich in den letzten Tagen überschlagen und alles wies auf Dennis Schlömer als Täter hin. Schlömer ist noch nicht aus dem Schneider, er steht weiter auf der Verdächtigenliste, aber uns fehlen im Moment Beweise und

Fakten, mit denen wir seine Einlassungen widerlegen könnten. Bei den weiteren Ermittlungen werden wir uns auf den Dalumer Chor konzentrieren, in dem Lisa Kramer viele Jahre gesungen hat und den wir bisher sträflich vernachlässigt haben. Alle neunzehn Mitglieder des Chors werden im ersten Schritt unter die Lupe genommen. Anschließend sehen wir weiter.« Sie warf einen Blick zu Ralf Plagge, dem man ansah, wie unangenehm ihm die Bemerkung war. Offensichtlich war er bereits von der SoKo-Leiterin über Hannas und Jans Ermittlungen zum Chor informiert worden. Maria Ahlers räusperte sich und fuhr fort. »Unsere Kollegen Will und de Bruyn haben eine weitere Person aufgetan, die mit Lisa Kramer in Verbindung stand. In Jugendtagen und aktuell kurz vor ihrem Tod. Paul Lammers wird noch heute vorgeladen. So weit erst mal. Rolf wird alle Kollegen im Detail informieren und die weiteren Ermittlungen koordinieren.«

Die SoKo-Beamten standen auf und verließen den Raum. Hanna und Jan blieben sitzen und sahen Maria Ahlers fragend an.

»Wenn Sie bereit für die Vernehmung sind, würde ich einen Streifenwagen losschicken, der Paul Lammers direkt zur Vernehmung abholt.« Sie sah auf die Uhr. »Vorausgesetzt, sie finden ihn. Vermutlich wird er noch bei Kunden oder auf einer Baustelle am Arbeiten sein.«

Hanna nickte Jan zu als Zeichen, dass er antworten solle.

»Wann wird der Haftprüfungstermin sein?«, fragte Jan.

»Von Dennis Schlömer? Vermutlich morgen. Warum fragen Sie?«

»Ich würde ihn gern noch kurz befragen. Können Sie das einrichten?«

»Ich denke, das wird sich morgen mit einplanen lassen.«

»Ansonsten sind meine Kollegin und ich selbstverständlich bereit, Paul Lammers noch heute zu vernehmen.«

»Was für ein Umdenken«, sagte Hanna, als sie zehn Minuten später in ihrem Büro saßen, um über die anstehende Vernehmung zu sprechen.

»Ich gebe zu, dass ich damit auch nicht gerechnet habe«, sagte Jan. »In spätestens einer Stunde sollte Paul Lammers hier sein. Wie gehen wir vor?«

»Wir lassen ihn erst mal erkennungsdienstlich behandeln und machen dann später selbst den DNA-Abstrich«, schlug Hanna vor.

Jan nickte. »Gute Idee.«

»Vorher lassen wir ihn eine Weile im Vernehmungsraum warten. Ein uniformierter Kollege bleibt bei ihm. Ich werde mit ihm sprechen, wie er sich verhalten soll. Keinen Kontakt, keine Fragen beantworten, einfach an der Tür stehen bleiben.«

»Können wir so machen. Wo ist Lammers Schwachpunkt?«

Hanna ging in Gedanken die beiden Zeugenbefragungen durch und Jans psychologisches Profil, das sie am Tag zuvor durchgelesen hatte.

»Seine Eltern beziehungsweise sein Vater. Er wird auf keinen Fall wollen, dass sein Vater erfährt, dass er nach Lea Uhlen nochmals in Verdacht kommt, eine Frau sexuell bedrängt oder vergewaltigt zu haben.«

»Guter Punkt.«

»Seine Zeit in Leer. Ich habe zwar noch keine Antwort aus Leer, aber ich versuche gleich, den Kollegen zu erreichen.« Hanna hatte am Sonntagnachmittag, als Jan am psychologischen Profil von Paul Lammers gesessen hatte, nach ungeklärten Vergewaltigungen in Leer und Umgebung gesucht und zwei Fälle gefunden, die von einem Leeraner Kollegen bearbeitet wurden. »Leer war seine Bewährungszeit. Wenn wir da noch etwas finden, würde ihn das in Bezug auf seine Eltern doppelt treffen.«

»Ja, versuche es noch mal. Ich mache mir ein paar Notizen zur Strategie, die wir dann gleich noch durchsprechen.«

Eineinhalb Stunden später betraten sie den Vernehmungsraum, in dem Paul Lammers seit zwanzig Minuten auf sie wartete. Jan bedankte sich bei dem Kollegen, der im Zimmer Wache gestanden hatte, und setzte sich auf einen Stuhl. Hanna folgte ihm.

»Guten Tag Herr Lammers. Ich sehe, man hat Ihnen etwas zu trinken gebracht. Haben Sie Hunger. Ich könnte …«

»Nein!«, fiel Paul Lammers ihm mit unverhohlener Wut ins Wort. »Was soll dieser ganze Mist hier? Stecken Sie dahinter?«

Hanna legte das Plastikröhrchen auf den Tisch und zog sich Latexhandschuhe über. »Sie haben den Beschluss gelesen? Ich mache jetzt bei Ihnen einen DNA-Abstrich.«

»Und wenn ich mich weigere?«, fuhr Lammers sie an.

»Dazu würde ich Ihnen nicht raten«, antwortete Hanna ruhig. »Das würde unweigerlich zu Zwangsmaßnahmen führen.«

Paul Lammers schwieg.

Hanna zog das Wattestäbchen aus dem Röhrchen. »Öffnen Sie bitte den Mund.«

Nach kurzem Zögern folgte Paul Lammers ihren Anweisungen. Hanna strich mit dem Stäbchen einmal an seinen Wangeninnenseiten vorbei und verschloss das Plastikröhrchen, bevor sie es sorgsam beschriftete.

»Wir haben noch ein paar Fragen an Sie«, sagte Jan.

»Ich habe Ihnen schon alles gesagt.« Lammers' Stimme war nicht mehr so fest wie zuvor. Sie schienen den ersten Widerstand gebrochen zu haben.

»Ihr Treffen mit Lisa Kramer. Können Sie uns noch einmal erzählen, wie es dazu kam?«

»Zufall«, sagte Lammers.

»Von beiden Seiten?«, fragte Jan weiter.

»Was sonst. Glauben Sie etwa, ich habe da nachgeholfen?«

»Haben Sie?«

»Nein, verdammt. Das war reiner Zufall.«

»Wer hat wen angesprochen?«

»Das weiß ich nicht mehr genau«, sagte Paul Lammers. »Warum ist das so wichtig? Ich habe ganz und gar nichts mit Lisas Tod zu tun. Das habe ich Ihnen auch schon mehrfach gesagt.«

»Dazu kommen wir später. Bleiben wir noch einmal bei Ihrem – wie Sie sagen – zufälligen Aufeinandertreffen. Haben Sie Lisa Kramer gleich wiedererkannt?«

»Ja, verdammt. Sie hatte sich doch nicht viel verändert.«

»Was haben Sie empfunden, als sie Lisa nach so langer Zeit wiedersahen?«

»Keine Ahnung. Das weiß ich nicht mehr.«

»Sie haben uns bei der letzten Befragung gesagt, dass Ihr Interesse an Lisa durch das Treffen wieder geweckt wurde.«

»Ja, das war auch so.«

»Hat Lisa Sie dazu ermuntert?«, fragte Jan.

»Keine Ahnung. Sie war ausgesprochen freundlich zu mir. Ja, mag sein, dass ich das geglaubt habe.«

»Worüber haben Sie gesprochen?«

Paul Lammers zuckte mit den Schultern. »Dies und das. Was wir so gemacht haben seit der Schulzeit, wo wir wohnen und solche Sachen.«

»Haben Sie sich auch über Ihre gemeinsame Zeit unterhalten und was danach geschah?«

»Nein.«

»Wir haben mit Lea Uhlen gesprochen«, warf Jan unvermittelt ein.

Lammers zuckte zusammen und starrte ihn erschrocken an.

»Sie erinnern sich an Lea?«

»Das war alles ein Missverständnis. Und ist lang geklärt.«

»Wie genau kam es zu diesem Missverständnis?«, fragte Hanna, deren Ton keinen Zweifel daran ließ, dass sie ihm nicht glaubte.

»Lea hat da was falsch verstanden. Wir hatten getrunken. Wie das so ist.«

»Wie muss ich mir das vorstellen?«, hakte Hanna nach.

»Es ist nichts passiert. Fragen Sie doch Lea.«

»Das haben wir«, übernahm wieder Jan. »Sie hat uns die ganze Geschichte erzählt.«

»Missverständnis würde ich das nicht gerade nennen«, fügte Hanna hinzu. »Das könnte man auch ganz anders bezeichnen.«

Paul Lammers schluckte schwer. Er blickte zwischen Hanna und Jan hin und her und schien zu überlegen, was Lea Uhlen ihnen erzählt haben könnte.

»Die Ereignisse beim Schützenfest stehen allerdings auf einem ganz anderen Blatt«, sagte Jan. »Kommen wir wieder zu Lisa und ihrem ersten Treffen. Was ge…«

»Ich weiß nicht«, fiel Hanna ihm ins Wort. »Ich würde gerne über Leer sprechen. Sie kennen Anja Block aus Nortmoor? Das ist ein kleiner Ort in der Nähe von Leer.« Hanna legte ein Foto einer jungen Frau auf den Tisch. »Vielleicht erinnern Sie sich? Bierfest in Nortmoor?«

Schlagartig wich jede Farbe aus Paul Lammers Gesicht. Er atmete schwer und schien kurz vor einem Kollaps zu stehen.

Jan schenkte ihm Wasser ein und reichte ihm das Glas. »Trinken Sie bitte. Und beruhigen Sie sich. Möchten Sie eine Pause?«

Lammers trank einen Schluck und schüttelte den Kopf.

Jan schob das Foto zur Seite. »Ich denke, wir sollten uns lieber über Lisa Kramer unterhalten. Wo waren wir stehen geblieben?« Jan hielt kurz inne. »Ja, bei ihrem ersten Treffen.

Die Frage stand im Raum, ob das Treffen so zufällig war, wie Sie es bisher angegeben haben.«

Paul Lammers schwieg.

»Herr Lammers. Haben Sie mich verstanden?«

Lammers nickte.

»War es ein zufälliges Treffen?«

Der junge Mann schüttelte den Kopf.

»Können Sie das bitte laut sagen«, forderte Jan ihn auf.

»Nein, ich hatte Lisa …« Er brach ab.

»Habe ich Sie richtig verstanden, dass das Treffen doch nicht so ganz zufällig war?«, fragte Jan nach.

»Ich wusste, dass Lisa da immer am Donnerstag einkauft.«

»Woher wussten Sie das?«

»Ich habe sie ein paar Wochen vorher zufällig gesehen. Und dann auch in der nächsten Woche.«

»Wie hat Lisa reagiert, als Sie sie angesprochen haben? Sie haben Sie doch angesprochen?«

Paul Lammers zögerte, nickte aber schließlich. »Ja. Sie war erst erschrocken, aber dann haben wir einen Kaffee zusammen getrunken. Das war ein gutes Gespräch. Sie hat sogar gelacht.«

»Haben Sie sich anschließend verabredet? Zu einem weiteren Treffen oder telefonisch?«

»Nicht so richtig«, gab der junge Mann zu. »Die Stimmung war wirklich gut. Es kam mir fast vor wie damals.«

»Ja, das kann ich verstehen. Die erste große Liebe vergisst man so schnell nicht. Und wenn man sich dann wieder begegnet, kann das schon etwas ganz Besonderes sein.«

»Ja, so war es.«

»Als Sie in den Folgetagen Lisa anriefen, wie war da die Stimmung?«, fragte Jan.

»Gut.«

»Worüber haben Sie mit Lisa gesprochen?«

»Dies und das.«

»Hat sie Ihnen Hoffnung gemacht?«

»Das waren gute Gespräche. Es muss doch nicht immer gleich um Liebe und so was gehen. Wir haben uns erzählt, wie der Tag so war und …« Paul Lammers verstummte.

»Haben Sie Lisa nach Ihrem Treffen im Supermarkt noch einmal gesehen?«

Paul Lammers schüttelte den Kopf.

»Können Sie das bitte laut sagen?«, forderte Jan ihn auf.

»Nein, wir haben uns nicht noch einmal getroffen. Und dann …« Er brach ab.

»Wie haben Sie erfahren, dass Lisa etwas zugestoßen ist?«

»Ein Kollege … er wohnt in Geeste … er hatte es gehört.«

»Wusste er den Namen von Lisa?«

»Nein, das nicht. Aber er sagte, sie … also Lisa … habe ihre Eltern bei einem Unfall verloren. Da war mir gleich klar, wer es sein musste.«

»Haben Sie Lisa vor ihrem Tod noch einmal gesehen?«, wiederholte Jan seine Frage.

Paul Lammers schwieg.

»Haben Sie?«

Der junge Mann sah auf. In seinem Gesicht spiegelten sich Trauer, Wut und Entsetzen. Seine Augen waren feucht, er atmete flach.

»Haben Sie Lisa vor Ihrem Tod noch einmal gesehen?«, wiederholte Jan die Frage zum dritten Mal.

Nach einer gefühlten Ewigkeit nickte Paul Lammers.

»Wo war das?«, fragte Jan mit ruhiger Stimme weiter.

»Vor ihrem Haus.«

»Wann war das?«

»Zwei Tage vorher.«

»Wo waren Sie, als Sie Lisa gesehen haben?«

»In dem Wäldchen.«

»Das Wäldchen in der Nähe von Lisas Haus?«

»Ja.«

»Und Lisa kam aus dem Haus?«

»Ja.« Paul Lammers antwortete jetzt wie in Trance.

»Wie lange standen Sie dort?«

»Eine Stunde, vielleicht zwei. Manchmal auch mehr.«

»Auch am Abend, als sie getötet wurde?«

Paul Lammers sah erschrocken auf. »Nein, da war ich zu Hause.«

»Kann das jemand bestätigen?«

Paul Lammers schüttelte den Kopf. »Meine Eltern waren zwei Tage nicht da. Nein, es kann niemand bestätigen.«

»Sie haben Lisa häufiger von dort beobachtet?«, fragte Jan weiter.

»Nicht beobachtet. Ich habe auf sie aufgepasst.«

»Warum mussten Sie auf Lisa aufpassen?«, fragte Jan.

»Sie hat doch …«

»Was hat Lisa?«

»Im Internet. Das war nicht gut. Ich habe die Fotos und Videos gesehen.«

»Wo haben Sie sie gesehen?«

»Bei einem Kumpel. Der hat es mir gesagt.«

»Kannte der Kumpel Lisa?«

Paul Lammers schüttelte den Kopf.

»Woher wusste Ihr Kumpel, dass Sie Lisa kannten?«

»Ein Foto. Ich hatte ein Foto in meinem Zimmer. Er hat es zufällig gesehen, als er mich abgeholt hat.«

»Wann war das?«

»Das ist schon eine Weile her?«

»Wochen oder Monate?«

»Zwei Monate vielleicht.«

»Sind Sie in Lisas Haus gegangen?«

Hanna hielt bei Jans entscheidender Frage die Luft an. Sie hatte sich in den letzten Minuten vollkommen ruhig verhalten. Lammers schien sie nicht wahrzunehmen. Er war ausschließlich auf Jan konzentriert.

»Waren Sie in Lisas Haus?«, wiederholte Jan die Frage.

»Nein«, antwortete Paul Lammers.

»Schauen Sie mich an, Paul.« Jan wartete, bis Paul Lammers aufsah. »Waren Sie in Lisas Haus?«

»Nein.« Er senkte wieder den Kopf. »Aber da war jemand.«

»Wo genau haben Sie jemanden gesehen.«

»Im Auto. Er saß im Auto.«

»War es ein Mann oder eine Frau?«

»Ein Mann.«

»Konnten Sie ihn gut sehen?«

Paul Lammers schüttelte den Kopf.

»Nein. Nur von hinten und der Seite.«

»An welchem Tag war das?«

Paul Lammers zuckte mit den Schultern. »Weiß ich nicht. Er war dreimal da. Erst ist er mir gar nicht so aufgefallen. Nur das Auto habe ich wiedererkannt.«

»Was für ein Auto war das?«

»Ein Golf. Ein Golf VII. Silber oder Grau.«

»Haben Sie das Nummernschild gesehen?«

»Nein.«

»Welche Haarfarbe hatte der Mann?«

»Dunkel. Braun oder schwarz.«

»Ist Ihnen irgendetwas an dem Auto aufgefallen?«

»Was denn?«, fragte Paul Lammers.

»Hatte das Fahrzeug irgendwelche Besonderheiten?«

»Nein. Ich glaube nicht.«

»Würden Sie den Mann wiedererkennen?«

»Weiß ich nicht.«

»Sie haben ihn dreimal gesehen. Wie lange stand das Auto immer da?«

»So eine halbe Stunde. Vielleicht etwas mehr.«

»Ist jemand aus- oder eingestiegen?«

»Nein.«

»Ist Ihnen etwas am Mann aufgefallen?«

Paul Lammers nickte. »Er hatte ein Fernglas.«

Dreiunddreißig

Jan

»Sie glauben, Paul Lammers sagt die Wahrheit?«, fragte Maria Ahlers, die die Vernehmung über Video verfolgt hatte.

Die SoKo-Leiterin stand mit Jan und Hanna in ihrem Büro. Sie schauten auf den Bildschirm, der den auf dem Stuhl zusammengesunkenen Paul Lammers zeigte. Ein uniformierter Beamter stand neben ihm an der Wand.

»Meine Erfahrung sagt mir, dass er uns in den wesentlichen Punkten nicht angelogen hat«, antwortete Jan. »Dazu war er gar nicht in der Lage. Eigentlich hätte ich die Vernehmung abbrechen müssen. Als von dem Bierfest in Nortmoor die Rede war, wäre er beinahe zusammengebrochen.«

»Es ist ja gut gegangen«, sagte Maria Ahlers. »Ich bin mir nur nicht sicher, ob der große Unbekannte nicht ein Ablenkungsmanöver von Lammers ist. Jeder Zweite fährt doch einen Golf.«

»Hans Lünnemann zum Beispiel«, warf Hanna ein. »Sein Golf ist Silber. Und der von Thorsten Böhmer ist grau metallic.«

»Wir sollten Lammers weiter unter Druck setzen«, schlug Maria Ahlers vor. »Die Pause war aus meiner Sicht ein großer Fehler.«

Jan hatte den Bildschirm während ihres Gespräches nicht außer Acht gelassen. Paul Lammers hatte inzwischen den Kopf auf den Tisch gelegt, die Arme hingen schlaff nach unten. Sein Körper zuckte in regelmäßigen Abständen.

»Wir müssen sofort einen Notarzt verständigen«, sagte Jan, wandte sich ab und lief auf die Tür zu.

»Psychiatrie?«, fragte Hanna.

»Der Druck während der Vernehmung hat einen psychischen Schock ausgelöst. Lammers war nicht mehr ansprechbar und ist nach Haselünne gebracht worden. Die Klinik dort hat eine psychiatrische Abteilung. Eine halbe Stunde Fahrt. Er sollte inzwischen vor Ort sein.«

»Damit haben wir erst mal keinen Zugriff mehr auf ihn«, sagte Maria Ahlers, in dessen Büro sie sich nach der Abfahrt von Paul Lammers mit dem Rettungswagen getroffen hatten.

»Dann sollten wir uns jetzt auf die drei Männer im Chor konzentrieren und auf den Chorleiter«, sagte Jan. Er machte sich Vorwürfe, dass er die Vernehmung von Paul Lammers nicht eher abgebrochen hatte. Er hätte die Symptome erkennen und handeln müssen. »Aber das haben Sie ja bereits in der Besprechung so vorgegeben.«

»Ich würde sogar dafür plädieren, dass alle Chormitglieder nach Lingen vorgeladen werden«, sagte Hanna. Sie wandte sich an Maria Ahlers. »Was meinen Sie?«

Die SoKo-Leiterin zögerte lange, bevor sie den Kopf schüttelte. »Ich sehe noch nicht die Notwendigkeit für eine solch große Aktion. Wir werden uns zunächst ausführlich mit allen Chormitgliedern beschäftigen und erst dann entscheiden, was der richtige Weg ist.« Sie warf Jan einen Blick zu. »Sie sollten für heute lieber Schluss machen. Wir sehen uns morgen zum Meeting um neun Uhr.«

»Ich fahre«, sagte Hanna, als sie auf das Wohnmobil zugingen.

Jan stieg schweigend ein. Er war froh über die Pause. Paul Lammers Vernehmung hatte ihn viel Kraft gekostet. Dass der junge Mann am Schluss einen Nervenzusammenbruch erlitten hatte, war auch sein Verschulden. Sollte es zu einem Nachspiel kommen, würde er die Konsequenzen tragen.

Hanna startete den Motor und lenkte das Wohnmobil vom Parkplatz auf die Straße. Jan sah aus dem Seitenfenster, nahm aber die Umgebung kaum wahr. Schließlich schloss er die Augen und ging in Gedanken noch einmal die Vernehmung durch. Wo hatte er den Bogen überspannt? Er hatte geahnt, wie sehr Paul Lammers unter Druck stehen musste und trotzdem zugestimmt, dass Hanna ihn mit dem Bierfest in Nortmoor konfrontierte. Die Informationen und das Foto hatte Hanna eine Dreiviertelstunde vor der Vernehmung aus Leer bekommen. Die Reaktion von Lammers war eindeutig gewesen. Wenn er nicht selbst der Vergewaltiger war, wusste er zumindest von der Tat. Die Kollegen in Leer würden bald bei Paul Lammers vorstellig werden. Sollte sich die Täterschaft bewahrheiten und es zum Prozess kommen, wäre die Chance groß, dass Lea Uhlen ihre Meinung ändern und Lammers erneut anzeigen würde. Aber das alles war nicht ihr Fall.

Jan öffnete die Augen. »Wo fährst du hin? Sind wir nicht schon am Stellplatz vorbei?«

»Ich habe uns in Meppen eine Suite in dem Hotel gebucht, in dem wir schon übernachtet haben. Ich dachte, wir brauchen einen kleinen Ortswechsel und ich wollte unbedingt noch die Badewanne ausprobieren.«

Jan nickte. Hanna hatte intuitiv gespürt, dass er Abstand zum Tatort brauchte. Meppen war neutrales Gebiet. Dennis Schlömer saß immer noch in U-Haft und würde frühestens morgen nach dem Haftprüfungstermin entlassen.

»Wir bestellen eine Pizza und machen es uns in der Suite gemütlich.«

»Hast du dieselbe Suite bekommen?«

»Darauf habe ich bestanden.«

»Wann hast du das gemacht?«, fragte Jan.

»Als du vorhin auf der Toilette warst.«

»Danke. Ich brauche wirklich etwas Abstand.«

»Ich weiß.« Hanna sah grinsend zu Jan. »Welchen Wein bevorzugt der Herr zur Pizza? Ich habe in Meppen einen Weinladen gesehen, der sollte eine große Auswahl haben.«

»Hast du keinen Hunger?«, fragte Hanna mit Blick auf Jans Pappschachtel.

Sie saßen im Bett, die Pizzaschachtel auf den Knien und das Weinglas in der Hand. Jan griff nach einem weiteren Stück Pizza und biss ab. »Schmeckt gut.« Er trank einen kräftigen Schluck Weißwein. Hanna hatte sich für einen italienischen Pinot grigio entschieden, von dem Jan wusste, dass er weit über dreißig Euro kostete.

»Schon in Ordnung«, sagte Hanna, die Jans Blick zur Flasche bemerkt haben musste. »Ich dachte, der teuerste ist sicher auch gut.«

Jan schmunzelte. »In diesem Fall hast du richtiggelegen.«

»Ich habe übrigens vorhin mit dem Notarzt gesprochen. Lammers ist in Haselünne gut aufgehoben, hat er gemeint. Der Notarzt schätzt die Lage nicht als dramatisch ein. Lammers sollte in ein paar Tagen wieder auf dem Damm sein.«

»Das wird sicher länger dauern«, murmelte Jan.

»Wie lange?«

»Wochen, Monate, Jahre. Ich weiß nicht, was sich alles bei ihm aufgestaut hat. Sein ganzes Leben ist von heute auf morgen zusammengebrochen oder wird noch zusammenbrechen. Vermutlich steht da bald kein Stein mehr auf dem anderen.«

»Großes Mitleid habe ich nicht für einen Vergewaltiger und Stalker«, warf Hanna ein.

»Aber vielleicht mit dem Menschen Paul Lammers.«

»Das halte ich lieber von mir fern«, sagte Hanna. »Und du solltest es tunlichst auch tun.«

»Wenn es so einfach wäre …«

»Ist es! Und jetzt wechseln wir das Thema. Ich hätte gar nicht davon anfangen sollen. Sorry, mein Fehler.« Hanna zeigte auf Jans Pizzaschachtel. »Ein Stück geht noch. Und halte dich mit dem Wein etwas zurück. Die hatten nur noch zwei Flaschen im Laden. Okay, wir können auch später noch in die Hotelbar. Aber …«

Jan griff nach einem weiteren Stück Pizza. »Das wird nicht nötig sein.«

»Du solltest endlich mal schlafen«, sagte Hanna halblaut. »Morgen wird sicher ein anstrengender Tag.«

Jan drehte sich auf die andere Seite und sah Hanna im Schein der Straßenlaterne, die in der Nähe des Hotelfensters stand, an. »Einfacher gesagt als getan.«

»Schafe zählen?«

Jan musste unwillkürlich schmunzeln. »Das habe ich immer George vorgeschlagen, wenn er nicht einschlafen konnte.«

»Hat es geholfen?«

»Nein. Ich musste dann noch eine Geschichte und noch eine vorlesen, bis er endlich eingeschlafen war. Ich glaube, die meisten davon kann ich immer noch auswendig.«

»Wer weiß, vielleicht brauchst du sie ja noch einmal.«

Jan zog die Augenbrauen hoch. »Das glaube ich nicht.«

»Wie war das noch bei James Bond?«

»Sag niemals nie«, antwortete Jan. »Ja, vielleicht sollte ich mich als nächster Bond bewerben. Suchen die nicht gerade?«

»Ehrlich gesagt habe ich nie einen der Filme gesehen. Du?«

»Einen. Mit Sean Connery. Ich glaube sogar, es war der mit dem besagten Titel.«

»Hat Bond die Welt gerettet?«, fragte Hanna.

»Davon gehe ich aus. Ich kann mich nicht mehr erinnern.«

»Die Bösen haben sicher ihr Fett wegbekommen.«

»Film halt.«

Hanna schob sich etwas näher an Jan heran und strich ihm mit der Hand über die Wange. »Wir sollten jetzt wirklich schlafen.«

»Ja, das sollten wir wohl.« Er schmunzelte. »Hatte ich dir eigentlich erzählt, dass die Lingener Kollegen sich den Mund über uns zerreißen. Von wegen: Wir hausen zusammen im Wohnmobil und so weiter.«

»Nein, hast du nicht. Plagge?«

»Wer sonst«, sagte Jan.

»Und das hat er dir so unter die Nase gerieben.«

»Keine Angst, das macht er nicht noch einmal.«

»Ich kann mir gut vorstellen, wie du ihm gekontert hast. Ist er rot geworden?«

»Ich glaube schon.«

Hanna schmiegte sich an Jan an. »Gute Nacht, mein Held.«

Jan betrat den Raum im Amtsgericht, in dem Dennis Schlömer zusammen mit einem uniformierten Beamten auf seine Haftprüfung wartete. Jan nickte dem Beamten zu, der daraufhin den Raum verließ.

»Guten Tag, Herr Schlömer. Sie erinnern sich an mich?«

Schlömer nickte. »Ich sage nichts ohne meinen Anwalt.«

»Das hier ist ein inoffizielles Treffen. Ich nehme nichts auf und protokolliere auch nichts. Ich persönlich bin der Überzeugung, dass Sie Frau Kramer nicht getötet haben. Um den wahren Täter zu finden, brauche ich aber Ihre Unterstützung.«

»Nicht mein Problem«, erwiderte Schlömer.

»Oh doch, sollte der oder die Täter nicht gefunden werden, wird immer etwas an Ihnen hängen bleiben. Glauben Sie mir, es ist besser, wenn absolut klar ist, dass Sie nichts mit der eigentlichen Tat zu tun haben.«

Dennis Schlömer zögerte lange, seufzte schließlich. »Was wollen Sie wissen?«

»Sie haben zugegeben, an der Erpressung von Hans Lünnemann beteiligt gewesen zu sein.«

»Ich wusste davon und habe Lisa nicht davon abgehalten. Mehr nicht.«

»Okay. Meine Frage ist: Ist Herr Lünnemann noch ein weiteres Mal erpresst worden?«

»Nein, das hätte ich mitbekommen.«

»Danke. Meine zweite Frage wäre: Hat Lisa noch andere Personen erpresst? Personen aus ihrem persönlichen Umfeld, die ebenfalls ihren Account gebucht hatten.«

»Wer sollte das gewesen sein?«, fragte Dennis Schlömer.

»Weitere Männer aus dem Chor zum Beispiel.«

Schlömer zögerte mit der Antwort. Er schien darüber nachzudenken, ob Lisa Kramer an ihm vorbei eigenständig weitere Männer erpresst hatte.

»Gab es denn noch weitere Typen wie diesen Chorleiter?«, fragte Schlömer.

»Das war meine Frage an Sie«, entgegnete Jan.

»Glaube ich nicht, dass da etwas war. Nein, ganz bestimmt nicht. Sie hätte mir davon erzählt. Alleine hätte sie das sowieso nicht durchgezogen. Das wäre …« Er brach ab und schien doch nicht ganz sicher zu sein. Jetzt sah er Jan irritiert an. »Wissen Sie denn etwas darüber?«

»Hat Lisa von den anderen Chormitgliedern etwas erzählt?«

»Ich wusste doch erst gar nicht, dass sie da wieder hin ist. Das habe ich erst …« Er stutzte und schien bemerkt zu haben, dass er mehr gesagt hatte, als gut war.

»Das Gespräch bleibt komplett unter uns«, beruhigte ihn Jan. »Es gibt keine Aufnahme und keine Zeugen. Sie können sich auf mich verlassen.« Er hielt kurz inne. »Zwei Fragen habe ich noch: Hatte Lisa, als sie aus dem Chor ausgestiegen ist, schon mit *Only4you* angefangen?«

Dennis Schlömer nickte. »Ja, sie war da schon einige Monate dabei.«

»Warum hat Lisa mit dem Chor aufgehört?«

»Das weiß ich nicht. Ich habe sie nicht dazu gezwungen, wenn Sie das meinen. Das war ihr eigener Entschluss. Ich habe sie sogar zu den Proben gefahren und wieder abgeholt. Lisa war es ganz wichtig, dass sie weitergesungen hat. Deshalb habe ich sie doch auch unterstützt.«

»Ist etwas vorgefallen im Chor?«

»Ich weiß es nicht. Wirklich nicht.«

»Okay. Dann habe ich nur noch eine Frage. Warum waren Sie noch einmal bei Lisa im Haus?«

»Ach, ich dachte, ich hätte da etwas im Badezimmer vergessen. Ich wollte doch nicht …«

In diesem Augenblick betrat sein Anwalt den Raum. »Was ist das hier bitte? Vernehmen Sie Herrn Schlömer ohne meine Anwesenheit?«

»Wir haben uns nur nett unterhalten«, sagte Jan und stand auf.

»Alles gut«, sagte Dennis Schlömer zu seinem Anwalt. »Ist schon in Ordnung.«

Jan nickte Dennis Schlömer zu. »Viel Erfolg beim Haftrichter. Und vielen Dank noch einmal.«

Vierunddreißig

Hanna

Jan stieg aus dem Taxi aus, das ihn vom Amtsgericht zurück zur Polizeiinspektion gebracht hatte. Hanna wartete bereits vor dem Kommissariat auf ihn.

»Und? Hast du etwas herausbekommen?«, fragte Hanna.

»Schwer zu sagen. Ich glaube schon. Lass uns erst mal ins Büro gehen.«

Kurz darauf saßen sie in ihrem Büro, nachdem sie sich noch einen Kaffee besorgt hatten. Jan berichtete, was er von Dennis Schlömer erfahren hatte.

»Kannst du damit etwas anfangen?«, fragte Hanna.

»Schlömer war die treibende Kraft bei der Erpressung. Wir haben weder im Haus noch auf Lisas Konto zehntausend Euro gefunden.«

»Bei Schlömer auch nicht«, warf Hanna ein.

»Du erinnerst dich, was er in Osnabrück gemacht hat? Er wird das Geld ausgegeben oder verspielt haben. Oder er hat irgendwo ein Schließfach. Die Kollegen werden das schon finden.« Jan hielt kurz inne. »Ich glaube nicht, dass Lisa jemanden um Geld erpresst hat. Es muss um etwas anderes gegangen sein.«

»Warum nicht? Vielleicht wollte sie sich von Schlömer trennen und brauchte dafür das Geld.«

»Nach allem, was wir von Lisa wissen, wäre eine solche Erpressung für sie moralisch nicht in Ordnung gewesen. Sie wird als bodenständig, ehrlich und verantwortungsvoll beschrieben. Ich glaube, wir sollten mehr darüber nachdenken, warum Lisa den Chor so plötzlich verlassen hat. Das muss einen Grund gehabt haben. Ich glaube Dennis Schlömer, dass er keinen Druck auf Lisa ausgeübt hat, damit sie den Chor verlässt. Ihm war klar, dass er sie nicht komplett von der Außenwelt isolieren konnte. Der Chor war gut kontrollierbar und bedeutete keine Gefahr für Schlömer. Im Gegenteil: Schlömer wusste, dass Lisa dadurch psychisch stabiler war und länger durchhalten würde.«

»Ich verstehe noch nicht ganz, worauf das hinausläuft.«

»Wenn Lisa die drei Männer nicht erpresst hat – vorausgesetzt, wir liegen nicht vollkommen falsch mit unseren Annahmen –, also wenn es nicht um Geld ging, um was ging es dann?«

Hanna nickte. »Die drei haben sie belästigt oder sogar …«

»… vergewaltigt«, ergänzte Jan.

»Und warum hat Lisa sie nicht angezeigt?«

»Stell dir ihre Situation vor: Sie präsentiert sich nackt im Internet, chattet mit Kunden und erfüllt ihnen Privatwünsche, die unter Umständen auch schon unter Pornografie fallen könnten. Das alles würde öffentlich werden in einem Strafverfahren, in dem die Männer ihre Unschuld beteuern. Aber würden sie sich selbst anzeigen, wäre das eine ganz andere Geschichte. Sie würden verurteilt ohne allzu viele Prozesstage und ohne den Versuch, Lisa als Prostituierte abzustempeln, die ihren Freiern eins auswischen will.«

»Du meinst, Lisa hat den drei Männern die Pistole auf die Brust gesetzt: Entweder gehen sie selbst zur Polizei – was ihnen auch Pluspunkte einbringen würde – oder sie zeigt sie an?« »Das wäre natürlich ein starkes Motiv für die Tat«, sagte Hanna. »Aber wir brauchen Beweise.«

»Als Erstes sollten wir mit Maria Ahlers sprechen.«

»Und was schlagen Sie vor?«, fragte Maria Ahlers, nachdem sie die letzten zehn Minuten Jans Ausführungen zugehört hatte.

»Die SoKo vernimmt, wie wir schon gestern vorgeschlagen haben, alle Chormitglieder. Das sollte im Laufe des morgigen Tages möglich sein. Am Donnerstag kommen dann Böhmer, Klumper und Meyer an die Reihe. Wir vernehmen sie nacheinander oder auch parallel. Einer von ihnen wird den Druck nicht aushalten und anfangen zu reden. Und sei es auch nur eine kleine Einlassung oder eine widersprüchliche Aussage – es wird reichen, um einen Keil zwischen die Männergruppe zu treiben. Wir werden bei den Befragungen der anderen Chormitglieder Hinweise bekommen, die wir nutzen können. Irgendjemand muss wissen oder ahnen, weshalb Lisa Kramer so abrupt den Chor verlassen hat.«

Maria Ahlers ließ sich viel Zeit mit einer Antwort und schien in Gedanken Jans und Hannas Vorschläge noch einmal durchzugehen. Schließlich nickte sie. »Ich muss mit dem Staatsanwalt sprechen, bevor ich eine Entscheidung treffen kann. Die ganze Aktion wird reichlich Staub aufwirbeln. Wir werden neunzehn unbescholtene Bürger ins Kommissariat vorladen und sie vernehmen. Das lässt sich nicht geheim halten.«

»Das ist richtig«, sagte Jan.

»Wir haben nur die eine Chance. Sollten wir an diesen zwei Tagen leer ausgehen, wird es verdammt schwierig werden, noch etwas aus dem Kreis der Chormitglieder zu erfahren. Einmal ganz abgesehen davon, was ich von der Staatsanwaltschaft zu hören bekommen würde.« Maria Ahlers fixierte Jan. »Ist Ihnen das Risiko bewusst?«

Jan nickte. »Ich kann natürlich nicht dafür garantieren, dass weder Dennis Schlömer noch Paul Lammers etwas mit dem Tod von Lisa Kramer zu tun haben. Ich vermisse bei beiden aber das Motiv für einen Mord. Totschlag im Affekt vielleicht, aber ein eiskalter, geplanter Mord passt nicht. Weder bei Schlömer noch bei Lammers.«

»Ich hatte das schon verstanden, Kollege de Bruyn«, sagte Maria Ahlers leicht verschnupft. »Es ändert aber nichts an meiner Einschätzung und daran, dass ich nicht hundertprozentig von der Strategie überzeugt bin. Und letztlich trage ich die Verantwortung und muss für die Aktion geradestehen. Ich kann nur hoffen, dass Sie beide richtigliegen.«

Eine halbe Stunde später bekam Jan eine Nachricht von Maria Ahlers aufs Handy. Der Staatsanwalt hatte zugestimmt und die Vorladungen ausgestellt. Die Planung für den nächsten Tag lief auf Hochtouren.

»Es wurde auch Zeit«, sagte Hanna, als Jan ihr die Nachricht vorgelesen hatte.

Jan nickte lediglich und konzentrierte sich weiter auf die Recherchen. Hanna und er hatten sich Böhmer, Klumper und Meyer ein weiteres Mal vorgenommen, um die Vernehmungen vorzubereiten. Hanna hatte herausgefunden, dass nicht nur Thorsten Böhmer einen Golf fuhr, sondern auch Daniel Klumper. Allerdings war Klumpers Fahrzeug weiß und ein älteres Golf-Modell. Sollte Paul Lammers das Fahrzeug in der Dämmerung oder den späten Abendstunden beobachtet haben, wäre eine Verwechslung durchaus möglich.

Hanna recherchierte auch weiter zu Thorsten Böhmer, rief bei der Firma an, bei der Böhmer seine Ausbildung gemacht hatte, und wurde zum Seniorchef durchgestellt, der nur noch wenige Stunden in der Woche im Betrieb aushalf.

»Thorsten Böhmer, natürlich erinnere ich mich an ihn. Wie ich mich an alle Lehrlinge erinnere.« Heinz Hoppe lachte kurz auf. »Bis jetzt zumindest noch, aber ich muss zugeben, dass mein Gedächtnis nachlässt. Aber gut, deshalb haben Sie nicht angerufen.« Hoppe hielt kurz inne. »Ist Thorsten in Schwierigkeiten oder weshalb rufen Sie an?«

»Herr Böhmer ist ein Zeuge in einer wichtigen Ermittlung und da ist es normal, dass wir den Hintergrund des Zeugen etwas durchleuchten.«

»Verstehe. Nun gut, was gibt es über Thorsten zu sagen? Fachlich hat er sich seinerzeit sehr gut entwickelt – anders als so mancher Lehrling heutzutage. Sie können sich gar nicht vorstellen, was unsereins so erlebt. Die können doch manchmal kaum ein Wort richtig schreiben und man kann froh sein, wenn sie schon mal etwas vom Dreisatz gehört haben. Ich verstehe nicht, was da in der Schule los ist.«

»Herr Böhmer hat sich also als Auszubildender gut bei Ihnen eingelebt?«, versuchte Hanna das Thema wieder auf ihr eigentliches Anliegen zu lenken.

»Fachlich, habe ich gesagt. Menschlich hatte er so seine Probleme. Nun gut, die Jungs sind jung, wenn sie bei uns anfangen. Da muss sich noch vieles zurechtrücken. Einfügen in die Gemeinschaft war nicht so Thorstens Sache. Er machte seine Arbeit, sogar gut bis sehr gut, aber wenn es um die Kollegen ging, hat er schon hin und wieder über die Stränge geschlagen.«

»Was genau muss ich mir darunter vorstellen?«

»Er konnte sich nicht unterordnen. Lehrjahre sind nun mal keine Herrenjahre. Den Spruch kennen Sie bestimmt auch. Er ist alt, ich weiß, aber er trifft immer noch zu. Wer nicht weiß, wo sein Platz ist, bekommt über kurz oder lang Probleme. Ist das nicht schon immer so gewesen?«

»So könnte man es formulieren«, sagte Hanna, um den alten Herrn nicht zu verärgern.

»Thorsten hat gerne mal ein großes Wort geführt und andere damit angestachelt. Schön und gut, aber wenn man keine Ehre im Leib hat, geht das nach hinten los. Verstehen Sie mich nicht falsch, ich war nie von oben herab und habe immer alle Mitarbeiter fair behandelt. Aber einer muss nun mal sagen, wo es langgeht. So ein Betrieb ist kein Kindergarten, wo alle durcheinander schreien können und das bekommen, was sie gerade wollen. Verstehen Sie, was ich meine?«

»Durchaus.«

»Thorsten hat – ich glaube, heute nennt man das die Grenzen austesten – nie seinen Sabbel gehalten, sondern wusste immer alles besser. Das kann schon anstrengend sein. Nun gut, ich habe selbst fünf Kinder großgezogen und wusste, wie man mit rebellischen Jugendlichen umgeht. Wie gesagt, fachlich gab es nie etwas zu meckern. Im Gegenteil, ich konnte ihm schon früh schwierige Arbeiten anvertrauen und sicher sein, dass er sie erledigen würde. Das hat schon seinen Wert, liebe Frau Kommissarin.«

»Da stimme ich Ihnen voll und ganz zu«, sagte Hanna. »Verstehe ich das richtig, dass Thorsten Böhmer wenig einfühlsam war?«

»Ja, das ist richtig. Er eckte schnell an bei den Kollegen, vor allem bei denen, die schon länger in der Firma waren. Und dann kam noch was dazu …«

Hanna wartete, ob der Seniorchef weitersprechen würde, und fragte nach einer kurzen Pause nach. »Was war das?«

»Thorsten war ein Weiberheld. So nannten wir das früher. Wir hatten damals als einer der ersten Betriebe auch zwei Frauen als Lehrlinge. Das war zu dem Zeitpunkt, als Thorsten bereits ein Jahr bei uns als Geselle arbeitete. Um es direkt zu sagen: Er konnte seine Finger nicht von den Frauen lassen. Erst war er mit der einen zusammen, dann hat er sie mit der anderen betrogen. Was das für ein Drama in der Firma war, können Sie sich sicher vorstellen. Ich war kurz davor, Thorsten an die Luft zu setzen. Glauben Sie mir, das ist mir in meiner ganzen Laufzeit nicht ein zweites Mal passiert.«

»Aber Herr Böhmer blieb weiter in Ihrer Firma?«

»So ist es. Eins der Mädels hat ihren Ausbildungsplatz gewechselt. Ich habe ihr das vermittelt. Sie war leider nicht davon abzubringen. Die andere ist geblieben, aber wollte später nicht bei uns weiterarbeiten. Das ist bitter, glauben Sie mir. Man steckt viel Arbeit und Herzblut in die Ausbildung der jungen Leute und wenn man dann etwas zurückbekommen könnte, gehen sie zur Konkurrenz.«

Hanna ließ sich die Namen der beiden Frauen geben und bedankte sich bei Heinz Hoppe für seine Offenheit und das Gespräch.

Hanna suchte nach den Frauen in den Datenbanken, fand beide und rief Nadine Lohmann an, die in der Ausbildungszeit den Betrieb gewechselt hatte. Die Frau war inzwischen, wie Hanna am Telefon erfuhr, verheiratet und hatte zwei Kinder.

»Thorsten Böhmer, natürlich erinnere ich mich. Sie haben mit Herrn Hoppe gesprochen?«

»Ja, er gab mir freundlicherweise Ihren Namen und hat angedeutet, dass es seinerzeit ein Problem zwischen Ihnen und Thorsten Böhmer gab.«

Die Frau lachte auf. »So hat der alte Hoppe das ganz sicher nicht formuliert. Habe ich recht? Er ist doch einer, der die Dinge beim Namen nennt. Sie brauchen mich nicht zu schonen. Das ist alles lange her und mehr oder weniger vergessen.«

»Möchten Sie mir davon erzählen?«

»Ich war dumm und naiv. Thorsten sah gut aus, war älter und selbstbewusst. Ein Leader, würde man heute sagen. Er hat mich ratzfatz rumgekriegt. Mein erster richtiger Freund. Innerhalb von drei Wochen hatte er mich im Bett. Für mich war das eine komplett neue Welt, ich war über beide Ohren in ihn verknallt und hätte wer weiß was für ihn gemacht. Ich will offen sein: Er konnte nicht genug Sex bekommen und hat mich sogar dazu gebracht, dass wir es auf der Toilette in der Firma machten. Wie peinlich das war. Wenn ich nur daran denke. So ging es dann weiter. Thorsten hat gesagt, wo es langgeht und ich dumme Kuh habe alles gemacht, was er so wollte.« Nadine Lohmann legte eine kurze Pause ein. »Fast alles.«

»Darf ich fragen, was Sie nicht mitgemacht haben?«

»Wenn Sie es für sich behalten. Es ist wirklich sehr privat.«

»Darauf können Sie sich voll und ganz verlassen. Ich arbeite auch in einem Männerberuf, war sogar Berufssoldatin. Mir ist schon klar, wie schwierig das manchmal ist.«

»Berufssoldatin, verrückt, darüber habe ich damals auch nachgedacht, es dann aber auf Abraten meiner Eltern nicht gemacht. Vielleicht auch besser so.« Sie hielt kurz inne. »Ja, was ist damals passiert. Thorsten wollte, dass einer seiner Kumpel zusieht, wenn wir miteinander schlafen. Er hat mich so unter Druck gesetzt, dass ich dann nachgegeben habe. An dem Wochenende, an dem es passieren sollte, war ich so durcheinander, dass ich nichts mehr auf die Reihe bekommen habe. Ich wollte ihm sagen, dass ich das nicht will und mit ihm in Ruhe darüber sprechen, aber dann … Was soll ich sagen, am Schluss kamen zwei von seinen Freunden und Thorsten fing an, an mir herumzufingern. Es war Hochsommer und ich hatte sowieso nur wenig an. Als er mir dann das T-Shirt ausgezogen hat und gerade meinen BH öffnen wollte, bin ich aufgesprungen und habe es irgendwie geschafft, aus seiner Wohnung rauszukommen. Sogar mit T-Shirt. Das war natürlich das Ende. Nicht, weil ich es so wollte. Für Thorsten war das eine absolute Blamage vor seinen Kumpels. Er hat nicht sofort Schluss gemacht, sondern mich am langen Arm verhungern lassen. Und mich zu guter Letzt mit meiner Kollegin, die zu dem Zeitpunkt meine beste Freundin war, betrogen. Ich bin zusammengebrochen, war drei

Wochen nicht mehr bei der Arbeit und dann hat mir Heinz Hoppe eine andere Ausbildungsstelle besorgt. Dafür bin ich ihm noch heute dankbar.«

»Wissen Sie, wer die zwei Freunde waren?«

»Ja, wir waren ihnen schon früher begegnet. An die Vornamen erinnere ich mich noch. Warten Sie … ich glaube Daniel und Carsten. Sagt Ihnen das was?«

Fünfunddreißig

Jan

»Wie sieht es bei dir aus?«, fragte Jan, als Hanna ihren Laptop zuklappte und aufstand.

»Ich komme gut voran und habe ein paar interessante Informationen. Aber das erzähle ich dir später. Ich muss jetzt kurz los. In einer Dreiviertelstunde bin ich zurück.«

»Worum geht es?«

»Später«, sagte Hanna und strich Jan beim Vorbeigehen über die Schulter. »Ich muss jetzt los.«

Jan ging zum Fenster und sah, wie Hanna in ein Taxi einstieg, das offensichtlich schon auf sie gewartet hatte. Er zuckte mit den Schultern und setzte sich wieder auf seinen Platz. Zu Daniel Klumper, dem Maurer, hatte Jan nur wenig mehr gefunden. Er hatte mit dem Opfer der Schützenfestschlägerei gesprochen. Horst Lampert hatte Klumper schon vorher gekannt, war aber nicht mit ihm befreundet gewesen. Der Anlass der Schlägerei war eine Lappalie gewesen. Lampert bezeichnete Klumper als Choleriker und einfältigen Menschen, der im Kreise seiner beiden Freunde groß aufdrehen würde. Weiter berichtete Lampert von zahlreichen körperlichen Auseinandersetzungen, in die Klumper verwickelt gewesen war, die aber nie zu einer Anzeige geführt hatten.

Jan suchte den Kollegen heraus, der seinerzeit Daniel Klumper auf Alkoholkonsum kontrolliert hatte. Reiner Müller arbeitete immer noch bei der Verkehrspolizei und erinnerte sich sofort an Klumper.

»Ich kenne ihn schon, seit er ein kleiner Junge war. Ich komme auch aus Dalum und wohne auch immer noch dort. Klumper war schon als Jugendlicher ein Raufbold und trank zu häufig über den Durst. Von seiner Vorstrafe wissen Sie sicher schon.«

»Ja, das ist mir bekannt.«

»Ich war damals nicht involviert, habe aber davon erfahren. Klar, in so einem kleinen Ort spricht sich das schnell herum. Daniel hatte ohnehin einen schlechten Ruf und nach dieser wirklich üblen Schlägerei und seiner Verurteilung wurde es nicht gerade besser. Ruhiger um ihn wurde es erst, als er an die dreißig Jahre alt war. Ich habe ihn einige Male erwischt, wo er beim Pusten immer sehr knapp an der Grenze war und manches Mal auch drüber. Ich muss mir wohl anlasten, dass ich zu oft ein Auge zugedrückt habe. Verwarnt habe ich ihn natürlich jedes Mal und ernsthaft mit ihm gesprochen. Geholfen hat es nichts. Selbst der erste Führerscheinentzug hat daran nicht viel geändert. Erst beim zweiten Mal, als er ein ganzes Jahr den Lappen nicht mehr hatte, ist ihm wohl klar geworden, dass es so nicht weitergeht. Danach wurde es ruhiger.«

»Sie kennen auch seine Freunde? Thorsten Böhmer und Carsten Meyer?«

»Ja, die haben sich aber nie etwas zuschulden kommen lassen. Ich würde eher vermuten, dass sie einen positiven Einfluss auf Klumper hatten. Aber das ist jetzt eine reine Vermutung.«

Jan bedankte sich bei seinem Kollegen und verabschiedete sich von ihm. Anschließend ging er noch einmal seine

Aufzeichnungen zu Carsten Meyer durch, dem Optiker, der in dem Haus seiner verstorbenen Adoptiveltern wohnte. Er schien der unauffälligste der drei Freunde zu sein. Unverheiratet, keine Kinder und keine Vorstrafen oder Einträge. Jan suchte nach dem Optiker, bei dem Meyer seine Ausbildung gemacht hatte. Eine Firma in Meppen, die noch existierte und von Meyers ehemaligem Chef geleitet wurde.

Klaus Schomaker erinnerte sich gut an seinen Auszubildenden.

»Der Carsten war ein cleverer Bursche. Ist er ja wahrscheinlich immer noch. Ich hätte ihn gerne hierbehalten, aber nach zwei Jahren wollte er sich unbedingt selbstständig machen. Ich habe ihm gleich gesagt, dass das nicht gut gehen würde. Zu wenig Erfahrung und zu jung für so eine Mammutaufgabe. Aber wie die Jugend halt so ist, er hat nicht auf mich gehört. Dachte wohl, ich wolle ihn nur in der Firma halten.«

»Herr Meyer hatte seine eigene Firma?«

»Ja, in Lingen. Schwieriges Pflaster dort und dann hat er einen Laden von einem Kollegen übernommen, der in Rente gehen wollte. Ein kleiner Laden, veraltete Geräte, uraltes Ambiente im Laden. Das hat schon damals nicht mehr funktioniert.«

»Carsten Meyer musste den Laden schließen?«

»Ja, nach vier Jahren war Schluss. Er kam noch bei mir an und bat mich um Unterstützung. Ich sollte bei ihm zur Hälfte einsteigen. Ich habe kurz überlegt, mich dann aber dagegen entschieden. Der Laden hatte keine Zukunft. Hatte er nie gehabt.«

»War er anschließend hoch verschuldet?«

»Davon gehe ich aus. Ich habe natürlich vor meiner Entscheidung einen Blick in die Bücher geworfen und weiß, um welche Summen es sich gehandelt hat. Sie verstehen sicher, dass ich das im Detail nicht weitergebe, aber ich kann Ihnen so viel sagen, es wird in den Folgejahren ganz schön schwer für

Carsten gewesen sein. Ob er inzwischen seine Schulden los ist, weiß ich nicht. Wir haben seit der Sache damals keinen Kontakt mehr. Er hat es mir wohl verübelt, dass ich nicht mit eingestiegen bin.«

»Wie schätzen Sie Carsten Meyer als Mensch ein?«, fragte Jan.

»Wie gesagt, es ist eine Weile her, dass wir uns gesehen haben. Menschen verändern sich, gerade, wenn sie noch jung sind.«

»Erzählen Sie mir einfach, wie Carsten damals war. In der Ausbildung und in den Jahren danach.«

»Eigentlich habe ich ihn gemocht. Er wusste sich zu benehmen, war höflich und zuvorkommend. Und er konnte mit Kunden umgehen. Das ist eigentlich mehr als die halbe Miete in unserem Job. Leider war er fachlich nur Durchschnitt. Das reicht, um als Angestellter zu arbeiten, aber für einen eigenen Laden braucht es mehr. Und genau das habe ich ihm auch ehrlich gesagt. Aber er wollte nicht auf mich hören, hat dagegen argumentiert und war eingeschnappt. Mich hat das erst verwundert – ich meine, seine Reaktion. Aber inzwischen glaube ich, dass er diesen Zug schon immer hatte, ihn aber gut kaschieren konnte. Er hat einfach zu schnell aufgegeben, wollte sofort den Erfolg und hat sich dabei vollkommen überschätzt. In solchen Momenten konnte er auch unangenehm werden. Mir gegenüber hat er sich immer korrekt verhalten, dafür war er auch schon damals zu clever. Aber Mitarbeiter haben mir Dinge erzählt, die ich hier so gar nicht wiedergeben möchte. Carsten hat da komplett überzogen. Menschlich hat er sich in solchen Situationen nicht von der besten Seite gezeigt – um es einmal nett auszudrücken.«

»Es klingt jetzt so, als sei Carsten Meyer zumindest leicht cholerisch und hätte seine Emotionen nicht immer im Griff?«

»Ja, das kann ich so unterschreiben.«

Als Jan von einer kurzen Besprechung mit Maria Ahlers zurückkam, wartete Hanna auf ihn.

»Machen wir Schluss für heute?« Sie hielt einen Autoschlüssel nach oben. »Wir haben noch ein paar Sachen vor.«

»Du hast ein Auto gemietet?«

»Treffer, Sherlock Holmes. Damit fallen wir nicht so auf. Ein Škoda-Kombi. Ordentlich PS unter der Haube, aber ansonsten eher unauffällig. Fährst du mit dem Wohnmobil?«

Eine Dreiviertelstunde später saßen sie auf den Klappstühlen vor dem Wohnmobil. Der mausgraue Škoda Octavia stand neben dem Wohnmobil und wartete auf seinen Einsatz, den Hanna Jan immer noch nicht verraten hatte.

»Du fragst gar nicht«, sagte Hanna.

Jan sah zum Kombi. »Du willst unter den Fahrzeugen der drei Männer jeweils einen GPS-Tracker anbringen, weil du glaubst, dass sie morgen mitbekommen, wenn die anderen Chormitglieder in Lingen vernommen werden.«

Hanna verzog das Gesicht. »Mist, das macht gar keinen Spaß, wenn du alles im Voraus weißt.« Sie seufzte. »Aber im Ernst: Die werden morgen durchdrehen und das will ich hautnah miterleben.«

»Keiner von denen wird untertauchen«, sagte Jan.

»Da bin ich mir nicht so sicher.« Sie berichtete von ihren Recherchen zu Thorsten Böhmer. »Heftig, oder?«

»Das hätte ich so nicht erwartet«, gab Jan zu. »Aber die drei hocken wohl schon eine Ewigkeit eng zusammen.« Jan informierte sie über die Gespräche mit den Zeugen. »Hast du eigentlich noch etwas von den spanischen Kollegen gehört?«

Hanna hatte eine Anfrage bei der mallorquinischen Polizei gestellt, ob die drei Männer während ihres Mallorca-Urlaubs polizeilich aufgefallen waren.

»Wollte ich gerade erzählen. Als ich das Auto gemietet habe, kam die Mail. Ich habe sie gerade erst gelesen.«

»Und?« Jan war klar, dass Hanna die Information etwas hinauszögern wollte, um die Spannung zu erhöhen.

»Du wirst es nicht glauben, sie sind nur ganz knapp einer Festnahme entgangen. Eine Frau hatte sie angezeigt, weil sie von den drei Männern belästigt wurde. Sie wurden vernommen, aber später wieder freigelassen, weil die Frau nicht mehr auffindbar war. Die Kollegen haben mir den Namen der Frau geschickt. Eine Deutsche. Sie stand dann am gleichen Tag auf einer Passagierliste eines Fluges nach Deutschland. Ich versuche, sie morgen zu finden.«

»Das könnte für uns interessant werden.«

»Sehe ich auch so. Aber jetzt schalten wir ab, okay? Ausnahmsweise lade ich dich gleich zum Essen ein. Der Tisch ist gebucht. Eine halbe Stunde hast du noch, um dich auszuruhen.«

Sechsunddreißig

Hanna

Hanna ließ sich auf den Beifahrersitz des Skodas fallen. »Das war Nummer drei. Jetzt brauchen wir morgen nur noch abzuwarten, wenn die Bombe platzt.«

Jan startete den Motor und fuhr langsam an, um kein Aufsehen zu erregen. »Vielleicht verhalten die drei sich auch ruhig oder sind so klug, sich an einen Anwalt zu wenden.«

»Die sind alle drei verschuldet. Böhmer mit seinem Haus, Klumper verdient nur mäßig und gibt viel aus, Meyer hat seinen Optiker-Laden in den Sand gesetzt. Die laufen nicht zu einem Anwalt.«

»Warten wir's ab. Im Moment ist alles offen. Handfeste Beweise gegen die drei haben wir keine und wir können nur hoffen, dass wir von einem von ihnen DNA oder Fingerabdrücke im Haus von Lisa Kramer gefunden haben.«

»Oder sie verplappern sich morgen.«

Zehn Minuten später fuhr Jan auf den Stellplatz und stellte den Wagen neben das Wohnmobil.

»Schlafenszeit«, sagte Hanna. »Oder willst du noch eine Nachtwanderung machen?«

Jan grinste breit. »Das wäre tatsächlich eine Idee. Aber vielleicht lieber ein anderes Mal.«

Hanna parkte den Škoda auf dem Parkplatz vor dem Kommissariat. Sie hatten sich entschlossen, mit dem Pkw zu fahren und das Wohnmobil auf dem Stellplatz in Geeste stehen zu lassen.

»Ich versuche gleich, die Frau zu finden, die die drei mutmaßlich auf Mallorca sexuell belästigt haben«, sagte Hanna. »Was hast du vor?«

Jan sah auf die Uhr. »In einer halben Stunde sollten die ersten Chormitglieder befragt werden. Ich schaue mir die Übertragung an.«

»Immer zwei?«, fragte Hanna.

»Nein. Drei. Sie haben zwei Vernehmungsräume zur Verfügung und haben noch einen Raum umfunktioniert. Das ist auch für morgen wichtig.«

Sie trennten sich auf dem Flur. »Bis später«, sagte Hanna und schloss das Büro auf.

Erst eineinhalb Stunden später war sie sicher, die richtige Jutta Hantke gefunden zu haben. Die spanische Polizei hatte versehentlich nur den Namen festgehalten und versäumt, die gesamten Personalien aufzunehmen. Jutta Hantke war vierundzwanzig Jahre alt, studierte in Aachen Tourismusmanagement und war sehr aktiv in den sozialen Medien, durch die Hanna auch die Bestätigung fand, dass sie die richtige Person ausfindig gemacht hatte. Sie brauchte eine weitere Stunde für die Handynummer, unter der Jutta Hantke zu erreichen war. Schließlich wählte sie die Nummer, wurde aber gleich zum AB weitergeleitet. Dort hinterließ sie eine Nachricht mit der Bitte um Rückruf, ohne zu verraten, worüber sie mit ihr sprechen wollte.

Nach einer weiteren halben Stunde schickte sie eine SMS hinterher und schrieb, dass sie kurz mit ihr sprechen müsse und ihr dadurch eine Vorladung bei der örtlichen Polizei erspart bliebe.

Kurz darauf meldete sich Jutta Hantke bei ihr.

»Sie wollten mich sprechen?«

»Guten Tag, Frau Hantke. Es geht um den Vorfall, den Sie während Ihres Urlaubs auf Mallorca im letzten Herbst bei der spanischen Polizei gemeldet haben.«

Die junge Frau schwieg.

»Ich bin doch richtig bei Ihnen, Frau Hantke?«

Nach langem Zögern kam die Antwort. »Ja. Können wir die Sache nicht einfach vergessen?«

»Ob Sie die Männer doch noch anzeigen, kann ich Ihnen nicht vorschreiben. Darf ich Ihnen trotzdem ein paar Fragen stellen?«

»Das hat aber nichts mit einer Anzeige zu tun?«

»Nein. Es geht um einen anderen Fall.«

»Gut«, sagte Jutta Hantke.

»Ist es richtig, dass wir von folgenden Männern sprechen: Thorsten Böhmer, Daniel Klumper und Carsten Meyer?«

»Ich kenne nur die Vornamen. Die sind richtig. Ich habe der Polizei auf Mallorca gesagt, in welchem Hotel sie wohnen. Haben Sie daher die vollständigen Namen?«

»Ja, die hat die spanische Polizei ermittelt.«

»Dann sind das wohl die Männer.«

»Was ist passiert?«

»Ich habe Ihr Wort?«, fragte Jutta Hantke.

»Ja. Dies ist auch keine offizielle Zeugenbefragung in der Angelegenheit. Die drei Männer sind im Zusammenhang mit einem Tötungsdelikt in Deutschland aufgefallen.«

»Sie haben eine Frau ermordet?«, fragte Jutta Hantke mit entsetzter Stimme.

»Sie sind bisher lediglich verdächtig. Wir recherchieren gerade im Umfeld der drei Männer. So bin ich auf Sie gestoßen.«

»Verstehe. Aber ich weiß nicht, wie ich …« Sie brach ab.

»Indem Sie meine Fragen beantworten. Ich müsste wissen, was genau passiert ist.«

Es dauerte eine Weile, bevor die junge Frau stockend zu erzählen begann. »Ich … also, es war … ich habe die drei in einem der großen Clubs kennengelernt. Ich habe mit Thorsten getanzt und auch ein wenig geflirtet. An dem Abend war alles in Ordnung, aber ich hätte wissen müssen, dass die drei etwas anderes im Sinn hatten. Zwei Tage später haben wir uns dort zufällig wieder getroffen und Thorsten hat mir einen Cocktail ausgegeben. Ich dumme Kuh habe den Drink angenommen. Kurz nachdem ich ihn getrunken habe, ist mir schummrig geworden und mir wurde schwarz vor Augen. Thorsten hat mir dann nach draußen geholfen. Viel mehr weiß ich nicht, bis ich in einem Hotelzimmer aufgewacht bin. Ich war halb nackt und auf mir lag ein Mann. Ich kann nicht sagen, wer es von den dreien war. Ich habe um mich geschlagen und den Typ von mir runtergeworfen. Er ist hart auf dem Boden aufgeschlagen und ich glaube sogar, er war am Kopf verletzt. Er ist auf jeden Fall nicht sofort wieder aufgestanden.«

»War sonst noch jemand im Zimmer?«

»Nein. In dem Moment nicht. Meine Sachen lagen auf einem Tisch, ich habe mir die Hose und das Shirt angezogen und wollte gerade raus, als die beiden anderen kamen.«

»Wer waren sie?«

»Ich weiß es nicht genau. Es ging alles so schnell und mir war immer noch schummrig und ich konnte nicht richtig sehen. Aber ich glaube, das waren Thorsten und dieser bullige Kerl. Ja, Daniel war sein Name. Ich habe dann mit allen Sachen geworfen, die ich finden konnte, laut geschrien und habe es irgendwie geschafft, aus dem Zimmer rauszukommen.«

»Sind die Männer hinter Ihnen her?«, fragte Hanna.

»Nein, ich glaube nicht. Ich habe die Treppe genommen. Zum Glück war es nur im zweiten Stock. Dann bin ich ins Hotel und habe mich erst mal beruhigt.«

»Sind Sie vergewaltigt worden?«

Es dauerte eine Weile, bis die Antwort kam. »Ich weiß es nicht …« Hanna hörte ein Schluchzen. Sie wartete, bis sich Jutta Hantke wieder beruhigt hatte.

»Und dann sind Sie zur Polizei gegangen?«

»Ja. Ich spreche kein Spanisch und musste mich auf Englisch mit den Polizisten verständigen. Das hat alles lange gedauert und ich musste zwischendurch immer mal wieder warten. Dann bin ich ins Hotel zurück, ohne den Polizisten etwas zu sagen. Am nächsten Tag bin ich nach Hause geflogen.«

»Sie wissen, dass Sie die drei Männer bei der deutschen Polizei anzeigen können und dass dann ein eventueller Prozess auch in Deutschland sein würde?«

»Nein, das wusste ich nicht. Ich hatte Angst, dass ich in Spanien bleiben müsste und auch, dass die ganze Sache in die Zeitung kommt. Sie wissen doch, wie schnell man da zur Schlampe gemacht wird.«

»Ich kann Ihre Bedenken verstehen. Trotzdem ist es wichtig, sich zu wehren. Zu viele Frauen unterlassen das und die Männer machen weiter.«

»Ich will aber keine …« Sie schluchzte wieder. »Ich kann das nicht. Ich halte das nicht durch. Ich habe auch gar keine Beweise und die sind zu dritt. Am Schluss bin ich es doch, die dann doof dasteht. So ist das doch immer.«

Hanna betrat Maria Ahlers Büro, in dem die SoKo-Leiterin, Jan und zwei weitere Beamte der SoKo saßen und die Vernehmung verfolgten. Jan nickte ihr zu, stand auf und verließ mit ihr den Raum.

»Hast du die Frau gefunden?«, fragte er.
»Ja, ich erzähle es dir später. Wie laufen die Befragungen?«
»Zäh, aber wohl effektiver als bei unseren Vororterminen. Zwei männliche Chormitglieder haben ausgesagt, dass sie mitbekommen haben, wie sich Böhmer und Meyer abfällig über Lisa Kramer unterhalten haben. Es fiel dabei auch das Wort Hure. Zeitlich kommt es hin mit unseren Recherchen. Es hat ungefähr ein halbes Jahr, bevor Lisa zurück in den Chor gekommen ist, stattgefunden.«
»Und die Frauen?«
»Drei weibliche Chormitglieder haben bisher ausgesagt, dass Thorsten Böhmer ein Auge auf Lisa Kramer geworfen hat. Es ging da um die Zeit vor Lisas Ausscheiden aus dem Chor.«
»Haben Sie das konkretisiert?«
»Sie sind bei ihren Aussagen sehr vorsichtig geblieben. Es läuft aber letztlich auf sexuelle Belästigung hinaus. Sie haben angedeutet, dass das auch ein Grund sein könnte, weshalb Lisa seinerzeit den Chor verlassen hat. Aber es stehen ja noch einige Befragungen aus.«
»Das wird spannend morgen«, sagte Hanna, als ihr Handy sich bemerkbar machte. Sie aktivierte es und stieß einen Pfiff aus. »Wenn man vom Teufel spricht. Es geht los! Böhmer ist gerade von seinem Arbeitsplatz losgefahren. Zwei Stunden vor Schichtende. Kannst du mitkommen oder willst du weiter zuhören?«
»Es ist wohl besser, wenn ich hierbleibe. Halte mich auf dem Laufenden. Ich kann auch später mit dem Taxi zum Wohnmobil kommen.«
»Okay.« Hanna nickte ihm zu und wandte sich ab.
»Pass auf dich auf«, rief er ihr zu.
Seine Worte hallten lange in ihr nach.

Hanna sah auf ihr Handy, das sie mit einer Halterung in Augenhöhe angebracht hatte. Böhmer war direkt nach Hause gefahren und verließ den Standort wieder, als sie auf Osterbrock zufuhr. Sie verlangsamte die Geschwindigkeit und wartete, bis Böhmers Golf Richtung Dalum abgebogen war, bevor sie ihm mit ausreichendem Abstand folgte. Würde er wieder zu seinem Freund Meyer fahren oder trafen sich die drei an einem anderen Ort?

Das Handy brummte. Ein weiterer Tracker hatte sich bemerkbar gemacht. Hanna rief die nächste Seite in der App auf und sah, dass das Fahrzeug von Carsten Meyer sich in Lingen auf den Weg gemacht hatte. Kurz darauf der nächste Alarm. Daniel Klumper, den Hanna am Nachmittag schon in Haselünne geortet hatte, setzte sich ebenfalls in Bewegung. Alle drei schienen vorzeitig ihre Arbeit abgebrochen zu haben. Jetzt kam es darauf an, wo sie sich trafen und ob Hanna sie dabei beobachten konnte.

Kurz hinter Geeste bog Thorsten Böhmer Richtung Norden ab. Hanna schaute verdutzt auf das Display ihres Handys und vermutete zunächst eine fehlerhafte Ortung, aber der rote Punkt bewegte sich weiter in die eingeschlagene Richtung. Was hatte Böhmer vor – oder wollten sich die drei überhaupt nicht treffen und der gemeinsame Aufbruch war rein zufällig?

Hanna bog in Geeste ebenfalls ab und hielt in einem Seitenweg. Mit einem Griff holte sie ihr Tablet aus der Tasche und sah sich die Umgebung auf der Satellitenkarte an. Auf der linken Seite schlängelte sich die Ems parallel zur Landstraße, rechts befand sich ein ausgedehntes Waldgebiet, das erst wenige Kilometer vor Meppen endete. Außer zwei kleinen Ortschaften gab es nichts an der Landstraße, was Hannas Aufmerksamkeit erregte.

Sie starrte auf den roten Punkt der GPS-Tracker-App, der sich jetzt verlangsamte und kurz darauf in einen Waldweg abbog. Das Fahrzeug hielt nach etwa dreihundert Metern. Hanna suchte den Standort auf der Satellitenkarte und vergrößerte den

Ausschnitt bis zum Maximum. Auf einer kleinen Lichtung deutete eine dunkle Stelle an, dass hier ein Stall oder eine Hütte stand. Wollten sich die drei dort treffen?

Ihr war klar, dass sie Böhmer nicht in den Waldweg folgen konnte. Würden sie sich begegnen, war es nur in sehr langsamem Tempo möglich, aneinander vorbeizufahren. Böhmer würde sie unweigerlich erkennen und seine Schlüsse ziehen.

Sie suchte den Wald ab und fand eine Zuwegung von einer parallel zur Landstraße verlaufenden Straße, die weiter östlich verlief. Mit Glück war der Weg bis kurz vor der Hütte befahrbar und gab ihr ausreichend Schutz vor Böhmers Blicken. Sie wendete den Škoda, fuhr zurück nach Geeste und stand zehn Minuten später vor einer Schranke, die den von ihr favorisierten Waldweg absperrte. Sie hielt an, sprang aus dem Wagen und prüfte das Schloss. Im Handumdrehen hatte sie es geöffnet und den Schlagbaum angehoben.

Nachdem sie in den Waldweg hineingefahren war und die Schranke wieder verschlossen hatte, kontrollierte Hanna zunächst, ob Böhmer sich immer noch im Wald aufhielt und wechselte dann zu seinen beiden Freunden. Sie schienen ebenfalls auf dem Weg nach Geeste zu sein.

Hanna hielt vor der nächsten Schranke, kontrollierte, wie weit die Hütte noch entfernt lag, wendete das Fahrzeug und ging zu Fuß weiter. Nach der Internetkarte war sie nur einen Kilometer von Böhmers Golf entfernt. Immer wieder blieb sie stehen, prüfte, wo sich Klumper und Meyer befanden, und lief weiter. Die letzten Meter bewegte sie sich vorsichtig zwischen den Fichten, Birken und einzelnen Laubbäumen auf den angezeigten Standort zu. Als sie auf dem Handy sah, dass Klumper ebenfalls in den Wald abbog und Meyer nur einen Kilometer hinter ihm war, blieb sie stehen und suchte sich Schutz hinter einem großen Busch. Nach ihren Berechnungen sollte die Hütte keine fünfzig Meter entfernt sein.

Zwei Minuten später hörte sie den Motor eines Fahrzeuges, der verstummte. Eine Autotür wurde geöffnet und mit Wucht wieder zugeschlagen. Kurz darauf traf das dritte Fahrzeug ein.

»Alle da!«, murmelte Hanna, schrieb Jan eine kurze Nachricht und gab ihren genauen Standort durch, bevor sie sich langsam weiter vorarbeitete.

Die Holzhütte stand am Rande der kleinen Lichtung. Hanna schätzte sie auf sechs mal acht Meter. Zwei der Fensterläden waren geöffnet. Hanna schlich sich an die Hütte heran, fotografierte die in der Nähe stehenden Fahrzeuge und versuchte, aus zehn Metern Entfernung durch die Fenster zu fotografieren. Da im Inneren der Hütte kein Licht brannte, war es zu dunkel dafür. Als Hanna gerade den Rückzug antreten wollte, um später die Männer nach Ende der Besprechung aus sicherer Entfernung zu fotografieren, wurde ein Fenster geöffnet und laute Stimmen waren zu hören.

Spontan entschloss sie sich, näher an die Hütte zu schleichen. Meter um Meter arbeitete sie sich vor, bis sie direkt an der Holzwand neben dem Fenster stand. Sie zückte ihr Handy, stellte die Aufnahmefunktion ein und horchte den aufgebrachten Stimmen zu.

»Die Bullen können uns gar nichts. Die einzige Zeugin ist mausetot. Niemand weiß etwas davon, was damals passiert ist.« Der Mann, es musste entweder Meyer oder Klumper sein, legte eine kurze Pause ein. »Das ist doch richtig, oder? Ihr habt mit niemandem darüber gesprochen?«

»Bist du durchgeknallt?«, fragte eine tiefe Männerstimme, die Hanna nicht zuordnen konnte. »Wem sollte ich das schon erzählen?«

»Und du?«, fragte die erste Stimme. »Weiß deine Frau Bescheid?«

»Red keinen Bullshit, Carsten!«, fuhr Thorsten Böhmer Meyer an. Die tiefe Stimme musste demnach Klumper gehören.

»Warum sollte ich das machen? Probleme haben wir schon genug.«

»Okay. Dann sind wir also die Einzigen, die von der Sache wissen«, sagte Meyer. »Wir haben nichts zu befürchten.«

»Und wenn sie unsere DNA gefunden haben?«, fragte Klumper. »Das ist doch heute möglich.«

»Das ist über ein halbes Jahr her«, fuhr Meyer Klumper an. »Da ist nichts mehr zu finden. Oder meinst du, die Schlampe hat während der ganzen Zeit nicht einmal Staub gesaugt und gewischt? So sauber wie es da aussah. Und auf Fingerabdrücke haben wir doch geachtet. Da ist nichts. Und damit hat sich die andere Sache auch erledigt.«

Hanna wunderte sich, dass Meyer offensichtlich das Sagen in der Gruppe hatte. Sie hätte geschworen, dass Böhmer derjenige war, der das große Wort hielt und bestimmte, was zu tun war.

»Und wenn doch?«, fragte Böhmer. »Es reicht doch heutzutage schon ein blödes Haar, um …« Er verschluckte den Rest des Satzes.

»Dafür brauchen wir eine Story. Erst mal sagen wir, dass wir nicht dort waren, und wenn dann wirklich etwas herauskommt, fällt demjenigen, dessen Spuren sie gefunden haben – ich sage noch mal, dass das extrem unwahrscheinlich ist – demjenigen fällt dann ein, dass er Lisa besucht hat. Sie hat etwas beim Chorabend vergessen und das hat dann einer von uns ihr gebracht. Sie hat denjenigen reingebeten und einmal durchs Haus geführt. Macht man doch so, wenn man zum ersten Mal irgendwo ist, oder? Und die beiden anderen von uns bestätigen dann, dass es so war.«

»Das könnte funktionieren«, sagte Böhmer.

»Hat jemand mit der Schlampe telefoniert oder ihr etwas per SMS oder Messenger geschrieben?«, fragte Meyer. »Die

Bullen können alle Daten der letzten drei Monate einsehen. Oder hat einer von euch ihr etwa Geld überwiesen?«

Es antwortete niemand. Hanna vermutete, dass sie die Frage durch Kopfschütteln verneint hatten.

»Also gut. Gehen wir die ganze Geschichte noch einmal durch. Und lasst euch nicht verrückt machen. Wenn sie rausbekommen, was wir mit der Schlampe gemacht haben, hängen sie uns garantiert auch den Mord an. Habt ihr das verstanden? Da hilft nicht mehr viel von wegen einvernehmlich und so. Wir sind dann am Arsch. Die Bullen werden uns dann öffentlich vorführen. Ihr habt doch gelesen, wie schnell das geht. Ihr Typ ist zwar wieder draußen, aber jeder weiß es inzwischen.«

Als kurz darauf jemand das Fenster wieder schloss, drückte sich Hanna an die Holzwand der Hütte und hielt die Luft an. Kurz darauf lief sie gebückt zurück in den Wald und zu ihrem Auto.

Siebenunddreißig

Jan

Nachdem die letzte Vernehmung beendet war, ging Jan zum Büro, um ein Taxi zu bestellen. Als er die Tür unverschlossen vorfand, zuckte er zurück und überlegte kurz. In diesem Augenblick öffnete jemand die Tür. Hanna grinste ihn an. »Bin schon wieder da! Wollen wir Feierabend machen?«

Auf der Fahrt zum Stellplatz berichtete Hanna von ihrem kleinen Waldabenteuer und spielte Jan, als sie es sich vor dem Wohnmobil gemütlich gemacht hatten, die Aufnahme vor.

»Lagen wir also richtig«, sagte Jan. »Gut zu wissen.«

»Sind wir hinter den falschen Männern her? Zumindest scheint es keine gemeinsame Tat gewesen zu sein.«

»Nein, sonst hätten sie sicher darüber gesprochen – auf die ein oder andere Weise. Du hast zwar nicht das ganze Gespräch mitbekommen, aber doch wohl den entscheidenden Teil.«

»Können wir die Aufnahme verwenden?«

»Nein, davon gehe ich nicht aus. Sie beweist letztlich auch nicht viel. Es ist weder von einer Vergewaltigung die Rede noch davon, dass sie Lisa getötet haben.«

»Und was meinte Meyer mit ›Die andere Sache hat sich auch erledigt‹?«

»Entweder haben wir richtig getippt und Lisa hat den Männern ein Ultimatum gestellt, dass sie sich selbst anzeigen sollen, oder sie hat die Männer tatsächlich um Geld erpresst.«

»Ja, Meyer fragte auch danach, ob jemand ihr etwas überwiesen hat.«

»Überweist man dem Erpresser das Geld aufs Konto?«, warf Jan ein.

Hanna schüttelte den Kopf. »Wohl eher nicht. Hast du eigentlich etwas von Paul Lammers gehört?«

»Kollegin Ahlers hat sich heute erkundigt. Er ist weiter in der Klinik und laut dem behandelnden Arzt nicht vernehmungsfähig. Die Eltern haben übrigens für ihn einen Anwalt besorgt, der Einsicht in die Ermittlungsakten beantragt hat.«

»Du bist sicher, dass Lammers nichts mit Lisas Tod zu tun hat?«

»Der DNA-Abstrich ist ausgewertet worden. Keine Übereinstimmung mit den im Haus gefundenen Spuren. Das Gleiche bei den Fingerabdrücken. Ob ich sicher bin? Kann man das? Ich sehe ihn nicht als Täter. Ich konnte keinen Hass auf Lisa bei ihm entdecken. Ich glaube eher, er hat sich eingebildet, sie immer noch zu lieben.«

»Auch das kann zu demselben Ergebnis führen«, warf Hanna ein.

»Ich weiß. Trotzdem konzentrieren wir uns erst mal morgen auf die drei Männer. Ich werde übrigens Kollegin Ahlers eine Strategieänderung vorschlagen. Nur wir beide vernehmen die drei. Nacheinander beziehungsweise im schnellen Wechsel.«

Hanna warf ihm einen skeptischen Blick zu. »Wird sie mitmachen?«

»Ich spiele ihr deine Aufnahme vor. Dann kann sie selbst entscheiden, was besser ist. Mir geht dieser Kindergarten allmählich auf den Wecker.«

»Wow! Und das aus deinem Mund.«

Maria Ahlers setzte sich mit Jan und Hanna eine halbe Stunde, bevor die uniformierten Beamten sich zu den drei Männern aufmachten, zusammen.

Jan erklärte ihr seine Strategie und berichtete dabei auch von Hannas Observation im Wald.

»Sie wollen ernsthaft die gesamte Planung so kurz vor der Vernehmung ändern?«, fragte die SoKo-Leiterin mit einem ungläubigen Blick. »Das kann nicht Ihr Ernst sein.«

»Hören Sie sich bitte an, was Kollegin Will gestern von dem Gespräch in der Waldhütte mitbekommen hat.« Jan legte das Handy auf den Tisch und spielte die Aufnahme ab.

»Hatten Sie eine …«

»Nein«, unterbrach Jan sie. »Uns ist klar, dass wir die Aufnahme in dieser Form nicht nutzen können. Darum geht es nicht. Ich wollte Ihnen verdeutlichen, dass sich die drei Männer abgesprochen haben und dass sie etwas verheimlichen. Von daher halte ich es für dringend geboten, dass nur ein Team alle drei Männer vernimmt.«

Maria Ahlers ließ sich sehr lange Zeit für ihre Entscheidung. Schließlich nickte sie. »Ihnen ist klar, dass jetzt die ganze Verantwortung bei Ihnen liegt? Der Staatsanwalt wird auch in spätestens einer Stunde vor Ort sein, um die Vernehmung live zu verfolgen.«

»Ja, wenn es schiefgeht, werde ich voll und ganz zu meiner Verantwortung stehen. Es war mein Vorschlag, zu dem ich Sie genötigt habe.«

»Ich lasse mich zu nichts nötigen. Das sollten Sie inzwischen wissen. Und ich bin nach wie vor die SoKo-Leiterin. Meine Bedingung ist die, dass wir uns zwischen jedem Wechsel in den Vernehmungen absprechen.«

Jan und Hanna stimmten zu und gingen mit Maria Ahlers ihre Strategie durch.

»Guten Tag, Herr Klumper. Mein Name ist Jan de Bruyn und das ist meine Kollegin Hanna Will.«

»Warum bin hier?«, fuhr Daniel Klumper Jan an. »Ich werde mich darüber beschweren, dass Sie mich einfach von meiner Arbeit abgeholt haben. Was meinen Sie, wie die Kollegen jetzt ihr Maul über mich zerreißen. Und der Chef erst. Er wird doch davon erfahren.«

»Es tut mir leid, aber wir hatten keine andere Wahl«, sagte Jan. »Ihre Freunde Thorsten Böhmer und Carsten Meyer sind ebenfalls hier im Haus und warten auf ihre Vernehmung.«

Daniel Klumper starrte Jan an, als habe er ihm seine vorläufige Festnahme verkündet. »Was soll der ganze Scheiß? Sind hier alle vollkommen durchgedreht?«

»Ihnen wurde mitgeteilt, weshalb Sie hier sind?«

»Ja. Lisa Kramer. Ich habe schon gehört, dass alle Chormitglieder hier antanzen mussten. Ich habe nichts mit der Frau zu tun gehabt. Und ermordet habe ich sie schon gar nicht. Warum auch?«

»Wie lange singen Sie im Chor?«, fragte Jan.

»Lange. Zehn oder fünfzehn Jahre. Ich kann nicht immer kommen, weil die Baustelle manchmal so weit entfernt ist, dass wir dort übernachten.«

»Was ist Ihre Chorstimme?«

»Bass natürlich. Ich konnte schon in der Schule gut singen. Es hat mir immer Spaß gemacht.«

»Sie waren also schon im Chor, als Lisa Kramer dazukam?«

Daniel Klumper nickte. »Ja. Da war sie noch ein halbes Kind. Ihre Eltern sind doch bei einem Unfall gestorben. Tragisch, die Geschichte.«

»Hat sich Lisa im Chor wohlgefühlt?«

»Denke schon. Lünnemann hat sich ziemlich um sie gekümmert. Er kannte wohl Lisas Großmutter oder so. Habe ich zumindest mal gehört.«

»Lisa hat dann abrupt den Chor verlassen. Was meinen Sie, woran das gelegen haben könnte?«

»Keine Ahnung.«

»Sie waren auf der Weihnachtsfeier des Chors im Jahr 2021?«

»Glaube ich schon. Warum fragen Sie?«

»Einige Chormitglieder haben beobachtet, dass Sie und Ihre beiden Freunde Lisa bedrängt haben.«

»Quatsch. Was soll das denn heißen? Bedrängt.«

»Sie saßen nicht mit ihr an einem Tisch?«

»Kann sein.«

»Uns liegen Aussagen vor, dass Sie und Ihre beiden Freunde sich im Laufe der Feier zu Lisa gesetzt haben.«

»Das ist lange her. Wahrscheinlich habe ich auch ein paar Bier getrunken. Und wir machen jedes Jahr eine Weihnachtsfeier. Ich kann die nicht alle auseinanderhalten.«

»Was ist damals an dem Tisch passiert?«, stellte Hanna ihre erste Frage. »Ich kann Ihnen nur empfehlen, sich gut zu erinnern. Ihnen ist schon klar, warum wir Sie und Ihre Freunde gleichzeitig einbestellt haben?«

Daniel Klumper schluckte schwer, schwieg aber.

»Was ist passiert?«, wiederholte Hanna ihre Frage.

»Nichts. Darf man sich jetzt nicht mehr unterhalten, ohne dass die Polizei kommt? In welchem Land leben wir denn überhaupt. Das ist doch die reinste Diktatur.«

»Was ist passiert?«, fragte Hanna zum dritten Mal und fuhr fort, als Klumper schwieg. »Wir haben zwei Aussagen von Chormitgliedern, die gesehen haben, dass einer von Ihnen Lisa auf die Toilette gefolgt ist.«

»Quatsch«, fuhr Klumper sie an. »Und wennschon. Die Frauen- und Männerklos sind doch direkt nebeneinander.«

»Waren Sie es, der Lisa gefolgt ist?«, fragte Hanna unbeirrt weiter.

»Keine Ahnung. Wie gesagt, ich hatte sicher schon ein paar Bier intus. Da muss man schon mal zwischendurch pissen gehen.«

»Anschließend ist Lisa nicht wieder gesehen worden. Das war übrigens ihre damals vorläufig letzte Aktivität mit dem Chor. Sie ist anschließend nicht mehr zu den Abenden erschienen.«

»Ich habe damit nichts zu tun.«

»Das hat hier auch niemand behauptet«, übernahm Jan wieder. »Ich würde Sie bitten, noch einmal zu überlegen, wer gleichzeitig mit Lisa Kramer zur Toilette gegangen ist.«

»Ich nicht. Mehr weiß ich nicht.«

Jan stand auf, Hanna folgte ihm. »Wir machen eine Pause. Möchten Sie etwas trinken oder essen?«

»Einen Kaffee«, murmelte Daniel Klumper.

Maria Ahlers wartete auf dem Flur. »Es ist gut angelaufen. Bisher hat übrigens weder Böhmer noch Meyer einen Anwalt verlangt. Hoffen wir, dass es dabei bleibt.«

Jan nickte und betrat zusammen mit Hanna den nächsten Vernehmungsraum. Nachdem er sich und Hanna vorgestellt hatte, stand Carsten Meyer auf, reichte Hanna die Hand und anschließend Jan.

»Setzen wir uns doch wieder«, schlug Jan vor. »Möchten Sie etwas trinken oder essen? Ich kann Ihnen etwas bringen lassen.«

»Ein Wasser vielleicht.«

Hanna stand auf und verließ den Raum.

»Ich hoffe, wir haben Ihnen nicht zu viele Umstände bereitet«, sagte Jan.

»Sehr angenehm war es nicht, von der Polizei am Arbeitsplatz abgeholt zu werden.«

»Das verstehe ich, allerdings gab es leider keinen anderen Weg.«

Hanna kam zurück und reichte Carsten Meyer Glas und Wasserflasche. Er bedankte sich, drehte die Flasche auf und schenkte sich ein. »Was kann ich für Sie tun? Es geht um Lisa Kramer, wie mir Ihre Kollegen sagten.«

»Das ist richtig.« Jan fragte Meyer nach der Dauer seiner Vereinszugehörigkeit und bekam die gleiche Antwort wie bei Daniel Klumper. Auch Meyer hatte beobachtet, dass Hans Lünnemann sich besonders um Lisa gekümmert hatte. Ihm selbst habe das junge Mädchen angesichts des tragischen Unfalls auch leidgetan.

»Wissen Sie, warum Lisa plötzlich und ohne Ankündigung den Chor verlassen hat?«, fragte Jan.

»Nein, das ist mir nicht bekannt.«

Jan führte das Gespräch auf das Weihnachtsfest und stellte Meyer dieselbe Frage wie Daniel Klumper.

»Daran erinnere ich mich nun wirklich nicht mehr. Es ist richtig, dass ich eine Zeit lang am Tisch von Lisa gesessen habe. Zusammen mit meinen Freunden Thorsten und Daniel. Wir haben uns nett mit Lisa unterhalten, aber von einem Toilettengang weiß ich nichts.«

»Drei Zeugen haben uns bestätigt, dass Sie und Ihre beiden Freunde sich gegenüber Lisa Kramer unangemessen verhalten haben«, sagte Jan.

»Unangemessen? Was verstehen Sie darunter?«

Hanna beugte sich vor. »Sexuelle Belästigung.«

»Da müssen die Zeugen sich falsch erinnern. Wir haben nett geplaudert und sind irgendwann zum nächsten Tisch gewandert.«

»Als Lisa zur Toilette ging, ist einer von Ihnen hinter ihr hergegangen«, sagte Jan. »Wer war das?«

»Hinterhergegangen? Zur Toilette? Aber warum sollte das jemand von uns machen?« Meyer stutzte. »Sie glauben doch nicht … ich bitte Sie, weder ich noch meine Freunde würden Lisa in der Weise belästigen, die Sie gerade unterstellt haben.«

»In welcher Weise belästigen Sie denn normalerweise?«, fragte Hanna und fixierte ihn dabei.

»Da habe ich mich wohl etwas unklar ausgedrückt«, sagte Meyer, der weder nervös wirkte noch ängstlich. »Natürlich hat keiner von uns Lisa sexuell oder wie auch immer belästigt.«

»Wer ist ihr nachgegangen?«, fragte Hanna. »Sie?«

»Weder ich noch einer meiner Freunde.«

»Es gibt anderslautende Zeugenaussagen«, übernahm Jan wieder. »Sehr glaubwürdige Zeugenaussagen.«

»Da müssen sich Ihre Zeugen geirrt haben. Das kommt doch sicher häufiger vor, oder? Erst recht nach zwei langen Jahren.«

»Wann haben Sie Ihre Freunde zum letzten Mal gesehen?«, fragte Jan, ohne auf Carsten Meyer einzugehen.

»Wann?« Die Frage schien Meyer nicht erwartet zu haben. Ihm war zum ersten Mal eine leichte Unsicherheit anzumerken. »So ganz genau weiß ich das jetzt gar nicht. Ist das denn wichtig für Ihre Mordermittlungen?«

»Sie werden doch sicher wissen, ob Sie zum Beispiel gestern Ihre Freunde gesehen haben«, ließ Jan nicht locker.

Meyer zögerte lange, bevor er sagte: »Muss ich auf die Frage antworten?«

»Nein, aber ich verstehe nicht, was an dieser Frage so schwierig ist«, sagte Jan. »Wenn Sie sich in irgendeiner Weise selbst belasten würden, können Sie selbstverständlich die Aussage verweigern.«

»Belasten? Weil ich nicht weiß, wann ich meine Freunde zum letzten Mal gesehen habe? Wird das hier nicht langsam, aber sicher etwas skurril?«

»Haben Sie gestern Thorsten Böhmer und Daniel Klumper getroffen?«, fragte Hanna mit deutlich hörbarer Aggressivität in der Stimme. »Die Frage kann doch nicht so schwer zu beantworten sein.«

»Und wenn ich sie gesehen habe? Seit wann ist es verboten, sich mit Freunden zu treffen?«

»Wo haben Sie sich getroffen und aus welchem Grund?«, setzte Hanna direkt nach.

»Wenn ich mich mit Freunden treffe, ist das privat und geht die Polizei nichts an. Was bitte sollte das mit dem Tod von Lisa zu tun haben?«

Jan räusperte sich hörbar. »Das hat niemand behauptet. Wir haben Ihnen nur eine einfache Frage gestellt. Ich schlage vor, wir machen hier eine kleine Pause, damit Sie Zeit haben, zu überlegen. Ich kann Ihnen nur raten, mit uns zu kooperieren.«

Jan und Hanna verließen den Raum und trafen sich kurz mit Maria Ahlers, bevor sie sich zu Thorsten Böhmer aufmachten.

Böhmer sah auf, als sie den Raum betraten. »Das wurde aber auch Zeit«, fuhr er sie an, bevor sie den Vernehmungstisch erreichten.

»Guten Tag, Herr Böhmer«, sagte Jan und zog den Stuhl vor.

»Sie können mich mal. Wieso holen Sie mich aus der Arbeit raus? Und dann noch mit Uniform und Polizeiauto? Das ist der reinste Terror. Ich werde mich über Sie beschweren.«

»Das bleibt Ihnen unbenommen«, sagte Jan mit ruhiger Stimme und stellte die Aufnahme ein. »Können wir Ihnen jetzt einige Fragen stellen?«

»Ja, verdammt. Was gibt es denn noch?«

»Sie erinnern sich an die Weihnachtsfeier 2021 Ihres Chors?«

»Keine Ahnung. Was soll das jetzt?«

»Nach Zeugenaussagen saßen Sie und Ihre Freunde eine Zeit lang mit Lisa Kramer an einem Tisch.«

»Und wennschon. Ist das jetzt verboten?«

»Als Lisa Kramer aufstand, um zur Toilette zu gehen, sind Sie ihr gefolgt. Ist das richtig?«

»Gefolgt? Warum sollte ich ihr folgen?«

»Beantworten Sie einfach meine Frage«, sagte Jan.

»Kann sein, dass ich auch zur Toilette gegangen bin. Das weiß ich doch heute nicht mehr.«

»Wo waren Sie gestern zwischen fünfzehn und sechzehn Uhr?«

Thorsten Böhmer schien direkt antworten zu wollen, hielt dann aber inne, bevor er den Kopf schüttelte. »Was soll das schon wieder? Ich dachte, es geht darum, dass Lisa ermordet wurde. Damit habe ich nichts und gar nichts zu tun.«

»Wo waren Sie gestern zu der genannten Zeit?«, fragte Hanna. »Beantworten Sie einfach unsere Fragen und halten Sie hier keine Reden. Wo waren Sie jetzt gestern zwischen fünfzehn und sechzehn Uhr? Die Frage kann doch nicht so schwer zu beantworten sein.«

Thorsten Böhmer funkelte sie wutentbrannt an. »Das geht Sie einen feuchten Kehricht an.«

»Da sind Sie leider falsch informiert. Es geht uns eine ganze Menge an. Wo haben Sie sich aufgehalten, nachdem Sie gegen vierzehn Uhr fünfzig das AKW-Betriebsgelände verlassen haben?«

»Woher wissen …« Böhmer brach ab. »Ich sage jetzt gar nichts mehr. Stellen Sie mir vernünftige Fragen, dann bekommen Sie auch Ihre Antworten.«

Jan und Hanna standen auf.

»Wir machen hier eine Pause«, sagte Jan.

Achtunddreißig

Hanna

»Wer ist das schwächste Glied in der Kette?«, fragte Hanna, als sie kurz darauf mit Maria Ahlers auf dem Flur zusammenstanden.

»Daniel Klumper«, schlug die SoKo-Leiterin vor. »Aber nur, wenn er nicht selbst der Täter ist.«

»Ich stimme Ihnen zu«, sagte Jan. »Auch Ihrem Vorbehalt. Wer hätte bei Lisa Kramers Anzeige die größten Probleme bekommen?«

»Thorsten Böhmer«, sagte Hanna. »Er ist verheiratet und würde bei einer Trennung in große finanzielle Schwierigkeiten geraten. Das Haus wäre vermutlich futsch und wie sein Arbeitgeber reagieren würde, wissen wir auch nicht. Einen neuen Arbeitsplatz zu bekommen, wäre für ihn von den drei Männern sicher am schwierigsten. Er ist hoch spezialisiert und könnte allenfalls als Elektrikergeselle arbeiten.«

»Sehe ich auch so«, sagte Maria Ahlers. »Die beiden anderen haben nicht die Bindungen in der Region wie Böhmer. Meyer kann überall als Optiker arbeiten, Klumper als Maurer.«

»Ich gehe nach wie vor nicht davon aus, dass die Tat geplant war«, sagte Jan. »Eine reine Affekthandlung war es sicher auch nicht, da der oder die Täter ins Haus eingedrungen sind. Ich überlege die ganze Zeit, wem ich das zutrauen würde. Klumper scheidet da eher aus. Er wäre nicht auf die Idee gekommen, Lisa Kramer von ihrer Erpressung – wie immer sie auch ausgesehen hat – mit Worten abzubringen.«

»Carsten Meyer?«, warf Hanna ein.

»Er und Böhmer wären meine Kandidaten. Von daher würde ich auch auf Daniel Klumper als schwächstes Glied in der Kette tippen.«

Jan startete die Aufnahme. »Herr Klumper. Ich sehe, man hat Ihnen einen Kaffee gebracht. Möchten Sie auch noch etwas zu essen?«

Klumper schüttelte den Kopf.

»Haben Sie noch einmal darüber nachgedacht, was damals auf der Weihnachtsfeier passiert sein könnte?«

»Das war alles ganz harmlos«, sagte er mit belegter Stimme. »Wir haben an dem Tisch gesessen und vielleicht war der eine oder andere Spruch nicht so gut. Mehr ist aber wirklich nicht passiert. Es war immerhin die Weihnachtsfeier unseres Chors. Ich singe sehr gerne dort und ich hätte mich ganz bestimmt nicht danebenbenommen.«

»Sie sprachen vorhin davon, dass Sie zu viel Alkohol getrunken hätten«, sagte Jan.

»Ach, das war so dahingesagt. Ich habe das schon lange im Griff. Klar habe ich zwei oder drei Bier getrunken. Mehr aber nicht. Das können Sie mir glauben, Herr …«

»De Bruyn«, half Jan aus.

»Ja, tut mir leid, dass ich Ihren Namen vergessen habe.«

»Als Lisa zur Toilette aufgebrochen ist, wer von Ihnen ist ebenfalls in die Richtung gegangen?«

»Ich nicht. Und sonst glaube ich auch keiner.«

»Herr Klumper. Ich bin mir fast sicher, dass Sie wissen, wer es war. Habe ich recht?«

Daniel Klumper schwieg, schien aber kurz davor zu sein, die Wahrheit zu sagen. Da sie bereits durch Aussagen der Chormitglieder belegen konnten, dass Thorsten Böhmer hinter Lisa hergegangen war, und die Frage ohnehin als niedrigschwelliger Türöffner gedacht gewesen war, beließ Jan es vorerst dabei.

»Ich will ehrlich mit Ihnen sein. Wir sind davon überzeugt, dass Sie oder einer Ihrer Freunde etwas mit dem Tod von Lisa Kramer zu tun haben. Uns ist weiter klar, dass vor etwa einem halben Jahr etwas passiert ist, was mit Lisas Tod zu tun hat.«

Daniel Klumper atmete schwer und hatte inzwischen seinen Blick auf die Tischplatte gerichtet. Jan goss Wasser in ein Glas und schob es ihm hin. »Trinken Sie einen Schluck. Es wird Ihnen guttun.«

Daniel Klumper griff nach dem Glas und trank es in einem Zug leer.

»Wenn Sie nichts mit dem Tod von Lisa zu tun haben, wäre es jetzt der richtige Zeitpunkt, mit uns zu kooperieren. Auf Beihilfe zum Mord stehen bis zu fünfzehn Jahre Haft. Selbst wenn Sie nur zwei Drittel davon absitzen müssen, wäre Ihr Leben ruiniert.« Jan hielt kurz inne. »Haben Sie mich verstanden, Herr Klumper?«

Daniel Klumper nickte.

»Möchten Sie eine Aussage machen?«

Daniel Klumper schüttelte den Kopf.

»Wir hätten ihn beinahe so weit gehabt«, sagte Hanna, als sie mit Maria Ahlers auf dem Flur zusammenstanden.

»Nein, er ist noch nicht so weit«, entgegnete Maria Ahlers mit Blick auf Jan.

»Noch nicht und es wird auch schwierig. Die drei Männer sind seit einer Ewigkeit befreundet. Das verbindet.«

»Wir brauchen mehr«, sagte Hanna. »Die beiden anderen werden schon gar nicht reden.«

»Wir gehen jetzt zu Böhmer rein«, sagte Jan. »Wir haben nicht mehr und das wussten wir vorher. Es muss reichen.«

»Wir wissen inzwischen, dass Sie es waren, der Lisa Kramer zur Toilette folgte«, sagte Hanna. »Leider haben Sie den Zeitpunkt verpasst, es uns zu sagen.«

»Ja und? Ich musste mal. Sonst ist nichts passiert.«

»Sie haben Lisa auf dem Weg zur Toilette angesprochen?«, fragte Jan.

»Warum sollte ich das tun? Wir saßen doch die ganze Zeit am gleichen Tisch.«

»Wo waren Sie gestern zwischen fünfzehn und sechzehn Uhr?«, fragte Hanna mit energischer Stimme. »Sollen wir Ihre Frau fragen, wie lange Sie zu Hause waren? Weiß sie, wo Sie dann hingefahren sind?«

»Das geht Sie nichts an«, murmelte Thorsten Böhmer mit einer Stimme, die verriet, dass seine Kräfte schwanden.

»Kennen Sie die Holzhütte in dem Wald nördlich von Geeste?«, fragte Hanna. »Es ist sehr ruhig dort, angenehm ruhig.«

Aus Thorsten Böhmers Gesicht wich jegliche Farbe. Er saß wie erstarrt auf seinem Stuhl und starrte an die Wand hinter Hanna.

»Kennen Sie die Hütte?«, wiederholte Hanna.

Als Böhmer nicht antwortete, standen sie auf und verließen den Raum.

»Es wäre an der Zeit, nach dem Alibi zu fragen«, sagte Maria Ahlers, als sie in ihrem Büro mit dem Staatsanwalt zusammensaßen.

»Wenn die drei etwas im Detail abgesprochen haben, dann ihr Alibi«, antwortete Jan. »Sie werden sich gegenseitig eins geben. Ich müsste dann die Vernehmung abbrechen.«

Der Staatsanwalt räusperte sich. »Über kurz oder lang werden Sie nicht darum herumkommen.«

»Wenn sich nicht einer von den drei Männern vorher verplappert«, warf Hanna ein. »Wir haben nur diese eine Chance.«

»Sind die Fingerabdrücke bereits ausgewertet?«, fragte Jan. Achim Finke hatte den drei Männern bei ihrem Eintreffen im Kommissariat eigenhändig die Abdrücke abgenommen, um sie gleich mit den im Haus gefundenen abzugleichen.

Maria Ahlers nickte. »Leider kein Treffer. Auf die DNA-Analyse werden wir unter Umständen drei bis vier Tage warten müssen. Es gibt im Labor wohl einen kleinen Stau.«

Hanna stöhnte innerlich auf. Sie hatte auf die Fingerabdrücke gehofft, auch wenn sie keinen endgültigen Beweis dargestellt hätten.

»Schade«, sagte Jan. »Das hätte uns …« Er brach ab, als es an der Tür klopfte.

»Wer ist das denn?«, sagte die SoKo-Leiterin verärgert und eilte zur Tür, wo sie sich leise mit jemandem unterhielt. Kurz darauf kam sie zusammen mit Achim Finke ins Büro zurück.

»Die Kriminaltechnik hat etwas Wichtiges gefunden«, verkündete sie mit stolzer Stimme, wandte sich an Finke und forderte ihn auf zu sprechen.

»Wir haben ja bei der Durchsuchung von Schlömers Haus das Handy von Lisa Kramer gefunden. Es war leider nicht so leicht, das Passwort zu knacken. Aber es ist uns heute Morgen gelungen. Um es kurz zu machen: Über das Handy haben wir einen Zugang zu Frau Kramers Cloud bekommen und haben jetzt nach der ersten Sichtung der Daten eine Art Entwurf für eine Anzeige gefunden.« Er sah in die Runde. »Ist bekannt, was eine Cloud ist?« Ohne auf die Antworten zu warten, fuhr er fort. »Das ist eine externe Speicherung der Daten. Es gibt zahlreiche Anbieter, die diesen Service anbieten. Das bedeu…«

»Bekannt«, unterbrach Maria Ahlers ihn.

Achim Finke nickte und reichte ihr zwei DIN-A4-Blätter. »Ich habe die Datei ausgedruckt.« Weitere Ausdrucke verteilte er an den Staatsanwalt, Hanna und Jan.

Hanna überflog die zwei Seiten. Der Kriminaltechniker hatte recht. Schon in der Überschrift wurde klar, um was es sich handelte. Eine Anzeige gegen Thorsten Böhmer, Daniel Klumper und Carsten Meyer, die sie gleich im ersten Satz mit vollen Namen und Adressen aufzählte. In den folgenden Absätzen beschrieb sie, wie sie am 10. März des Jahres Besuch von den drei Männern erhalten hatte.

> Als ich die Haustür einen Spaltbreit geöffnet habe, drückte Thorsten Böhmer die Tür weiter auf und schob mich in den Flur zurück. Ich konnte nicht verhindern, dass er und Daniel Klumper sowie Carsten Meyer in mein Haus eindrangen. Sie nötigten mich, ihnen etwas zu trinken anzubieten. Ich habe dann in der Not drei Flaschen Bier geholt, als die Männer bei mir im Wohnzimmer saßen. Ich habe gleich gemerkt, dass sie bereits etwas getrunken hatten, und habe die aggressive Stimmung wahrgenommen. Deshalb habe ich mich zurückgehalten und kein weiteres Mal versucht, sie des Hauses zu verweisen. Thorsten Böhmer kam dann schnell auf meinen Account im Internet (*Only4you*) zu sprechen und sagte, dass sie das Wohnzimmer ja schon kennen würden. Irgendwann stand er auf und meinte, dass sie auch das Schlafzimmer sehen wollten. Ich habe dann ganz deutlich gemacht, dass ich das nicht möchte und sie jetzt das Haus verlassen

sollen. Thorsten Böhmer hat mich daraufhin ausgelacht.

Ich muss dazu sagen, dass er etwa eineinhalb Jahre vorher bei einer Weihnachtsfeier versucht hat, mich zu vergewaltigen. Ich konnte mich nur retten, weil eine mir unbekannte Frau zur Toilette gehen wollte und ich die Chance genutzt habe, aus der Situation herauszukommen. Die Frau hat wohl angenommen, dass wir einvernehmlichen Sex hatten, weil ich mit geöffneter Bluse und ohne BH dastand. Das ist aber nicht richtig. Thorsten Böhmer hat mich in die Ecke gedrückt, meine Bluse aufgerissen und mir den BH ausgezogen. Ich habe damals den Vorfall nicht angezeigt und bin nicht wieder zu den Chorabenden gegangen.

An diesem Freitag im März hat Thorsten Böhmer mich am Arm gefasst und in den ersten Stock hochgeschleift. Dort hat er mich aufs Bett geworfen und verlangt, dass ich mich ausziehe. Als ich mich geweigert habe, hat er mir den Pullover mit Gewalt ausgezogen und mich dann immer weiter entkleidet, bis ich nackt auf dem Bett lag. Carsten Meyer hat ihm dabei geholfen. Anschließend hat mich als Erster Thorsten Böhmer vergewaltigt. Zu dem Zeitpunkt war ich so erstarrt, dass ich kaum noch sprechen konnte. Ich weiß nicht mehr ganz genau, was dann passiert ist, aber ich bin mir ziemlich sicher, dass auch Carsten Meyer mich vergewaltigt hat. Ob Daniel Klumper dann das Gleiche machte, vermute ich, kann es aber nicht mit Bestimmtheit sagen, da ich zu dem Zeitpunkt bereits fast ohnmächtig war.

Erst, als die drei Männer das Haus verlassen haben, bin ich langsam wieder zu mir gekommen, habe dann ganz lange geduscht und überlegt, was ich machen soll. Das Laken und den Bettbezug habe ich leider gewaschen. Ich wollte zu dem Zeitpunkt alles vergessen und nie wieder daran denken. Aber inzwischen ist mir klar geworden, dass das nicht so einfach ist. Ich will, dass die drei Männer bestraft werden, und es ist mir inzwischen auch egal, was über mich bekannt wird.

Jan sah auf. Alle im Raum schienen die Anzeige gelesen zu haben, alle schwiegen betroffen. Erst Achim Finke durchbrach die entstandene Stille und fragte, ob er noch weiter gebraucht werde.

»Kann ich die Datei haben?«, fragte Jan.

Der Kriminaltechniker zog einen Datenstick aus der Tasche und reichte ihn Jan, nachdem Maria Ahlers ihre Zustimmung durch ein Kopfnicken gegeben hatte.

»Danke, Achim. Das war gute Arbeit«, sagte die SoKo-Leiterin. »Wir rufen dich, wenn es noch etwas gibt.«

Als der Kriminaltechniker den Raum verlassen hatte, diskutierten sie zu viert über die weitere Strategie, bevor Hanna und Jan wieder zurück in die Vernehmungen gingen.

Carsten Meyer empfing sie mit einem süffisanten Lächeln und fragte, ob er jetzt nach Hause gehen könne.

»Es tut mir leid«, sagte Jan. »Das ist leider noch nicht möglich.« Er startete die Aufnahme und fragte Meyer nach seinem Alibi für den Abend, an dem Lisa Kramer getötet wurde.

»Ich habe mich schon gewundert, dass Sie überhaupt nicht darauf zu sprechen kommen. Ich habe an diesem Abend zusammen mit meinen Freunden Thorsten und Daniel Skat gespielt. Getroffen haben wir uns um etwa achtzehn Uhr, haben bei mir etwas gegessen und dann gespielt. Es ist spät geworden. So aus der Erinnerung muss es halb zwei in der Nacht gewesen sein. Aber vielleicht weiß einer meiner Freunde genau, wie spät es war.«

»Danke für Ihre Kooperation«, sagte Jan. »Wir müssten dann noch wissen, wo sie sich am 10. März dieses Jahres aufgehalten haben. Das war ein Freitag.«

Carsten Meyer zögerte lange. Er rieb sich nervös seine Hände, seine Augenlider flackerten und sein Kinn zitterte leicht. »Sie wissen schon, dass das ein halbes Jahr her ist. Wie soll ich mich daran erinnern?« Mit jedem weiteren Wort hatte er sich wieder besser im Griff. »Es tut mir wirklich leid, ich kann Ihnen da so nicht helfen.«

Jan nickte, als wenn er die Antwort schon erwartet hätte.

»Vielleicht kann ich Ihnen etwas helfen«, sagte er und zog die zwei Seiten aus dem Ordner, den er mit in die Vernehmung gebracht hatte. »Ich lese Ihnen jetzt einen Auszug aus einer Anzeige vor, die so von Frau Lisa Kramer geschrieben wurde.« Jan machte eine Pause und sah dabei Carsten Meyer direkt in die Augen. »In dieser Anzeige werden Sie und ihre beiden Freunde beschuldigt, gewaltsam in Frau Kramers Haus eingedrungen zu sein.«

Carsten Meyer wurde immer nervöser. Seine rechte Hand zitterte so stark, dass er sie mit der linken festhalten musste.

Jan sah auf den Ausdruck und las: »Anschließend hat mich als Erster Thorsten Böhmer vergewaltigt. Zu dem Zeitpunkt war ich so erstarrt, dass ich kaum noch sprechen konnte. Ich weiß nicht mehr ganz genau, was dann passiert ist, aber ich bin mir ziemlich sicher, dass auch Carsten Meyer mich vergewaltigt hat.«

»Ich möchte mit meinem Anwalt sprechen«, sagte Meyer mit belegter Stimme. »Jetzt sofort.«

»Sie hätten jetzt noch die Möglichkeit, Ihre Aussage zu dem Skatabend zu ändern«, machte Jan einen letzten Versuch.

Carsten Meyer reagierte nicht, zog eine Visitenkarte aus der Tasche und reichte sie Jan.

Jan verließ den Vernehmungsraum und traf auf dem Flur auf die SoKo-Leiterin. »Das erledige ich«, sagte Maria Ahlers mit Blick auf die Visitenkarte. »Ich rufe den Anwalt an. Sie können weitermachen.«

Neununddreißig

Jan

Jan und Hanna betraten den Vernehmungsraum, in dem Daniel Klumper auf sie wartete. Sie setzten sich, Jan startete die Aufnahme. Zunächst fragten sie ihn nach seinem Alibi für den Abend, an dem Lisa Kramer getötet wurde, und bekamen eine fast identische Antwort wie von Carsten Meyer.

»Sie werden diese Aussage unter Umständen unter Eid bestätigen müssen«, sagte Jan. »Sind Sie dazu bereit?«

»Ja, natürlich. Es war so, wie ich Ihnen das gesagt habe.«

»Wo haben Sie sich am Abend des 10. März dieses Jahres aufgehalten?«, fragte Hanna.

Daniel Klumper schien eine Weile zu brauchen, bis ihm klar wurde, wonach er gefragt wurde. Er starrte eine Weile vor sich hin und trommelte dabei mit einem Finger rhythmisch auf den Tisch.

»Weiß ich nicht«, murmelte er schließlich.

»Sie haben vergessen, dass Sie an diesem Abend zusammen mit Ihren Freunden in das Haus von Lisa Kramer eingedrungen sind?«, fuhr ihn Hanna an. »Sie erinnern sich nicht daran, dass Sie und Ihre Freunde anschließend Lisa Kramer brutal vergewaltigt haben?« Hanna beugte sich weit nach vorne über den Tisch. »Das haben Sie vergessen?«

Jan holte die Ausdrucke aus dem Ordner und las vor. »Als ich die Haustür einen Spaltbreit geöffnet habe, drückte Thorsten Böhmer die Tür weiter auf und schob mich in den Flur zurück. Ich konnte nicht verhindern, dass er und Daniel Klumper sowie Carsten Meyer in mein Haus eindrangen.« Er machte eine Pause. »Soll ich die Anzeige von Lisa Kramer weiter vorlesen?«

Daniel Klumper schüttelte den Kopf. »Ich habe … nichts … gemacht. Ich kann gar nichts … gemacht haben«, stammelte er.

»Wie soll ich das verstehen? Geben Sie zu, dass Sie am 10. März ins Haus von Lisa Kramer eingedrungen sind?«

Klumper nickte.

»Können Sie das bitte laut sagen«, forderte ihn Jan auf.

»Ja, ich war in dem Haus.«

»Am Abend des 10. März dieses Jahres?«

»Ja.«

»Sie haben Frau Lisa Kramer vergewaltigt?«, fragte Jan mit ruhiger Stimme weiter.

»Nein. Ich kann nicht.«

»Was können Sie nicht.«

Daniel Klumper sah auf. »Ich habe ein Problem. Es klappt nicht mehr.«

»Verstehe ich Sie richtig, dass Sie Erektionsstörungen haben?«

»Ja, Sie können meinen Arzt fragen.«

»Von wem wurde Lisa Kramer vergewaltigt?«

»Das waren die anderen.«

»Wer sind die anderen?«, fragte Jan.

»Thorsten und Carsten.«

»Können Sie bitte auch den Nachnamen nennen.«

»Thorsten Böhmer und Carsten Meyer.«

»Wer hat Lisa Kramer getötet?«, fragte Jan.

Daniel Klumper warf ihm einen entsetzten Blick zu. »Keiner von uns. Das haben wir nicht gemacht.«

»Dann frage ich noch einmal. Haben Sie an dem besagten Abend mit ihren Freunden Skat gespielt?«

»Nein.«

»Sie widerrufen also Ihre Aussage?«, fragte Jan.

»Ja.«

»Wie hat Lisa Kramer in den Wochen und Monaten nach der Vergewaltigung reagiert?«

»Zuerst gar nicht.«

»Und dann?«, fragte Jan, als Daniel Klumper nicht weitersprach.

»Sie ist plötzlich wieder zu den Chorabenden gekommen. Und dann hat sie mit uns dreien gesprochen. Sie wollte, dass wir uns selbst anzeigen.«

»Haben Sie darüber mit Ihren Freunden gesprochen?«

»Ja.«

»Haben Sie erwogen, eine Selbstanzeige zu machen?«

»Nein, das wollten wir nicht.«

»Wie hat Lisa Kramer darauf reagiert.«

»Sie hat uns eine Frist gesetzt.«

»Wann sollte die Frist ablaufen?«, fragte Jan.

»Vor einer Woche.«

»Wer hat Lisa Kramer getötet?«

»Ich weiß es nicht. Ich weiß es wirklich nicht.«

»Ist der Anwalt bei Carsten Meyer?«, fragte Jan, als sie wieder zu viert in Maria Ahlers Büro saßen.

»Er ist unterwegs und Thorsten Böhmer hat auch nach einem Anwalt gefragt. Wir haben ihm eine Liste mit örtlichen Anwälten gegeben. Er versucht gerade, jemanden zu erreichen.«

»Wie gehen wir vor?«, fragte Jan mit Blick auf den Staatsanwalt.

»Wenn Daniel Klumper seine Aussage unterschrieben hat, kann er nach Hause gehen. Sobald der Anwalt von Thorsten Böhmer vor Ort ist, gehen Sie noch einmal in die Vernehmung und versuchen, ein Geständnis zu bekommen. Das Gleiche bei Carsten Meyer. Sollte es keine weiteren Geständnisse geben, werde ich heute noch einen Haftprüfungstermin für beide Männer erwirken.« Der Staatsanwalt wandte sich an Maria Ahlers. »Einverstanden?«

Vierzig

Jan

»Wie lange werden die beiden durchhalten?«, fragte Hanna, als sie am frühen Abend vor dem Wohnmobil saßen und ein Glas Wein tranken.

»Einer von ihnen wird morgen einknicken. Da bin ich mir sicher.«

»Und wir? Bleiben oder fahren?«

»Ich denke, wir schreiben morgen die letzten Protokolle und bringen unsere Ermittlungsakten auf den neusten Stand. Danach geht's nach Hause.«

»Interessiert es dich gar nicht, wer von den beiden Männern der Täter war? Oder vielleicht ja doch Paul Lammers?«

Jan schüttelte den Kopf. »Ich glaube, ich kann nicht mehr. Ich will diese ganze Frauenverachtung nicht mehr hören und mich nicht mehr damit beschäftigen müssen. Wir haben genug getan.«

»Wollen wir das heute Abend entscheiden? Ich würde gerne noch den nächsten Tag abwarten.«

»Ja, wenn du möchtest.«

»Einen Tag noch«, sagte Hanna. »Wir können auch morgen schon die Flüge buchen.«

»Flüge? Du kommst wirklich mit nach London?«

»Definitiv.«

Jan atmete erleichtert auf. »Ich dachte, das wäre nur …«

Hanna legte den Finger auf seine Lippen. »Alles ist gut. Ich habe es die ganze Zeit ernst gemeint.« Sie hielt kurz inne. »Übrigens, ich habe einen vierwöchigen Urlaub eingereicht. Hagemann hat ihn schon genehmigt.«

Jan sah sie erstaunt an. »Vier Wochen! So lange werden wir wohl kaum in London bleiben, oder?«

»Nein, vermutlich nicht. Aber es gibt ja noch andere Ziele auf der Welt. Wie wäre es mit der Algarve? Warst du schon mal da?«

»Nein, du?«

»Ja. Ich würde gerne wieder hinfahren. Im Süden von Portugal ist um diese Jahreszeit noch traumhaftes Wetter. Mit dem Wohnmobil sind wir in drei Tagen da.«

»Wir?«

»Kommst du nicht mit?«, fragte Hanna. »Ich hatte dich fest eingeplant.«

»Dann muss ich mich wohl fügen«, antwortete Jan schmunzelnd.

»Jetzt mal im Ernst. Kommst du mit?«

Jan nickte. »Ich könnte mir nichts Schöneres vorstellen. Drei Wochen Sonne, Meer und keinen Fall.«

»Hast du nicht was vergessen?«, fragte Hanna.

»Ja, das Entscheidende.« Jan sah sie lächelnd an und sagte leise. »Und das bist du.«

Jan wachte gegen drei Uhr in der Früh auf und versuchte ohne Erfolg, wieder einzuschlafen. Schließlich griff er nach seinem Handy und sah, dass am Abend noch eine E-Mail eingegangen war. Dem LKA Hannover war es gelungen, eine verschlüsselte Datei zu öffnen, die in Lisa Kramers Cloud gefunden worden war. Lisa hatte einige Wochen nach der Vergewaltigung damit angefangen, ein digitales Tagebuch zu führen. Über die Monate war ihre Entwicklung vom vollkommenen Verdrängen des sexuellen Übergriffs bis hin zur Entscheidung, die Männer zu zwingen, sich selbst anzuzeigen, nachzuverfolgen. Jan vertiefte sich in die Aufzeichnungen und las alle hundertdreiundfünfzig Einträge durch.

Gegen sechs öffnete Hanna ihre Augen und lächelte ihn an. »Bist du schon lange wach?«

»Ja, eine ganze Weile.« Er deutete auf das Handy. »Das LKA hat gestern noch eine Datei geschickt, die sie endlich entschlüsseln konnten. Lisas Tagebuch, mit dem sie nach der Vergewaltigung angefangen hat.«

»Sicher keine leichte Lektüre«, sagte Hanna. »Ich weiß jetzt gar nicht, ob ich mir das antun will.«

»Ja, alles zu lesen, hat mich auch ziemliche Überwindung gekostet. Soll ich dir zumindest ein paar der Notizen vorlesen? Ich glaube, mit diesem Dokument ist der Fall endgültig wasserdicht und wir können heute abreisen.«

Notiz 9

Ich schaffe es nicht. Ich bin zu schwach, um gegen die düsteren Gedanken anzukämpfen. Das schwarze Loch wird jeden Tag größer. Es lechzt nach mir, wie ein ausgehungerter Tiger. Ich schlage es mit Füßen, werfe alles hinein, was ich zu fassen bekomme. Es nützt nichts, ich bin verloren. Hoffnungslos verloren. Wo bist du nur Mama? Und du, allerliebste Oma? Ich kann nicht mehr. Ich brauche euch.

Notiz 24

Ich ekle mich vor jeder Berührung und muss mich zwingen, nicht zu schreien, wenn Dennis mich auch nur am Arm anfasst. Ich hasse meinen Körper, der mir nicht gehorcht, und würde am liebsten alle

Spiegel im Haus zerschlagen, um mich nicht mehr sehen zu müssen. Alles an mir ist falsch. Meine Brüste, meine Beine, meine Taille, meine Augen und mein Mund. Ich hasse mich.

Notiz 42
Ich kann keinem Mann mehr in die Augen sehen. Selbst bei Frauen ist es schwierig. Ich habe das Gefühl, als wenn alle wüssten, was passiert ist. Dass sie mit dem Finger auf mich zeigen, lachen, mich verachten. Ich kann sie verstehen.

Notiz 54
Der Supermarkt liefert jetzt frei Haus. Als ich das im Internet las, habe ich geheult und mich sofort angemeldet. Sie stellen die Kiste einfach vor die Tür, ich warte, bis der Lieferwagen wieder gefahren ist, bevor ich sie reinhole.

Notiz 58
Die Fotos fallen mir immer schwerer. Ich schaue sie mir nicht mehr an, sondern schicke sie gleich an Dennis weiter. Videos mache ich kaum noch, aber Dennis ist verärgert und drängt mich. Zum Glück hat er akzeptiert, dass ich nicht mehr mit ihm schlafen kann. Das rechne ich ihm hoch an. Er liebt mich wirklich aus vollem Herzen.

Notiz 68
Ich habe mir ein Buch bestellt und lese es gerade. Es geht um Selbstachtung und Gewalt gegen Frauen. Es tut gut, eine andere Stimme zu hören.

Notiz 72
Dennis hat mich gefragt, ob ich Peter23 kenne. Ich habe ihm gesagt, dass ich schon länger einen Verdacht habe. Er kennt jetzt den Namen. Mir ist es egal. Dieser Mann ist auch nur einer von ihnen, diesen ekeligen Blutsaugern, die mich zerstören wollen.

Notiz 77

Ich habe das Buch in die Mülltonne geworfen. Alles nur Gerede. Die Autorin hat keine Ahnung, wie ich mich fühle, wie sich Frauen fühlen, denen alles genommen wurde. Alles!!! Ich weine wieder jeden Tag, mein ganzer Körper schmerzt, ich habe Angst, schreckliche Angst. Die Dunkelheit ist wieder da. Sie zerfetzt mich in tausend Stücke und spuckt mich aus, als wäre ich nicht genießbar.

Notiz 83

Mir geht es etwas besser. Ich habe mir das Buch noch einmal bestellt. Es ist vorgestern gekommen. In der Literaturangabe habe ich weitere Bücher gefunden. Ich will sie lesen.

Notiz 122

Die Wut ist zurück. Ich liebe meine Wut und spüre jeden Tag, dass ich mutiger werde. Der Einkauf im Supermarkt klappt wieder. Ich habe Monika aus dem Chor getroffen. Sie hat mich gefragt, ob ich nicht wieder mitsingen möchte. Ich habe nicht Nein gesagt und sie hat mich angelächelt.

Notiz 129

Er war plötzlich da. Paul. Ich habe ihn erst fast gar nicht erkannt, aber er mich. Wir haben uns in das kleine Café im Supermarkt gesetzt. Es war nett, mit ihm zu reden. Er ist erwachsen geworden.

Notiz 133

Ich muss mich der Gewalt stellen. Sie ekeln mich an, aber ich werde ihnen allen drei in die Augen sehen und sie zwingen. Das ist verrückt. Ich weiß das. Aber ich sehe keinen anderen Weg. Ich habe im Internet von Frauen gelesen, denen im Prozess quasi zum zweiten Mal alles genommen wurde. Ich stehe das nicht durch. Niemals.

Notiz 143

Ich war da. Es war schwer, nein, es war das Schwerste, was ich bisher in meinem Leben getan habe. Ich konnte zwei Nächte davor nicht schlafen, habe mich immer wieder gefragt, ob es der richtige Weg ist, und bin immer wieder zu der gleichen Antwort gekommen. Ich will ihnen in die Augen schauen. Immer wieder. Es hat gutgetan. Sehr gutgetan. Ich habe die Stille in mir, diese unerträgliche Stille, hinter mir gelassen. Sie haben vor mir gezittert. Alle drei. Ich habe es in ihren Augen gesehen. Sie haben Angst vor mir. Angst, Angst, Angst.

Einundvierzig

Im Laufe des Tages widerrief Carsten Meyer seine Aussage zu der nächtlichen Skatrunde und belastete Thorsten Böhmer schwer. Böhmer habe darauf gedrungen, gemeinsam ein falsches Alibi anzugeben. Bei einer weiteren Vernehmung am gleichen Tag gab Meyer schließlich zu, an dem Überfall und der Vergewaltigung von Lisa Kramer beteiligt gewesen zu sein. Als Hauptakteur bezeichnete er Thorsten Böhmer.

Bereits einen Tag später traf der DNA-Abgleich in Lingen ein. Im Haus von Lisa Kramer wurde Thorsten Böhmers DNA gefunden. Eine Woche darauf gab Böhmer zu, dass er Lisa Kramer im Affekt getötet habe. Er sei zu ihrem Haus gefahren, um mit ihr zu sprechen. Nachdem niemand auf sein Klingeln geöffnet habe, sei er durch ein Fenster, das auf Kipp gestanden hatte, ins Haus eingedrungen und habe Lisa Kramer in der Badewanne vorgefunden. Sie habe sofort angefangen zu schreien, und er habe sich nicht anders zu helfen gewusst, als sie mit dem Kopf unter Wasser zu drücken.

Der Prozess gegen Thorsten Böhmer begann ein halbes Jahr später. Nach zehn Sitzungstagen wurde er zu acht Jahren Haft verurteilt.

Carsten Meyer wurde wegen der Vergewaltigung von Lisa Kramer der Prozess gemacht. Das frühe Geständnis, das er auch später nicht widerrief, wurde ihm zugutegehalten. Er wurde zu zwei Jahren Haft auf Bewährung verurteilt.

Daniel Klumper wurde von Carsten Meyer bezüglich seiner Beteiligung an der Vergewaltigung entlastet. Sein Prozess endete mit einer Strafe von einem halben Jahr auf Bewährung.

Jutta Hantke, das mutmaßliche Vergewaltigungsopfer der drei Männer, gab keine Anzeige bei der deutschen Polizei auf. Als Hanna sie ein halbes Jahr später noch einmal anrief, legte sie nach den ersten zwei Sätzen ohne Ankündigung wieder auf.

Paul Lammers wurde die Vergewaltigung von Anja Block aus Nortmoor per DNA-Analyse nachgewiesen. In der Folge fasste Lea Uhlen den Entschluss, Paul Lammers ein zweites Mal anzuzeigen. Er wurde ein Dreivierteljahr später wegen der zwei nachgewiesenen Vergewaltigungen zu einer zweijährigen Haftstrafe auf Bewährung verurteilt mit der Auflage, dass er sich nachweislich einer Therapie unterziehen würde.

Dennis Schlömer wurde wegen Erpressung und Vertuschung einer Straftat zu einer dreieinhalbjährigen Haft verurteilt. Sein Freund, der ihm in der Nacht geholfen hatte, Lisas Leiche zu transportieren, kam mit einer Bewährungsstrafe davon.

Zweiundvierzig

Jan schaute von seinem E-Book-Reader auf, als Hanna auf ihn zukam. Er stand auf und reichte ihr ein großes Handtuch. Seit zwei Wochen waren sie auf wechselnden Campingplätzen an der Algarve unterwegs. Der aktuelle Platz hatte eine Traumlage mit Blick auf den Atlantik und zum Strand waren es nur wenige Hundert Meter.

»Heute Nachmittag kommst du aber mit ins Wasser«, sagte Hanna mit gespielt strengem Blick. »So viele Tage haben wir nicht mehr.« Sie zog ihn an sich und küsste ihn leidenschaftlich auf den Mund. »Diesen Urlaub werde ich nie im Leben vergessen.«

Jan erwiderte ihren Kuss und antwortete schmunzelnd. »Das will ich doch hoffen.« Er wurde ernst. »Wollen wir wirklich zurück? Ich kann mir das noch gar nicht vorstellen, wieder zu arbeiten. Portugal ist groß und wir haben bisher nur die Küste gesehen.«

»Wenn es doch so einfach wäre. Das ist mein Leben und deins doch auch. Wir kommen wieder. Und vielleicht ist George das nächstes Mal auch dabei. Zumindest eine Woche oder so. Du hast doch alles mit Violet geklärt.«

»Ja, eigentlich schon. Aber bei ihr weiß man nie, was sie morgen sagen wird.«

»Glaube ich nicht. Du hast die Scheidungspapiere unterschrieben. Dieser Schlussstrich war ihr wichtig. Es ist doch alles gut gelaufen in London.«

Jan nickte. »Wahrscheinlich hast du recht. Ich mache mir wieder Sorgen, wo keine sind.«

Hanna schmiegte sich an ihn und deutete auf das Wohnmobil. »Haben wir noch etwas Zeit, bevor wir zum Essen gehen?«

Jan grinste. »Ich habe überhaupt noch keinen Hunger. Du?«

Hanna griff nach seiner Hand und zog ihn mit zum Wohnmobil. »Nein, überhaupt keinen.«

Folge der Autorin auf Amazon

Wenn dir dieses Buch gefallen hat, folge Anna Johannsen auf Amazon. Dann erhältst du eine Benachrichtigung, wenn die Autorin ihr nächstes Buch veröffentlicht. Um der Autorin zu folgen, gehe bitte folgendermaßen vor:

Desktop:

1) Suche auf Amazon.de oder in der Amazon App nach dem Namen der Autorin.
2) Klicke auf den Namen der Autorin, um auf die Autorenseite zu gelangen.
3) Klicke auf den »Folgen«-Button.

Smartphone und Tablet:

1) Suche auf Amazon.de oder in der Amazon App nach dem Namen der Autorin.
2) Klicke auf einen Titel der Autorin.
3) Klicke auf den Namen der Autorin, um auf die Autorenseite zu gelangen.
4) Klicke auf den »Folgen«-Button.

Kindle eReader und Kindle App:

Wenn du dieses Buch auf einem Kindle eReader oder in der Kindle App liest, wird dir automatisch angeboten, der Autorin zu folgen, nachdem du die letzte Seite des Buches gelesen hast.